WORLD LITERATURE 6

世界文學

飲食與文學

世界文學6
飲食與文學

2013年6月初版　　　　　　　　　　　　　　　定價：新臺幣390元
2020年6月初版第二刷
有著作權‧翻印必究
Printed in Taiwan.

編　　　　著	世界文學編委會	
叢書編輯	邱　靖　絨	
校　　　對	吳　美　滿	
封面設計	蔡　婕　岑	
封面圖片	蔡　裕　榮	

出　版　者	聯經出版事業股份有限公司	副總編輯	陳　逸　華
地　　　址	新北市汐止區大同路一段369號1樓	總經理	陳　芝　宇
叢書主編電話	(02)86925588轉5307	社　長	羅　國　俊
台北聯經書房	台北市新生南路三段94號	發行人	林　載　爵
電　　　話	(02)23620308
台中分公司	台中市北區崇德路一段198號
暨門市電話	(04)22312023
台中電子信箱	e-mail：linking2@ms42.hinet.net
郵政劃撥帳戶	第0100559-3號
郵撥電話	(02)23620308
印　刷　者	世和印製企業有限公司
總　經　銷	聯合發行股份有限公司
發　行　所	新北市新店區寶橋路235巷6弄6號2F
電　　　話	(02)29178022

行政院新聞局出版事業登記證局版臺業字第0130號

本書如有缺頁，破損，倒裝請寄回台北聯經書房更換。　　471條碼　4711132387469 (平裝)
聯經網址 http://www.linkingbooks.com.tw
電子信箱 e-mail:linking@udngroup.com

編輯室報告

曾秋桂

　　本期主題為「飲食與文學」。提及「飲食」，大家能琅琅上口、耳熟能詳的諺語莫過於「民以食為天」、「食、色，性也」、「飽暖而思淫慾」、「飲食男女」等等。此類的諺語再再點出飲食與人性有著密不可分的關聯性，因此透過文學作品來反映飲食之重要課題，相當饒富樂趣。

　　研究特區共有七篇，皆是上選之作，其中三篇與「飲食與文學」主題相呼應，堪稱精湛妙論。如謝志偉以〈從天堂的禁果到地底的馬鈴薯──淺論「飲食與文學」〉為題，巧妙利用偷嘗禁果與「馬鈴薯」（地下塊莖＝陰莖）的隱喻論述。文章縱觀古今、橫跨東西，引經據典探究飲食相關諺語與文學之關聯，成功地為孔夫子名言「食、色，性也」代言。 王佑心及趙羽涵分別鎖定日本近、現代作家永井荷風與村上春樹，點出日本文學作品

1

深得人心之處。王佑心以日本近代文學中耽美派代表作家永井荷風為考察對象，特別著眼於曾旅居美、法兩國後歸國的荷風的經歷，文中旁徵博引地舉出其在旅遊作品中的飲食書寫，試圖檢視身為文化翻譯者的荷風如何在語言、種族、文化匯集的場域中，發揮個人特質，找到新生的創造力量。文之精妙在於點出旅居國外多年的荷風在厭惡日本料理背後，其實是隱藏著對於威權父親的不悅及弱勢母親的同情等兒時記憶。且文中更進一步指出：荷風透過飲食行為與知覺感受（特別是嗅覺與聽覺），共同形塑出對於異地文化的飲食新體驗，重組荷風個體之主體意識與知覺感受的結構。這或許可視為荷風獨特的自我創新吧！

此外，眾所熟知的村上春樹，他的文學作品中不斷地出現許多飲食，像是義大利麵、威士忌、清酒、啤酒、咖啡，可說大大引領日本的流行趨勢。資深村上迷趙羽涵以村上春樹所喜愛的甜甜圈為例，精闢解析出甜甜圈的典型形狀（一個圓形，中間有一個洞）正如同一個沒有自我的形體。此形狀象徵著村上春樹作品中所常被提及的「孤獨感」。也正因為面對著此般的「孤獨感」，故事中的主角們便展開了一連串的尋找「自我」之旅。

當然，每季一書亦含有與「飲食與文學」主題相關的介紹。劉于涵簡單地介紹三島有紀子（Yukiko Mishima）所創作的《幸福的麵包》（幸せのパン）。書如其名，在忙碌的都市生活中，主角們透過美食與人交會、感受幸福；而站在閱讀這一端的讀者，藉由分享好書體認自我，踏上療癒他人，救贖自己的旅程。

除了本期主題之外，還有許多精采的單元，非常值得各位飫賞、仔細品味。當然，更期盼各位讀者能不吝給予指正與批評，藉以延續本期刊「以文會友」的優質傳統。並藉此再次感謝各位賜稿的文學先進，使本期多元多采。

值得一提的是，本期封面畫作是由知名畫家蔡裕榮先生提

供。蔡先生是本人多年相知、相惜的好友。目前正在日本嬌妻的呵護、細心照料之下，專心養病。希望能讓更多人感受及認識蔡裕榮先生充滿生命活力的創作，激賞他的才華、敬佩他不懈的努力。且在蔡裕榮先生亟需上帝垂愛、更多人們祈福的此時此刻，能共同為生命勇士蔡先生祈福，讓溫暖的人間光輝，普照大地。

目次

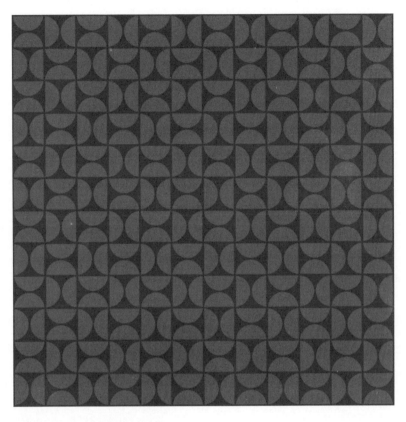

研究特區

從天堂的禁果到地底的馬鈴薯：
淺論「飲食與文學」

謝志偉*

　　飲食與文學的關係之密切，東西皆然，有吃也有喝，大的
如當代德國作家烏韋・提姆(Uwe Timm, 1940)《咖哩香腸的誕
生》裡代表「外來(咖哩)混本地(香腸)」以對抗「納粹排外民族
主義」的一整攤咖哩香腸，中的如日本作家芥川龍之介（1892-
1927）的《橘子》裡象徵陽光和希望的幾粒橘子[1]，小的如湯瑪
斯・曼(Thomas Mann, 1875-1955)《威尼斯之死》裡作為敗德墮
落之性隱喻的腐爛草莓[2]。「飲食」在文學裡各司其職，有的儘
管篇幅不多，卻隱有畫龍點睛之功，以我看，日治時代台灣作家
呂赫若（1914-1951）的短篇小說〈前途手記 —— 某一個小小的
記錄〉也是極佳的一例。在這篇小說裡，放蕩男林某進「咖啡
廳」泡「咖啡」也兼泡女人就對照了被他誆騙要納為入室之妾的
天真女淑眉之進廟裡喝「香灰」（因為不孕而求神）[3]。那個年代

9

* 謝志偉／東吳大學德文系教授

咖啡廳的「喝咖啡」若代表「前衛」與「頹廢」[4]，「喝香灰」就這麼點出了彼時傳統女性沒有安全感之魔咒。腹部終於日漸隆起的淑眉並非懷了身孕，而是得了癌症，小說裡還暗示病因可能是喝了太多廟裡的香灰或草根：「如果太過份身體會搞壞喲」（125）。

再來，奧地利作家Franz Grillparzer（1791-1872）在1848年所出版的小說《窮樂師》（*Der arme Spielmann*）裡就以自力烤製糕點並到公家機關叫賣的小店民女芭芭拉（Barbara）來對照出身中產官吏家庭的男主角雅伯（Jakob）之浸淫於音樂（小提琴）且無力自立謀生之宅男。兩人間起初固然略有情愫，但終因雅伯優柔寡斷的個性且無能融入那個自食其力的社會，芭芭拉最後選擇嫁了一個「肉鋪師傅」為妻。雅伯終會被淘汰的命運，在他被芭芭拉的父親第一次看到時，作者就已做了暗示。蓋芭芭拉之父指著雅伯問說：「這個男子是誰？」芭芭拉回說：「是從辦公廳裡來的人」，邊說，她邊「將一顆被蟲蛀掉了的豌豆丟得比其他的豌豆離自己還遠」[5]。老婆作蛋糕、點心，老公賣香腸、肉片，而孑然一身的雅伯僅能作街頭藝人兼自娛，且由於曲高和寡又難聽無比，賞光人少，賞錢更少，隱喻其與社會之不搭調。不嫁音樂人，而嫁肉攤商，作者以屠賣豬隻的「有肉有血」搭配糕點之腳踏實地來對照提琴搭配樂譜自娛的「沒吃沒喝」之不食人間煙火，這點和吳敬梓（1701-1754）在《儒林外史》的〈范進中舉〉裡把因為終於上榜而一時犯了失心瘋的范進一巴掌打醒的的老丈人之職業安排為「屠戶」有異曲同工之妙（尤其讓屠戶姓胡，更是一絕：「胡屠戶」者，「糊塗夫」也，當然是在暗諷范進這樣的「士大夫」，更何況，「范進」之音與「犯賤」還著實相去不遠）。

吃喝什麼，有其象徵意涵，這點在卡夫卡（Franz Kafka,

1883-1924)的小說《蛻變》(*Die Verwandlung*)裡也標誌了「人」與「非人」之別。在已成爬蟲的男主角戈勒各爾(Gregor)爬向門邊後，作者如此寫道：

> 到了門邊，他／……／聞到食物的味道。那裡有一個盛滿甜奶的罇／2……／，他高興得快要笑出來了／……／。從早上一直餓著，所以馬上把頭鑽進牛奶中，直鑽到眼睛邊上。但立即失望地又把頭縮回了／……／，平時他最愛吃的牛奶，妹妹才給他送進來的，竟會覺得毫無味道。不僅沒有味道，甚至使他作嘔[6]。

後來，戈勒各爾吃什麼呢？就吃他蛻變前認為「難吃得不能下嚥的乾酪」(25)、「半腐化了的蔬菜」和「硬掉了的白果汁」(25)，但是「那些新鮮的食物，對他卻一點不感興趣。甚至對那些氣味有點耐受不住」(25)。之後，他吃剩的菜，連「那些他沒有動過的食物」，都被「當作沒有用場的東西，用掃帚掃攏來，統統倒在鉛桶中，蓋上木頭蓋子，搬運出去了」(26)。等到戈勒各爾什麼都不想吃，慢慢衰竭而死後，他／牠就和這些被丟棄的食物一樣，被用「掃帚」推來掃去丟掉了。「蓋上木蓋子，搬運出去了」不就等於是「蓋棺抬出去埋了」？！值得一提的是，「牛奶」和「蘋果」在這部小說裡所扮演的角色。「牛奶」(die Milch)也可隱指「母奶」，對戈勒各爾是生命的源頭，至於被他父親砸進背脊卡在裡面而發爛的那顆蘋果則遙指作為人子所「背」負的原罪。牛奶雖新鮮，他不想喝，蘋果爛掉，卻吃不到。而伴隨所吃食物須為「腐爛不堪」到常人難以下嚥，他所說的話語也變得「模糊不清」到常人難以理解。「父子」之間權力關係的不對等，以致「有理也說不清」。這種透過「食物」把人

被貶為動物的社會批判寫法，我們在在芥川龍之介的另一篇小說〈芋粥〉裡也看得到。但其角度相當不同。

〈芋粥〉的主角是個五位（按：日本古代一官階名），書中就稱之為「五位」，其長相邋遢，性格蝟縮，連小孩都要欺侮他。他最愛吃的就是只有有錢人家宴客時才會剩下來的芋粥，但他永遠都分不夠喝，其最大的願望就是能有芋粥喝到飽。於是有個同儕就戲弄他，帶他到某地吃芋粥。好不容易到了目的地，五位看著一大鍋又一大鍋的芋粥 —— 多到「還沒嘗到就已感覺滿腹飽脹似地」[7]，讓他吃到都快吐了。問題是，末了，那些戲弄他的人還讓一隻狐狸和五位一樣去吃芋粥：「狐狸也要吃芋粥，趕了來了。下人們，也給那野獸吃一點吧」（芋粥 37）。原本，五位還都已經自認「是隻老主人的狗」，最後還被降格成和野狐狸同一階級，五位心裡恐怕是「五味」雜陳了。芥川龍之介的重點顯然在指出：是大人而被小孩嘲笑已夠羞恥，但是沉溺於口腹之慾就會受制於口腹之慾，則與野獸同階了。五位處境固然值得同情，芥川龍之介對之卻也不無咎由自取的譴責意味。這點和《孟子》〈離婁 下〉裡驕其妻妾的齊人到墳場去吃別人祭祀所剩之「酒肉」，回去則向其妻妾吹噓，「問其與飲食者」，則「盡富貴也」[8]，最後卻穿幫而被妻妾私下嘲弄怨罵。相對於「一簞食，一瓢飲」，此其妻妾拒享齊人之「腐」也。

前述例子僅止於「飲食」，而無涉於「男女」，但若從「食、色，性也」來看的話，東西方文化應都有可觀之處。就以《聖經》來看，從舊約的「知識之果」到新約的「最後的晚餐」，不啻是一場透過形而下之「飲食儀式」而達到形而上的存在之演練：人類透過吃了知識之樹的禁果跨過門檻脫離「自然」進入「文化」[9]。「嚐」禁果，食乃有味；離天堂，生才有死，這是一個「轉大人」的過程，非「性覺醒」與「知生死」聯手無

法打造。而舊約創世紀裡的「嚐禁果」在新約如〈馬太福音〉第二十六章17-30裡，則由耶穌獻出「身」與「血」來「贖罪」，乃「最後的晚餐」是也[10]。從舊約亞當的「偷吃禁果」到新約耶穌的「親餵身血」，西人的解讀是：

> 透過第二場飲食，亞當和夏娃吃了知識之樹上的果實所造成的傷害被修復了，其方式是：耶穌，亞當2號，以自己的身體（按：餅）和自己的血液（按：葡萄汁）作為獻祭之「犧牲」。代表身體的Soma轉成代表意義的Sema，不管是從社會的角度或宗教的「贖罪」角度來看，都有其意義。[11]

但此極具宗教救贖的象徵意涵，顯然曾被時人以極為寫實的態度「吃喝」掉了，因為，就在新約〈哥林多前書〉第十一章20-34裡，保羅警告著哥林多人說：

> 你們聚會的時候算不得喫主的晚餐。因為喫的時候，個人先喫自己的飯，甚至這個飢餓，那個酒醉。你們要喫喝，難道沒有家麼，還是藐視 神的教會，叫那沒有的羞愧呢。／……／你們聚會喫的時候，要彼此等待，若有人飢餓，可以在家裡先喫。（新約，240-241）

這段警語其實透露出來一個很具關鍵性的訊息：人處飢餓狀態時，是看不到象徵意涵的，保羅警告哥林多人的話要是讓中國的管仲聽到，他大概會就答以：「管你是Sema，還是Soma!衣食足，然後知榮辱。Sorry!」

禁果會吃出問題，飲料也可喝出狀況，歐洲中古文學

13

的《崔斯坦與依索德》（*Tristan und Isolde*）裡的「愛之飲」
（Liebestrank），以及歌德（Johann Wolfgang von Goethe, 1749-
1832)的《浮士德》裡，魔鬼找女巫把「返老還童愛之飲」給原
本老朽不堪的浮士德喝[12]，以及用來將葛蕾卿(Gretchen)的母親
弄昏，卻因分量過重而致死的「安眠藥」，都是例子。不過，崔
斯坦與依索德也好，浮士德和葛蕾卿也好，若要為「飲食男女，
人之大欲」的文學呈現選例，我認為《金瓶梅》裡西門慶與潘金
蓮勾搭成姦的那一幕可算是相當經典的一段。蓋經過王婆的穿針
引線加獻計之後，某日，西門慶與潘金蓮就在王婆家吃喝坐一處
了，其間，王婆依計出門買好酒，這一買果真買好久。於是，飯
菜下肚酒未酣，色欲上身耳已熱，西門慶故意將袖子拂過桌上把
一雙筷子掃落桌底。西門慶彎身桌下去撿筷子，盯著看的卻是潘
金蓮的「一對小小金蓮」[13]，於是，他以手作筋，就捏著潘金蓮
的繡花鞋頭，那婦人笑將起來說：「官人休要囉唆(按：嬉鬧)。
你有心，奴亦有意。你真個勾搭我？」(劉，32)還沒露腳，就已
如此露骨，何須再怕露餡？接下來發生的事，「一拍即合」四字
道盡一切。

　　中國學者黃霖指出過，「一部《金瓶梅》之所以在寫飲食方
面下足功夫，恐怕很重要的一點就是想用形象來證明『飽暖思淫
欲』這樣一種人性的弱點。」[14]黃霖同時也指出，王婆對西門慶
所說的幾樣菜色如「拖煎河漏子」的「河漏子」就是「河蚌」，
「蛤蜊麵」的「蛤蜊」也是形蚌，「顯然這些都是借指女性
器」，而「辣酥」即「長茄子」，這與「角窩窩」一起，均借指
男性器，而所謂「翻包」與「熱燙」(按：皆為動詞)，就很清楚
是指什麼了(黃霖172)。黃霖還沒指出的是：「拖煎河漏子」實
乃「托肩」河漏子也[15]，這點端看兩人之後被翻紅浪的描述，就
得印證：羅襪高挑，肩膊上露兩彎新月(劉，48)。譯成白話文，

就是「兩腳扛上肩」的意思了。

　　一頓掉筋酒食，吃出一場翻雲覆雨，透過形而下彰顯出形而上的《金瓶梅》「飲食男女」之存在態度。依中國另位金學學者張國星之意，中國傳統君王一方面享有荒淫專利，另一方面其飲食講究可以提升到「調和鹽梅」[16]（按：台灣多說「調和鼎鼐」）的高階政治統治層次，但禮教則在民間處處抓情打慾。張國星總結道：

> 性僅僅被看作宗嗣延後的手段，並縛上血緣宗法的條條禁律。這種文化觀點的偏向和價值的傾斜，是君主專政形式下農業文明的產物，也是東西文化的大不同。

　　居上位者，在政治裡明修棧道到食器竟成了禮器 —— 調和鼎鼐；於下民者，就在文學裡暗度陳倉到性器練成了兵器，算是另一種「反彈」。張國星既說「東西文化大不同」，顯然認為，這種「豔情」創作動機是較為中國所獨有，這點基本上應屬無誤，但是也不盡然意味著，西方文學裡則此無「民情」。以德國1999年諾貝爾文學獎得主均特・葛拉斯（Günter Grass, 1927-）1959年問世的《錫鼓》來看，其真正故事就是從「吃」開展的，吃的且是「馬鈴薯」：「我的外祖母安娜・布朗司基，在十月某一天傍晚的時候，穿著她的幾條裙子，坐在一塊馬鈴薯地的地邊上。」[17]就在安娜一邊蹲著烤吃馬鈴薯時，一個矮壯漢子在遠方狂奔並朝安娜跑來。安娜還沒弄清楚怎麼回事時，那個男人就已彎身鑽進她四條大裙子裡了。沒多久，兩個荷槍警察追過來問安娜有無看見一個矮壯男人，安娜隨手一指，兩警就繼續追捕縱火者的任務去了。就在警察盤問安娜當中，除了安娜坐著吃咬著馬鈴薯外，躲在他裙下的男子也沒閒著：他拉開了拉鍊就在裙

底倒插蠟燭「播種」了：上面在「飲食」，下面在「男女」。

　　那一年是1899年，地點是波蘭人和德國人混居的卡舒貝地區，但澤市即其海港。就在那一天，安娜沒有受驚，只有受精，生下的女兒雅格納司（Agnes）日後還生下這部小說的男主角奧斯卡（Oskar），一個不願意長大的侏儒。"Agnes"本義為「純潔」，而德文為"rein"，然"rein"又有「進來」之意，是巧合或是刻意，只有問作者去了。我要指出的是，警察不見蹤影之後，安娜才慢慢地站了起來，小說裡是這麼描述的：「我的外祖母才費勁地站起身來，似乎她已生了根，而現在正把這剛開始生長的植物連同泥土和纖維一起拔出來」（葛拉斯 46）。後面這段寫法引人深思：如果說，希特勒以各種手段讓最下層的「國民」直接、間接地成為他的幫手，那葛拉斯這部反省及批判納粹政權的小說從代表最底層的農民及長在地表之下的「馬鈴薯」開始，是有其意涵的。當安娜起身時彷如「植物連同泥土和纖維」一般拔出時，除了暗示安娜在助那男子「脫身」及其和裙下的男子之「入身」關係外（馬鈴薯是「地下」塊莖＝「陰」莖）[18]，也預告了日後納粹進軍波蘭、打下但澤市，使得世居當地幾世紀的西斯拉夫人（屬波蘭民族）一夕之間彷如植物被迫連根拔起般地離鄉離土也。之後，馬鈴薯其實一直伴隨著雅格納司。如海邊有個船工將一顆切下來的馬頭丟進海裡抓鰻魚那一幕，所用的袋子就是「裝馬鈴薯的袋子」（錫鼓 183），雅格納斯的老公馬策拉特買了幾條鰻魚回家煮，配的也是馬鈴薯（錫鼓 189）。事實上，鰻魚被從馬頭七竅裡抓出來的情形，其實就是當年在馬鈴薯田上，植物連同泥土和纖維一起拔出來的情景之「情色」版兼「政治版」的複製：加入納粹的馬策拉特在廚房裡的砧板上剁切鰻魚時，雅格納司的波蘭表哥正在臥房裡的床板上指姦他老婆。這場景要點出的就是：你作德國人「打手入侵」我波蘭，我波蘭人就「親手侵入」你老

婆！小說中之後所發生的關鍵場面由於主角奧斯卡(Oskar)身為侏儒之故，都與從下往上之仰角有關，依我之見，均可稱之為「馬鈴薯角度」[19]。至於男主角的Oskar後字尾「KAR」會不會就是「*KARTOFFEL*」(馬鈴薯)的字頭呢？無論如何，葛拉斯在這小說裡大量地將「飲食」(包括阿格納斯的暴飲暴食)和「縱欲」乃至「亂倫」(馬策拉特和安娜的表哥布朗斯基共用安娜，安娜生下奧斯卡，而奧斯卡和父親馬策拉特「共用」受託照顧奧斯卡的小女孩瑪麗亞，瑪麗亞則懷孕生下庫特)的場景，其意乃在藉「亂倫」顛覆、解構「獨裁政權」所曾講究、標舉之「秩序」(Ordnung)。

　　須得一提的是，葛拉斯以「馬鈴薯」來開展他的小說，絕非偶然，蓋至遲從18世紀下半頁開始，馬鈴薯就已是下層民眾的主要食物。「馬鈴薯」某種程度甚至就是「窮人」、「工人」或基層人民的代名詞[20]。而吾人若從現實世界裡的「飢餓」來看西方文學裡的「飲食」，就會發現，在為數不少的作品中，「飢餓」的確扮演了相當重要的角色，尤其是資本主義加工業革命興起之後[21]。其中例子如英國作家狄更斯(Charles Dickens, 1812-1870)的《孤雛淚》(*Oliver Twist*, 1838)和法國作家雨果(Victor Hugo, 1802-1885)的《悲慘世界》(*Les Misérables*, 1862)皆可視為是對19世紀工業革命後和資本主義下的窮人／工人某種程度的回應[22]。而《茵夢湖》(*Immensee*)作者史篤姆(Theodor Storm, 1817-1888)的小說《雙面人》(*Ein Doppelgänger*)則無疑可算是那個時代德國經典文學裡的相關代表。而在這三部小說裡，三位英、法、德作家皆不約而同地以「飢餓」來作為「窮」的指標：《孤雛淚》裡，濟貧院[23]裡飢腸轆轆的童工奧利佛代表所有小孩(因他中籤)端著舔了一乾二淨的碗怯生生地對著大師傅說出了：「對不起，先生，我還要一點。」('Please, sir, I want some more.)[24]結果被「穿著白色背心」的濟貧院理事罵說：「這小鬼會被吊死。」('That boy will be hung', p. 12)而'hung'不正是'hungry'的前四個字母！至於《悲慘世界》裡，本業為修樹枝工人的冉阿讓[25]會被判刑五年(數次逃獄被捕，共坐了19年牢)不也是僅僅由於失業的他為他那些眼看著就要餓死的外甥們 —— 他姐姐的小孩，共七個，最大的才八歲，最小的一歲（1.124）——偷了塊麵包而被逮？他就像大自然裡的一棵巨樹，原本樸真、挺拔、堅強，但一再被利剪胡整亂修，終致葉落枝枯、幹斷根蛀。而《雙面人》裡的男主角更生人暨失業工人苦力死打地（John Glückstadt）也是因為一時找不到適當的工作而被昔日軍中同袍誘使行搶，被捕坐完牢後，又因有前科而一再失業，與一女工結婚後生活難以為繼，日久乃致家暴妻女頻仍，「貧賤夫妻百事哀」不夠，還失手打死愛妻，最後為了餓到奄奄一息的女兒而在寒夜裡摸黑出門偷挖馬鈴薯，卻因霧濃而掉落在野地裡的一口廢井裡後，呼救無門，慘死在裡面。

　　中文「窮」這個字上「穴」下「躬」，既低頭又彎腰擠身穴下，正是「人在矮簷下，不得不低頭」的具體寫照。彎腰低頭就難抬頭挺胸，「高貴」沒有份，「低賤」算他的。拿來形容苦力死打地的命運，十分貼切。John Glückstadt本名為John Hansen。Hansen之所以會變成Glückstadt，是因為他被關的監獄所在地名為Glückstadt，意為「幸運之城」，出獄之後，這個名稱就跟著他了。「痛苦之源」竟稱「幸運之城」，反諷之旨，一目了然，本人因此將之譯為「苦力死打地」。

　　史篤姆這部撼動人心的小說一開始時，身分為執業律師的第一人稱敘述者在南德某鎮邂逅了一森林官並獲邀一訪其家。到達後，他發現他與森林官太太克麗絲丁是北德同鄉，其父乃係一名為John Hansen的工人。對家鄉十分熟稔的敘述者卻想不起見過

這樣的人。在克麗絲丁的記憶裡，她對父親有兩個剛好相反的形象，一個是三歲前的父親，凶狠亂罵還打她，一個則是三歲時，她母親去世後，與她相依為命，百般呵護她的父親。個中緣由，她至今無法理解。之後，森林官告訴敘述者，John Hansen在Glückstadt坐了六年牢後，被人改稱John Glückstadt。在克麗絲丁八歲那年，John有天夜晚一去不返後，從此在克麗絲丁的記憶裡只留下了John Hansen這個名字。而「John Glückstadt」這個名字，敘述者是認識的。

敘述者回房後逐漸拼湊出了他年輕時家鄉一位叫John Glückstadt的工人之不幸故事：身手俐落，但個性帶點懶散的John Hansen（後簡稱 J）從軍中退下後，在一家酒館當幫手，裡面來往的多是工人，其中一個名叫Wenzel的人由於酗酒而被開除，沒事就窩在酒館裡而和 J 漸漸熟稔。有天，在Wenzel的提議和誘引下，兩人幹了一票搶劫案，結果事發被捕，雙雙鋃鐺入獄。在獄中織紡棉紗六年後，坐監期滿的 J 改過向善，獲得當地市長支持並找到了一份專管女工在「菊苣田」（Zichorieacker）裡剷除雜草的監督工作。有天，J 救了差點跌進野地上一座廢井的十六歲女工漢娜（漢娜），兩人遂由相識、相愛而相守。期間，J還找人釘木板把廢井圍了起來，免生憾事。婚後，「貧賤夫妻百事哀」逐漸上演，不久，女兒克麗絲丁（Christine）出生後更是每況愈下。由於「更生人」的身分，常常無端失去工作的 J 開始變得脾氣暴躁，甚至會打罵妻小。個性剛烈的漢娜不但回嘴，也回手。就在一次激烈吵架時，J 一把將漢娜推倒在地。不幸地，漢娜的後腦杓就撞在一支沒了把柄頭的螺絲起子上（柄頭被孩子拿下當玩具玩），致命地插了進去。草草埋了漢娜 的 J 從此和三歲的女兒克麗絲丁相依為命，百般呵護著她，剛開始，一切尚稱順利。可惜，好景不常，J 的工作時有時無，常和女兒飢寒度日。

19

在一個嚴寒的聖誕夜裡，壁爐裡一根木柴也沒了，眼看著餓著肚子上床的克麗絲丁就要凍僵。J想起當初他找人用木板圍起來的那口井，於是就半夜摸出去將那些木材拆回家當柴火，滿屋子的溫暖終於讓克麗絲丁甜蜜地一覺睡到天亮。

正當J的工作情形漸漸好轉時，那個昔日損友出獄後，又來相擾，而 J 要求他離開時，偏被一個警察看見，從此J的工作一個接一個地丟了。有天夜晚，看著餓到快昏了的女兒，J決定溜到當年他當監工的田地裡去「弄」點農民尚未收成的馬鈴薯回來。 J 在野草蔓蔓的田地上摸黑裝了半麻袋的馬鈴薯後，卻又猶豫著是否該放棄此「盜竊行為」。就在此時，他似乎聽到天空裡傳來了一聲呼喚，要他回家餵女兒，許是心情緊張，也可能是往事盡回心頭──這裡就是他和漢娜初識的地方──霎時，「初識」變「出事」，他一腳踩空掉進了那座四周圍籬被他拆回家當柴火燒的廢井裡。一聲淒厲的叫聲迴盪在黑夜裡，接著，一切復歸寂靜，「彷彿大地將他吞沒了般似地」。（Storm 626: als ob die Erde ihn verschluckt habe）[26]

到此，敘述者忽然憶起，就在 J 失蹤的隔天傍晚，他在一個朋友家聽到其十四歲的兒子驚魂甫定地邊衝進屋裡，邊喊著：「有鬼！有鬼！我剛去了那口廢井邊的馬鈴薯田，要抓俗稱骷髏頭的蝴蝶，竟然聽到背後有人呼叫我的名字Christian，嚇得我拔腿就跑！」經過了三十年，敘述者此刻才意識到，那不是鬼怪在叫那個十四歲男孩的名字：Christian，而是困在廢井裡的 J 在絕望地喊叫著他心肝寶貝女兒的名字：克麗絲丁。敘述者接著又想起了，事件後幾天，曾有一個工人跟他提起，他去那口廢井的荒地除草時，看到有隻老鷹不知為何飛進了那口井裡，出不來，他靠近井口想抓那隻老鷹，卻被一陣撲鼻惡臭燻到差點昏倒，他還認為，這隻老鷹之前不知在哪裡吃過腐屍了。到此，敘述者這時

已經完整地拼出那個謎底了：那腐屍味根本不是老鷹身上發出來的，而是來自於井裡已身亡多日的 J 之屍體！(Storm 593-659)[27]

史篤姆在這部小說裡多次將失業工人 J 與馬鈴薯連結在一起，用意明顯：在野地裡無人收理的馬鈴薯不正是像他這類社會裡無人搭理的貧窮人？「彷彿大地將他吞沒了般似地」，他沒吞到什麼食物，最後卻被大地給吞了，這是多大的諷刺。其實，在這部小說裡出現的和「飲食」有關的東西 —— 馬鈴薯和咖啡 —— 都和「替代」有關。所謂「咖啡」指的是「菊苣」(Zichorie/Chicory)。J和漢娜的工作就是在菊苣田裡除草，在西方，「菊苣」就是「代用咖啡」的代名詞，而馬鈴薯更是19世紀窮人的代用食物。16世紀初，西班牙人剛把秘魯的馬鈴薯引進歐洲沒多久，有位瑞士的植物學家Jean Bauhin (1541-1613)在他所寫的書裡(History of the Plants of the World)就直指，「馬鈴薯是新世界(按：指中南美洲)裡麵包和麵粉的替代品」[28]。一個世紀後，果然馬鈴薯在歐洲真的代替麵包和肉片成了窮人充飢的主食了。1791年，來自美國麻薩諸塞州的Benjamin Thompson被巴伐利亞國王封爵並在其下任官，他為了重整慕尼黑市政有關濟貧的功能，就建議「把馬鈴薯納入人民的主糧」[29]。再過了整整一個世紀，1890年，一位工人子弟詩人出了一本詩集，其中一首題名為〈民族自由主義者為四口一家的工人所設計的食譜〉(按：「民族自由主義者」指的是資本家)，內容如下：

週日：
馬鈴薯[30]煮酸菜，加四分之一磅的肥油
這樣消化會不太容易，因此可以將胃撐得滿滿的
週一：
馬鈴薯煮豌豆，再加一磅的豬骨頭

保證再大的洞也能塞得滿，每個都吃到撐

週二：

燕麥半磅就好，馬鈴薯六磅

再加些脫脂奶就健康了，配點香腸湯會更好

週三：

就吃白、洋蔥，摻點油，不過，可別忘了馬鈴薯

咱以靈魂保證，不但能撐飽胃，也能強身固本。

週四：

油加洋蔥醬，內臟加蕎麥餅

再配馬鈴薯，跟諸位報告，滋味美極了

週五：

蕎麥粉做的煎餅。若有人是天主教徒

那就依禮俗用植物油來烤，當然，用湯面上刮下來的油

也是OK的啦！

週六：

加了一公升香腸湯的米粥（按：沒香腸，只是帶些肉汁

味的煮香腸的湯水）

肉？太貴了。再說，煮肉也挺費神的！

您瞧，這些食譜可真奢華，有營養，吃得飽還對身體好

給足足四口之家，一個星期還花不到三馬克

彼得斯先生是自由主義者，只花一點微薄的錢，

他就能提供這麼精緻的飲食。彼得斯先生，他住在內維

格司（Neviges）

（按：Neviges當時係德國西部一工業城，「自由主義

者」指的是資本家）

所以囉，工人們，別再嘟噥抱怨了，諸位可以吃得飽，
要知足。

而如果胃裡還在咕嚕咕嚕叫，那肯定是您心懷不軌，沒
別的原因。[31]

　　週一到週日都沒肉，週日到週四連五天，主要全靠馬鈴薯充
飢！這就是當時資本家給勞工一家的伙食。肉是主食，馬鈴薯
是副食，這點在卡夫卡的《蛻變》裡，就有清楚的描述：三位
房客「坐了下來，／……／把餐巾展開，手上並抓好了刀叉。
此時，母親立即端著一盤堆著高高的肉塊進來，緊跟在她後面
的則是端著一盤同樣堆的高高的馬鈴薯。」[32]在此之前整整一百
年——《蛻變》成於1912年，也就是1812年，格林兄弟童話第
一版裡的〈拇指哥裁縫流浪記〉（Des Schneiders Daumerlings
Wanderschaft）就有學徒不滿老闆娘提供的伙食「肉太少，馬鈴薯
太多」而離開（「Kartoffel zu viel, Fleisch zu wenig」）[33]。

　　整體來看，直到20世紀初，德語文學(其實是西方文學)，勞
工之被賤視及踐踏和馬鈴薯之賤幾乎可以畫上等號了。梵谷那幅
名畫〈吃馬鈴薯的人〉（1885)裡圍在桌邊陰鬱地吃著馬鈴薯的男
男女女臉上都有個狀若馬鈴薯的鼻子，即是在為「賤人就是馬鈴
薯」的勞動者發聲和留影了。甚至，好種也好養，量多又撐胃的
馬鈴薯就成了當時工資便宜又人數眾多的勞工和窮人之象徵了。
遠景出版社出的《悲慘世界》的封面用的即是梵谷那幅〈吃馬鈴
薯的人〉這幅畫，不是沒理由的[34]。而無獨有偶，Salaman那本
《馬鈴薯之歷史和其社會影響史》的內頁也附了梵谷這張畫。
此外，在德國1972年諾貝爾文學獎得主漢利希‧伯爾（Heinrich
Böll, 1917-1985)的短篇小說〈霸雷客家的秤〉（Die Waage der

Baleks)裡，村民的小孩放學後回家還得削馬鈴薯皮，削下來的皮不能丟，留著得給大人檢查，看是否削得太厚。而事實上，這些被削皮的馬鈴薯就是暗喻被霸雷客家族「剝削」的全村村民。

馬鈴薯除了代表被剝削的窮人或工人外，在文學裡還有無其他角色可扮演？有的。文末，試舉一例來看看。2009年的德國諾貝爾文學獎得主荷塔‧慕勒在1992年出了一本散文集，書名《一顆溫暖的馬鈴薯就是一張溫暖的床》[35]是以其中一篇散文之題為名。在這篇散文裡，她描寫到一個德裔羅馬尼亞人在二戰時並未加入納粹的黨衛隊(Müller 65)，1945年卻仍被以「集體罪責」(Kollektivschuld)之名而硬被遣往蘇俄。三分之二的人都死在路上，餓死或凍死的都有。「飢餓」把該名男子折磨到五十年之後，想起來，都還會說：

> 一顆馬鈴薯，在五十年之後，感覺還是像一張溫暖的床。到今天，每將用手把一顆沒削皮、煮得熱熱的馬鈴薯掰開時，還會不由熱淚盈眶。（慕勒 66）

熱騰騰的馬鈴薯在那種冰天雪地的情境下可說是具有中國前總理的架式 ——「溫」加「飽」（溫家寶），人類挨凍受餓的極限已使其瀕臨最直接的動物本能，能活下去就是希望了，但是，隱約中，聯想中的熱被窩還是直指「家」的溫暖，對照出了「敵我」之間的冷酷、無情及仇恨。

最後，再舉一例證明以飲食在文學裡的角色可達畫龍點睛之妙。荷塔‧慕勒在其另一部作品《風中綠李》裡有埋伏筆。這部小說是以控訴羅馬尼亞的獨裁政權為寫作對象的。小說一開始，作者寫道：「若我們沉默不語，我的心裡會不舒服。愛德嘉說，若我們說話，我們會變得可笑。」[36]結束時，也是一字不變的同

一短話。易言之，獨裁政權透過監控人民的舌頭，來遂行白色恐怖之暴行，因此，慕勒安插了這麼一幕：「當我打開冰箱時，在架子最後面擺著一個舌頭或是一個腎臟」（慕勒25），而接著後面寫道：「舌頭因為冰凍的關係變成乾乾的」（25）。舌頭可說話，可嚐食物，如今反了，舌頭（當是動物的舌頭）變成食物是要被吃的，乾乾的當然就跟「口沫橫飛」剛好相反了。這點和小說進結尾處，女主角的祖母被發現死亡時，「嘴裡含著著一塊蘋果」（279），是頭尾呼應的：到死嘴巴都要張開。為什麼？因為她老娘至死都想張嘴說話，為何是蘋果？因為，她老娘至死都想犯禁不聽話！這是一個圓滿的結束，對老祖母來說，對本文來說。

註釋

1. 「給溫煦的陽光映照成令人喜愛的金色的五、六個橘子」（182）對照的是小說一開始的「冬天的傍晚，天色陰沉」（178）和「我」手上的報紙報紙：「印刷品質不佳」，刊載的則是「外遇問題，新婚夫婦啦，瀆職事件，訃聞」（179，180）」。〈橘子〉，收於芥川龍之介，《羅生門》，文潔若 譯，台北：遊目族文化出版，2001，頁178-183）。代表知識分子的「我」終於看到「隧道」那一頭的光明。
2. 「草莓」已「熟透」，係用來對照老邁而衰弱的阿森巴赫對美少年達秋的非分之想。（托瑪斯‧曼，《魂斷威尼斯》，台北：志文，1999，頁48）。
3. 呂赫若，前途手記 —— 某一個小小的記錄，收於，《呂赫若小說全集》，林至潔 譯，台北：聯合文學，1995，頁125。
4. 在呂赫若的另一篇小說〈婚約奇譚〉裡，就有「叫李明和的男人／……／是街上最有錢的人家的兒子呀！到內地待了兩年後來，整天無所事事／……／，尤其以沉溺於酒和咖啡特別有名」（《呂赫若小說全集》，頁99，「突顯」出於筆者）。
5. 'Er ist ein Herr von der Kanzlei, erwiderte sie, indem sie eine wurmstichige Erbse etwas weiter als die anderen von sich warf.' (F. Grillparzer, *Der arme Spielmann*, in, F. G., *Gedichte. Erzählungen. Schriften, hg.* von Paul Stapf,

München: Vollmer, o.J., p. 205. 此為本人自譯)。

6. 卡夫卡,《蛻變》,金溟若 譯,台北:志文,1969,頁21。

7. 芥川龍之介,〈芋粥〉,收於,《羅生門》,鄭秀美 譯,台北:星光,1984,頁36。

8. 〈驕其妻妾〉,收於,《中國古典短篇小說選注》,徐志平 編著,台北:洪葉文化,1994,頁51。

9. 參閱Gerhard Neumann, Geschmack-Theater: Mahlzeit und soziale Inszenierung, in, *Geschmacksache*, hg. v. Kunst- und Ausstellungshalle der Bundesrepublik Deutschland, Goettingen: 1996, pp. 35-64.

10. 「到了晚上,耶穌和十二個門徒坐席/……/耶穌拿起餅來,祝福,就擘開,遞給門徒,說,你們拿著喫,這是我的身體。又拿起杯來說,祝謝了,遞給他們,說,你們都喝這個,因為這是我立約的血,為多人流出來,使罪得赦。」(馬太福音,第二十六章,20-29,聖經。新舊約全書,台北:台灣聖經公會,2005,新約,頁39)。

11. Gerhard Neumann, p. 44. 本段為自譯。

12. 喝了後,魔鬼Mephistopheles就小聲預告浮士德:Du siehst mit diesem Trank im Leibe Bald Helene in jedem Weibe. (這杯飲料進了體內,看到的每個女人都是希臘美女海倫(按:似乎有點台諺「當兵當三年,母豬賽貂蟬」之意)。Goethe, *Faust*, hg. u. kommentiert v. Erich Trunz, München: Beck, 1999, p. 84.

13. 此為另一版本:笑笑生,《金瓶梅》,劉本棟校注,繆天華校閱,台北:三民,1999,頁48。後簡稱「劉」。

14. 黃霖,《說金瓶梅》,北京:中華書局,2005,頁172。,

15. 不過,若是依胡德榮等人所編之《金瓶梅飲食譜》,「拖煎河漏子」似真有其菜,且「河漏子」應是北方的蕎麥麵。(北京:經濟日報出版社,1995,頁3。)由於篇幅有限,有關西門慶與潘金蓮這段「飲食男女」描述暨周遭配套關係不克在此細究,將另為文詳論之。

16. 參閱張國星,〈性・人物・審美〉,收於,名家解讀《金瓶梅》,盛源 北嬰主編,濟南:人民出版社,1998,頁249。另亦龔鵬程也指出,『俗言「大亨」「格故鼎新」。/……/「大烹以養聖賢」』(龔鵬程,《飲食男女生活美學》,台北:立緒文化,1998,頁195),並認為,「飲食」在儒家裡係「與其禮樂教化整體相關的」(193),繼稱「以儒家為主的政治哲學,具有濃厚的飲食思維。所謂禮教或王道,基本上乃是甘飲美食以養民」(211)。

17. 葛拉斯，《錫鼓(上)》，胡其鼎 譯，台北：貓頭鷹，2001，頁40。

18. 馬鈴薯的塊莖就屬「地下莖」"underground stem"，而「地下莖(underground stem)以通俗的用語來說，就是『根』，而在十六、七世紀的歐洲，『根』被認為／……／可加速婦女月事來潮、分泌乳汁，讓男人分泌精液」(賴瑞‧查克曼(Larry Zuckerman)，馬鈴薯。《改變歷史的貧民美饌》，李以卿 譯，台北：藍鯨，2000，頁26)。

19. 鄭芳雄在為此《錫鼓》中譯本所撰之導讀中指出，侏儒像「小孩看大人世界，從下面看上面，往往看到成人社會的反面和陰暗面」並指出奧斯卡爬到牌桌下看表舅布朗司基以腳玩弄奧斯卡母親阿格納斯的陰部及在閱兵台下敲著錫鼓打亂納粹閱兵軍樂的節奏，有其道理(錫鼓 19-21)，本人十分認同，唯筆者以為，馬鈴薯所扮演的角色貫穿其間，有待開展。另，「侏儒」角色之解讀，亦請參考：謝志偉，〈四十年後看錫鼓 —— 從巨人德意志到侏儒奧斯卡〉，頁39；自由時報，自由評論，1999.11.28。

20. 參閱Gunther Hirschfelder, *Europäische Esskultur. Eine Geschichte der Ernährung von der Steinzeit bis heute*, Frankfurt/a.M.: Campus, 2001, p.169-186 (Kapitel 9, Der hungrige Fabrikarbeiter)。

21. Wilhelm Völkesen出的書《*Auf den Spuren der KARTOFFEL in KUNST und LITERATUR*》(Bielefeld: Gieseking, 3. Erweiterte Aufl., 1988)主要以雕塑、畫作和詩為主，歷史背景資料固有之，惜並未作「文本解讀」。

22. 1849年，在馬克斯和恩格思出版了《共產黨宣言》(*Manifest der kommunistischen Partei*)，一年之後，馬克斯針對「勞動」做為「商品」與資方之間的「買賣」關係所寫的報章文章(多為演講稿)結集出版《雇傭勞動與資本》(*Lohnarbeit und Kapital*)。

23. 「濟貧院」原文是"workhouse"，字義應是「工廠/場」才對，原本應為「救濟貧民或孤兒」之用，結果卻濟貧兼剝削「童工」，是「天下沒有白吃的午餐」的另類最佳寫照。事實上，倫敦在十八世紀(1776)時就已有約80家類似濟貧院的機構，總共可容納到1,6 000人。(參閱：*The Childhood of the Poor: Welfare in Eighteenth-Century London*. Alysa Levene. Palgrave Macmillan, 2012. Palgrave Connect. Palgrave Macmillan. 05 Mar 2013. P. 108. http://www.palgraveconnect.com/pc/doifinder/10.1057/9781137009517)。有在歐洲遠古希臘羅馬時代直至中古時代至今，「飢餓」、「濟貧」和「慈善」(caritas)之間的關係從沒斷過。意者可參閱Bronislaw Geremek, *Geschichte der Armut. Elend und Barmherzigkeit in Europa. Aus dem Polnischen von Friedrich Griese, München: Artemis, 1988.

27

Wilhelm Abel, *Massenarmut und Hungerkrise in Deutschland im letzten Drittel des 18. Jahrhunderts*, in, Ulrich Herrmann（Hg）, *Das pädagogische Jahrhundert*. Volksaufklärung und Erziehung zur Armut im 18. Jahrhundert in Deutschland, Weinheim, 1981, S. 29-52。

24.Charles Dickens, *Oliver Twist*, Oxford: Oxford University Press, 1999, p. 12.

25.雨果，《悲慘世界(一)》。鍾文　譯。台北：遠景，1992，頁125。

26.Theodor Storm, *Ein Doppelgänger*, in, Th. Storm, *Am Grauen Meer*. Gesammelte Werke, hg. v. Rolf Hochhuth, Gütersloh: Bertelsmann, o.J..

27.本段故事為本人依德文版本簡譯為中文，篇幅所限，僅就要緊處下筆，掛一漏萬，可能難免。

28.Redcliffe N. Salaman, *The History and Social Influence of the Potato*, Cambridge: Cambridge University Press, 1985, 104.（本人譯之為：馬鈴薯之歷史及其社會影響史）

29.Gerd Splittler, *Das einfache Mehl*: Kost der Armen oder Ausdruck des feinen Geschmacks?, in, Geschmack sache, p. 149. 此為本人自譯。

30.「突顯」係筆者所為

31.Jakob Audorf, *Nationalliberales Küchenrezept für eine Arbeiterfamilie von vier Personen*, in, Bernd Witte（Hg.）, *Deutsche Arbeiterliteratur von den Anfängen bis 1914*, Stuttgart, Reclam, p. 113 -114.此為本人自譯。

32.金溟若的譯本不知為何漏了「妹妹端著馬鈴薯進來」，只有「母親手裡端著盛了肉的罐子」（50）這一句，但在德文版裡是有的："Sofort erschien in der Tür die Mutter mit einer Schüssel Fleisch und knapp hinter ihr die Schwester mit einer Schüssel hochgeschichteter Kartoffeln."，in, F. Kafka, *Die Verwandlung*, Franz Kafka: Gesammelte Werke. Band 5, Frankfurt a.M. 1950 ff.,p. 96.

33.*Des Schneiders Daumerling Wanderschaft*, in, Kinder- und Haus-Märchen Band 1, Große Ausgabe. 1. Auflage, 1812, p. 196.

34.而這塊馬鈴薯田，安娜的弟弟之前兩天才犁過。這位弟弟叫何名字？Vizent! 也就是說，與畫那幅「吃馬鈴薯的人」的梵谷同名(Vincent Van Gogh)。

35.Müller, Herta: *Eine warme Kartoffel ist ein warmes Bett*. Hamburg: Euro. Verlags-Anstalt, 1992.

36.荷塔‧慕勒，《風中綠李》，陳素幸 譯，台北：時報文化，1999，頁7。

試論永井荷風的外遊體驗與
飲食書寫

王佑心*

　　日本耽美文學派巨擘——永井荷風(本名永井壯吉，1879-1959)一生不拘世俗常套，其詩情洋溢、享樂唯美式的文風，被認為是當時偏重探求個人內在精神的自然主義全盛時期下的一枝獨秀，因而被譽為耽美文學派的先驅者[1]。荷風自兒時起便接受漢學與西方文化教育，同時亦深受喜愛日本藝文的母親・恆的影響，除嗜讀江戶戲作小說外，亦曾入岩溪裳川之門學習漢詩，師事歌舞伎座立作者福地櫻痴見習狂言作法。但沉醉江戶文學且出入吉原遊廓的荷風，不但未考取菁英輩出的舊制第一高等學校，更因為缺席次數過多，遭到一ツ橋高等商業學校退學[2]。這與曾為日本公費留美學生及歷任文部省(教育部)、內務省(內政部)官職，退休後又擔任日本郵船公司要職的實業家父親・久一郎的形象大相逕庭。雖然悉知荷風憧憬遊學法國的心意，但父親終以必

＊王佑心／銘傳大學應用日語學系助理教授

29

須先留學美國習得立足於實業界之技能為附帶條件，才允諾了這位浪蕩子的法國行[3]。從1903年到1908年約莫四年的時間裡，荷風終於得以一償宿願，外遊美國與法國。

　　筆者認為，荷風的外遊經驗可謂一場跨國越境的冒險，亦可視為一種跨文化的實踐。荷風的外遊者身分意味著他個人除了將橫越過東西國境之外，也即將面對跨域文化的種種挑戰。更值得注意的是他雖然人在異域，卻仍十分關心日本文壇的發展。從他陸續將外遊體驗投稿日本國內諸多雜誌即可知[4]，如此積極碰觸文壇與留心讀者反應的作為，無疑是意識到、並明顯顯示自己身為文化仲介者(翻譯者)的身分。爾後他將外遊見聞體驗集結成書出版——《美利堅物語》(『あめりか物語』(1908))與《法蘭西物語》(『ふらんす物語』(1909)，其後因內容有敗壞風俗之虞而遭禁)，並特別在《美利堅物語》扉頁放入附上原文的波特萊爾的〈旅行〉翻譯詩以表明其心志。

> Mais les vrais voyageurs sont ceux-là seuls qui partent
> Pour partir, coeurs légers, semblables aux ballons,
> De leur fatalité jamais ils ne s'écartent,
> Et, sans savoir pourquoi, disent toujours : Allons !
>
> （Le voyage—Ch.Baudelaire）

> 唯だ行かんが為めに行かんとするものこそ、真個の旅
> 人なれ。
> 心は気球の如くに軽く、身は悪運の手より逃れ得ず、
> 如何なる故とも知らずして、
> 常に唯だ、行かん哉、行かん哉と叫ぶ。
>
> （旅—ボードレール）

只有純為出發而出發的人才算真正的旅行者，

他們不曾閃避命運的安排，帶著如氣球般輕快的心，

雖不知道為了什麼

他們直嚷著：動身前行吧！　　（旅——波特萊爾））[4]

在這兩本外遊體驗記中，我們可以欣賞到荷風翻譯國語言（詩歌）的表現外，更對其中跨越種族國界的漫遊男女間愛戀情仇交織的書寫，最特別的是作者透過飲食行為來描繪這跨文化場域中感覺與感情的書寫表現，感到印象深刻。而這些描寫言語與文化移動的過程，與其間發生的相剋或融合的痕跡，在在都是一種翻譯能量的釋放。這樣的書寫行為正是透過荷風個人的反骨特質，將外來與內部種種言語文化、體制權力的衝突與磨合，翻譯轉化為多樣流動訊息，並不斷測試界線與極限所在。因此本文將透過荷風的飲食書寫，試圖檢視身為文化翻譯者的荷風是如何在語言、種族、文化匯集的場域中，發揮個人特質，找到新生的創造力量。

■ 一、飲食記憶召喚的隱喻符碼

首先，在《美利堅物語》24篇短文中，「一月一日」是書寫最多有關飲食記憶的篇章。內容敘述某位東洋銀行美國分行的日本人社長為慶祝新年開春，於自宅招待20餘位同胞，大啖雜煮餅、鯡魚卵、烤海苔、日本酒，享受一整晚濃濃日本年味的日式料理宴會。

「來到美國還能享受到這樣的美食，真令人想不到

啊。」有這麼位人士捻著鬍子一派正經地道著謝。

「夫人，這家鄉味可是醫好了我的思鄉病啊。」也有人
輕笑地這麼說。另外還有人狀似委屈地訴說著「我可是
有兩年不曾有過像樣的年啦。」（頁152）

不過就在一片思鄉懷舊的氛圍中，有人提及了缺席的謎樣男
子——金田，還有他令人難以置信的言論。

「再沒有比日本酒和米食料理更令人厭惡的東西
了⋯⋯」（頁153）

金田的話題便由此開展，於是敘事者娓娓道來金田的故事。
原來是只要看見日本料理，金田便會想起母親悲慘的一生。回憶
起一生中幾乎未曾脫下過家事圍裙的母親，最後竟死於一場感冒
引起的急性肺炎——因為在降下大雪的寒夜，只顧著移動父親
「最重視」的盆栽進入室內而著涼。可是相對地，父親對於母親
的家事及料理，舉凡早餐的味噌湯的香味、鹽分量的拿捏，到醃
黃蘿蔔的切法、醃製海味的擺盤，總是絮絮叨叨地百般挑剔。金
田回憶自己打從出生起，耳中聽到的第一聲聲音便是滿臉皺紋的
父親的責難聲，而目中所及處處是母親忙碌的身影。自此在金田
心中對父親有著禁不住的懼怕厭惡，而對母親則是苦難心痛的感
覺。

爾後金田逐漸長大，本來打算高中畢業後自組新家庭，「邀
請母親一起愉快地吃頓飯」（頁157），但是母親卻在即將畢業的
那個冬天病逝離去。如今來到美國的金田，不但「不知思鄉病為
何」（頁158）「品嘗了與自己過往毫無關係的香檳，還有形狀與
內容完全和讓母親哭泣的食物不同的西洋料理，於是第一次愉快

地用了餐」（頁159），還想要永遠定居國外。而這場新年日式料
理宴會，最後則在眾人屏息聆聽下，一片寂靜中只聽見女主人的
微弱的嘆息聲中悄然結束了。

透過金田的兒時回憶首先可以發現到，母親的料理對金田
而言具有下列面向及意義：1. 威權父親的回憶、2. 弱勢母親的回
憶、3. 自己個人兒時記憶的證據，而這三項同時指向金田本身身
份認同的記號。

在金田的敘述中，他對自己父親的厭惡其實不僅僅是來自於
兒時記憶、更是他以西洋人夫婦間相互對等的行為模式（「那怕
是表面形式上的偽善也好、什麼也好，夫為妻切肉排取餐盤，妻
為夫添茶水分點心，單只看他們的舉動都感到愉快」（頁158）），
即西方價值觀來衡量自己的父親與祖國日本的結果。金田對無法
否認血緣關係的父親感到厭惡，但其實同時也是自我厭惡的表現
吧。因為他從父親身上看見了未來的自己，了解自己恐怕也只是
威權父親形象的眾多模仿者之一。而另一方面，儘管金田現在儘
量讓自己由內而外的行為舉止像一個西洋人，但內心其實對西洋
仍有著不盡全然了解的疏離感。從他評論西洋人夫婦間相互對等
的關係，也不無可能是「表面形式上的偽善」這一點即可看出這
是金田的矛盾之一。

在此特別留意到，金田本想與母親共享飲食的樂趣，但因母
親的驟逝而難以圓夢一節。此一結果當然可視為金田被命運阻斷
了與母親共有的回憶，也間接暗示著，過去回憶蛻變為可以慰藉
重生自己的可能性已經化為烏有。而更值得注意的是，在母親過
世後的日子裡，金田主動地拒絕飲食與母親回憶相連結的日本料
理。遠離家鄉的他，是否藉著拒絕米食料理及日本酒，來徹底排
除對打算從身分認同中解放的自己形成威脅的隱喻符碼：父親、
母親、料理、家鄉、日本。也就是說金田真正想排斥的是，將他

33

自己本人歸屬在屬於父親、母親、日本的鄉愁的桎梏。透過金田陳述的回憶，不但活化了日本料理與父母親之隱喻，亦突顯出他本人在飲食行為中透露出的矛盾情結，而得以重新正視身分的認同與解放的課題。

　　日本傳統過年家常菜，與滯美銀行界人士的思鄉懷舊情感記憶似乎形成了一體共生的關係。把飲食風景當成民族認同的心景，這是常見的喻象。但本作品透過主角人物來暗示拒絕參加此一認同儀式，證明了作者荷風對個人主體或身分認同的看法——即並非將個人與他者(家／國)合而為一的單純想像。末延芳晴(2005)認為荷風無所屬「某一身份歸屬」，亦對比無所求。荷風不屬於某個社會或是某個記號，他是無記號的孤獨者。而此一孤獨疏離感的源頭正來自美國外遊體驗[6]。因此，荷風本身將能夠擁有更多樣的面貌(包括語言)，呈現一更開放的狀態，將外遊生活中的飲食或男歡女愛的體驗不斷轉化為文化印記，在雙向牽引的拉鋸移動中，因差異而產出矛盾相剋，皆讓這跨越東西空間、各種邊界的外遊體驗成為一個文化再生產的過程。荷風的這跨領域觀點表現了其在傳譯或翻譯東西文化的邊緣特質外，更指向其創作定位在先於任何意義規制的層次。正如班雅明所言，翻譯之「純語言」概念。

> 翻譯的自由，並非來自訊息的語意，(中略)在翻譯語言中拯救那被放逐異地的純語言，將束縛在作品中的語言，透過再創作解放出來，這是譯者的任務。為了這任務，譯者要打破自己語言腐朽的藩籬。[7]

　　評論荷風文學的學者常常將他的外遊體驗與森鷗外、夏目漱石的留學經驗相互比較，認為荷風提供了「孤高的個人主義」

這樣的思考[8]。但是以文化翻譯者的角度重新審視荷風,可以發現其實他刻意遠離某一種概念化事物所規則的特定組合模式(符碼記號),或某一種文化思考事物的方式(單一普遍的解釋)。他其實是拒絕僅止於語彙間單純的等值(equivalence in meaning)這類普遍意義的翻譯,或是用「代言之」或「唯一移轉」的方法將讀者引導至單純的自他排斥或認同的想法上。相反地,他引領讀者反思既有制度與個人的牴觸與矛盾面,進而質疑一般認知與理解。在「打破自己語言腐朽的藩籬」後,從開展的新的創作中獲得新生。

■ 二、嗅覺與飲食‧男女

荷風之飲食書寫的另一大特色,便是他十分擅長透過嗅覺、聽覺等感官知覺,來引導出飲食行為的隱喻符碼。以下分二、三節敘述之。

在《美利堅物語》的〈醉美人〉中,荷風藉一敘事者的身分來鋪陳一名法國男子縱慾混血女子的情節。文中沒有太多直接描述的露骨字眼,而是用了「點上一根香味極強的土耳其雪茄慢慢瀰漫」(頁59,以不同字體注記為筆者標示,以下同),和「那女子和男人抽完了一兩根(雪茄)後,一飲而盡比寶石還尊貴的香檳。突然間美酒與暖爐的火如內外夾攻似地,讓那女子血脈賁張,儘管她已幾乎懶得睜開眼睛,但仍自男子的身後環看著房內四周。轉眼女子變得像骨頭散了似地,一手垂掛在地板上昏沉沉地睡去。」(頁59-60),如上的嗅覺感官描繪來說明兩人的歡愉世界。末了,敘事者言道「今晚讓咱們也貫徹他的信仰,大啖酒肉美食挑戰味覺神經極限吧!看先到哪家飯館去。」(頁62-63)。飲食行為在此處暗喻男女歡愉之延續。

又或是在〈夏之海〉中，荷風將嗅覺感官活動做一延伸聯想，驚豔夏日的海邊如同那「雪白肌膚透露著芬芳香氣之溫柔鄉」（頁197），之後以「一杯檸檬水潤喉」（頁199），飛奔上返回城市的電車。自電車上的異國美夢醒來後，再度以「水果生薑酒潤喉」，之後便「進入了法國餐館中享用晚餐」（頁202）。飲食行為在此處隱隱透露著荷風內心交雜著對男女自由歡愉的含蓄與渴望之情。值得注意的是荷風在〈夜行〉一篇中，倒是直接點出在深夜走入陰暗陌巷中尋訪歡樂的自己，「為何對禁食的果實倍感甘甜而情有所鍾。那是因為禁忌之物能增添美味，而犯罪能讓香氣更濃郁」（頁253）。在這無須顧及公領域種種忌諱的他，將曾被丟棄遺忘的、身為人最原始的感官知覺──氣味（嗅覺）、飲食（味覺）與男女（性）重新找回，重新演繹它們的關係。荷風的下一部外遊體驗《法蘭西物語》中除了延續此一主題外，場景已不再侷限於暗夜陌巷中。例如〈再會〉一篇，敘述獨坐咖啡廳的自己，「聞到了一陣伴隨著溼冷刺骨的晚風飄來的附近餐廳烹煮料理的氣味，混雜男男女女脂粉汗臭，讓人禁不住地生出莫名的混亂感覺──如同醉酒後交雜著幾分苦惱的強烈快感」（頁142）。「飽食後的微醺，加上夜晚清新的空氣，眺望四周光亮的美景，湧起難以言喻的心情。與夜遊男女擦身而過或因錯身不及的些許爭端，彷若醉酒之人，變得頗為有趣。」（頁145）由此可以想見那尋求自由解放之情已經止不住深藏內心而溢於言表。

另外值得一提的是，荷風對於來自日本與中國的移民勞動者亦多所著眼。在《美利堅物語》中荷風多次提及，並形容他們：「與其說是人，不如說是當成了貨物包裹在又窄又髒又臭的船底倉庫中堆疊。」（〈牧場小徑〉頁21），「身處在極度黑暗且馬糞堆積，煤煙味臭氣沖天，正常人無法呼吸的地方。」（〈西雅圖港邊的一晚〉頁278）。而「這樣的地方竟看見瀰漫著燒烤豬牛肉

惡臭油煙味的攤販賣店。本以為在街底或是髒亂惡臭的地方附近
還能擺上小吃攤販賣店的，只有東京的淺草而已呢」（同上，頁
283）。荷風也到了中國城，提到在美國任何地方都不可能聞得到
的「滷味青蔥的臭氣」，「混濁著香燭與鴉片的香味，陣陣撲鼻
而來」（〈中國城一遊〉頁243-244）。屬於家鄉的料理記憶，卻
在異鄉的最低階生活中，混濁著絕望、苦痛、罪惡、墮落的氣
味，真實地展現在眼前。

　　但這些情景在荷風的眼中，這些既非思鄉懷舊的想念，亦不
是人道慈善的悲憫。之所以愛上中國城，因為這裡是他的詩想
「〈惡之花〉的寶庫」（同上，頁248）。荷風眼中的料理飲食，
以及其延伸出一切的符碼記號或行為與感官知覺相結合後，明顯
表現出相互聯繫的可能性與作家心中全新的創造書寫與空間。

▌▌ 三、聽覺與美食料理的饗宴

　　在第一節裡提到《美利堅物語》中的作品「一月一日」，日
本新年宴會剛開始時客人們的勸酒進食聲此起彼落，可比蛙鳴蜩
噪，恰與故事結尾中在一片寂靜中女主人的微弱的嘆息聲形成強
烈對比。我們可以看到荷風巧妙地將飲食行為結合聽覺，此處表
面上點出女主人的無奈，其實更是清楚地描寫出傳統菁英階層對
安定身心的唯一途徑的不安定感，微弱的嘆息聲欲擊碎巨大的歸
屬感的和諧假象。

　　荷風對於熱愛的西班牙料理與法國料理亦加入了聽覺的書
寫。與眾不同的是，荷風不單愛上西班牙美食、更愛上西班牙語
的發音。在《法蘭西物語》的〈西班牙料理〉中，「每天去吃飯
時都能聽學上那一兩句西班牙語，是多麼美妙的響聲迴盪在耳際
啊」（〈西班牙料理〉，頁264）。其中原因之一是「這發音為我

增添無限的口感滋味與美夢想啊」（同上，頁264-265）。其二則是「因為聽著歌劇卡門，遙想熱鬧翻騰的鬥牛逸事，此刻便想品嘗歌詞中出現的美酒，因此我沒有一天不上西班牙料理餐廳。」（同上，頁264）西班牙語（聽覺）與西班牙美食（味覺）匯聚、流入又流出在荷風的肉身中，他同時享用與想像〈異國〉，在這交匯中生產他個人的動能。

在〈巴黎的離別〉一篇中又敘述道，荷風前往倫敦將搭船返日的前夕，在看來廉價的法國餐廳裡遇上一位真正的巴黎女郎。方才離開萬般想念依依不捨的巴黎，荷風現在「如同見到沙漠綠洲般，一瞬間稍能撫慰自己思鄉之情」（〈巴黎的離別〉，頁224），「只是那巴黎女郎手上雖拿著叉子卻不打算吃，她仰頭直盯著沾滿蒼蠅穢物的天花板看，如同從異國移植而來卻褪色凋零的花朵」（同上，頁225）。那女子是因為工作而來到倫敦的，她寂寞地說著英國食物完全不合口味來才到這家法國餐廳。因雨不停歇，荷風趁機送她到宿舍門口，她最終與荷風道別「謝謝你。再見了」（同上，頁227）。這一聲「道地的巴黎口音的再見」（同上）對荷風而言則是「永別」。永別眼前的「道地的巴黎女郎」（同上），永別法式料理，永別法國，永別萬般不捨的自由解放的心與精神。這邂逅融入了料理與聽覺的書寫，撞擊出荷風生命的真如。

荷風運用敏銳的觀察力，加入聽覺或前節所述之嗅覺與味覺，使感官享受的程度與層次更為明顯、更加深入。而透過當下主角人物（時而為荷風以第一人稱書寫）的煩悶情緒夾雜著心理作用，觸發新感覺，建構新的觀察主體與主體性。因此荷風的飲食書寫已不再只是一種異國美味、一件事物或一份感情，而是荷風在文化越境的課題上，為了能超越來自歸屬價值的對立關係，所進行的以感官直覺（嗅覺聽覺以至於味覺）為出發點的思索和聯想。

▌▌ 四、〈翻譯〉飲食書寫

　　荷風以外遊者身分創作的《美利堅物語》與《法蘭西物語》
兩部作品，其中不僅可以看見新大陸之混雜文化的縮影，更能夠
清楚地看見迥異於受近代西洋影響模式下誕生的文化越境者——
荷風，他將近代都會的紐約或巴黎置於匯聚八方資源，異域文化
對話交流的中心位置，並嘗試了融合飲食與感官知覺的書寫，且
從不侷限飲食行為在原屬詞彙或固著的認知的脈絡中。

　　在《美利堅物語》與《法蘭西物語》中，大都會吸引來了懷
抱淘金移民夢想的日本與中國或其他國家的移民，也帶來了漫遊
在地理與文化界線的男男女女。如果說他們的日常生活便是跨文
化場域，而他們的食・色・味便著實地記錄了所有的跨文化記
憶。翻譯他們的食・色・味便是閱讀記憶這跨文化場域。真銅正
宏曾評論，荷風文學中雖可找出書寫料理的文字，但卻少見對料
理味道的描繪，書寫料理僅是荷風表現其美感美學之手段[9]。筆
者認為更進一步地說，荷風的這份美感美學表現正是來自其發揮
身為文化越境者的翻譯者的天分與天職。

　　由本論文中舉例之篇章來看，飲食一事絕不單純只為回應生
理需求，爾後涉及望鄉回歸或自我主體建構層次的美食饗宴，時
而威脅、時而抵抗個人內部之「應該」歸屬某一記號符碼之記
憶。荷風質疑以歸屬在某一單一基準下的樣態，以此來面對相異
文化之交雜與矛盾。但相反地，當解放自己於規制界線之外時，
煩悶情緒仍然時時纏繞於心，不得不言其疏離感亦隨之增強。而
這些都構成了《美利堅物語》與《法蘭西物語》兩文本的特殊張
力。兩相不同文化相互混雜的情況下，筆者認為荷風的戰略是不
斷地去試探與挑戰個人與體制基準間的制衡點，甚至是其極限

所在。他身處文化交雜之地，且從知覺感官出發，重組飲食行為(嗅覺與聽覺加上飲食的延伸聯想)，以再現異化與混雜的特色。

因此特別要強調的是，荷風的體驗並非單純往返〈過往〉與〈現在〉間的父子對峙或新舊對立或融合，彭小妍指出：

> 賽登斯提克的翻譯及史耐德的分析都暗示：浪蕩子／藝術家高度自覺身處於歷史的分水嶺，一心一意從事自我創造。醉心於西洋文學典範，執迷於自身藝術境界的完美，荷風從江戶、德川傳統中尋求與過去文化的連結，進而尋求創新文學語言及敘事模式的可能性。[10]

荷風挑戰的是來自於對某一規範制度的執著，在外遊期間他悠遊於歌劇藝術的美感世界，但也時常出沒於不同文化接觸的邊緣地帶和疆界處，接觸混雜在此不同階級甚至是身分不搭襯的人。身為「浪蕩子」或為「藝術家」，荷風透過飲食行為與知覺感受(特別是嗅覺、味覺與聽覺)，共同形塑出異地文化的飲食新體驗，此刻已經顯示出荷風個體之主體意識與感知結構的逐漸重組，這或可視為他的自我創新吧。

而在這樣的情況下，反倒是遠離市中心的郊外山崗，或是地處邊陲的暗夜陋巷，自然風景與妖美娼婦們鞏固了荷風的信仰。我們注意到它們・她們與荷風之間相互以嗅覺、聽覺與味覺織就或創造的記憶與經驗，已從飲食男女的日常生活中變化，足以使荷風經驗跨越境界線之衝突，從被規制的如家・國的倫理位置鬆脫，且在這磨合過程中得到重新翻譯、建構跨越境界線之後的、全新的自他關係。

▌▌ 結語

　　本論文特別關心荷風在外遊旅行的過程中,如何透過飲食行為的體驗與嗅覺、味覺與聽覺等感官知覺記憶的相互作用,形成新的自我主體性與建構跨領域、跨文化的場域。在考察分析過程中,可以看到荷風與日本或西洋的關係,是一種交雜與拉扯的張力,而非妥協、亦非和諧的關係。這超越〈起點—目標〉兩項對等關係的文化越境行為,從不曾有絕對性的,或在同一體制規範下的唯一標準答案。雖然荷風已經意識到跨文化場域的建構有賴於與他者間的關係,如此一來充滿著不確定、當然也欠缺穩定性。但唯有在此流動場域中,才能徹底發揮荷風個人的反骨特質,將固有的領域記號與飲食記憶重新糅合塑造,翻譯轉化為多元訊息。也唯有如此,荷風才能在這不安的場域中獲得安全感,與繼續前行的力量。

　　正如荷風所言,

　　餐點已經結束了嗎?
　　不,
　　還要繼續品嘗我們的吻。
　　《法蘭西物語》(〈橡樹落葉〉,頁298)

主要參考書目

1. アンソニー・ピム著/武田珂代子譯(2010)『翻訳理論の探求』、みすず
　　書房(原著:Anthony Pym,(2010)"Exploring Translation Theories" London
　　& New York: Routledge)

2. 三ツ木道夫編訳（2008）『思想としての翻訳』白水社。

3. 真島一郎編（2005）『だれが世界を翻訳するのか―アジア・アフリカの未来から　』人文書院。

4.出原隆俊（1997）「〈下層〉という光景―荷風「あめりか物語」、「ふらんす物語」の一面」『異文化との遭遇』、笠間書院。

5. 松田良一（1995）『永井荷風―ミューズの使徒』、勉誠社。

註釋

1.詳見以下先行研究資料：浅井清・佐藤勝等編（2000）『新研究資料　現代日本文学』第一巻、明治書院、p.115,古屋健三（1999）『永井荷風冬との出会い』朝日新聞社、p.189,中村光夫（1951）「解説」『ふらんす物語』新潮文庫、p.321等資料。

2.詳見竹盛天雄「永井荷風年譜」『文芸読本―永井荷風』河出書房新社、1981年。

3.詳見永井荷風「吾が思想の変遷」『荷風全集』第二十七巻（岩波書店、1995年）、p.30。

4.末延芳晴（2005）「関連年表」『荷風のあめりか』、平凡社、pp.444~453。

5.本論文使用之文本如下：永井荷風《美利堅物語》（『あめりか物語』）講談社文藝文庫（2000）），永井荷風《法蘭西物語》（『ふらんす物語』新潮文庫（2006））。此處法文與日文引用文皆引用自《美利堅物語》，中文翻譯文由筆者自譯。本論文中其他引用自文本中的日文中譯部分，皆由筆者自譯。

6.末延芳晴（2005）『荷風のあめりか』、平凡社、p.265。

7.胡功澤（2009）〈班雅明〈譯者天職〉中文譯文比較研究〉《編譯論叢》第二卷第一期、p.241。

8.磯田光一（1989）『永井荷風』講談社、p.69,p.74。

9.真銅正宏（1997）『ユリイカ 特集永井荷風』3月号、青土社、p.290。

10.彭小妍（2012）《浪蕩子美學與跨文化現代性》聯經出版、p.344。

村上春樹作品中的甜甜圈：
與「自我」之關連性

趙羽涵*

　　村上春樹的小說除了引人入勝的情節之外，書中所談論到的
美食也一樣讓讀者們意猶未盡。村上春樹的作品當中，幾乎每本
都會提到各式各樣的美味，村上不但對於食物的描繪十分拿手，
有時還會將料理的過程敘述地相當仔細。

　　無論是在閱讀《如果我們的語言是威士忌》時，令讀者彷彿
置身其中，一邊閱讀一邊隱約嗅到那淡雅的威士忌酒香；或是
《發條鳥年代記》開頭中，煮到恰到好處、中間留有麵心的彈牙
義大利麵；還是《神的孩子都在跳舞》短篇中，光聽名稱就垂涎
欲滴的蜂蜜派。而《挪威的森林》中，別說小林綠的草莓蛋糕理
論讓讀者記憶深刻，她親手做的醋漬竹筴魚、肥肥厚厚的玉子
燒、自己做的鰆魚西京漬、燒茄子、蓴菜湯、玉蕈飯，還附有大
量切細的黃蘿蔔上面灑了芝麻。更是令人想一嚐其關西風的滋

43

* 趙羽涵／淡江大學日本語文學系碩士班

味。

　　身為村上春樹書迷，總是想著哪天有機會一定要試著動手做做看書中的料理，或者若是有哪一間餐廳能夠推出「村上春樹菜單」那就再好不過了。不過，假使有一天，實際的料理真的擺在眼前，卻似乎和原本想像中的樣子不太相同……。即使如此，沒關係，暫且帶著雀躍又緊張的心情嚐上一口，卻又更加肯定了眼前實際的料理並非是想像中的味道。這時，便會明白現實果然不如想像中美好，而難免感到些許失落。因此，邊閱讀著村上的作品，邊將這些書中的美味在自己腦海中重現也不失為一種美好的品嚐方式不是嗎。

　　然而，除了上述說的料理之外，有一種是我們隨手可得，方便又快速的美味。此時你腦海中浮現的是什麼呢？我的答案是──甜甜圈。村上春樹的讀者們一定不難發現它充斥在村上作品中的各個角落。例如在《舞舞舞》一書中，甜甜圈就經常出現。主角為了尋找奇奇到了北海道，大多以甜甜圈當做喚醒早晨的第一餐。根據書中主角所說：「**飯店的早餐這東西只要吃一天就膩了。還是Dunkin' Donuts最棒。既便宜、咖啡又可以續杯。**」[1]就可以看出主角對這間美式連鎖甜甜圈店情有獨鍾。主角一邊吃著，一邊閱讀布滿疑雲的海豚飯店內幕報導。

　　之後某個下著雪的早晨，主角想著「今天該做什麼才好呢？」[2]發現沒有任何事可做後，便在雪中「走到Dunkin' Donuts吃甜甜圈，喝兩杯咖啡，看報紙」[3]。接著某個晚上，主角和羊男見面談話之後，主角混亂地思考著各種事情，雖然顛三倒四地睡了又醒，醒了又睡，但又正常地在隔天早晨八點鐘醒來。主角說：「好像繞了一圈回到原位似的那樣。感覺很舒服。肚子也餓了。於是我又到Dunkin' Donuts去喝了兩杯咖啡，吃了兩個甜甜圈。」[4]從以上幾個場面，可以發現主角在碰到混亂或需要思考

的情況下，隔天早晨時常以甜甜圈當作早餐。也許對於主角來說，甜甜圈有助於整理思緒，適合做為重啟新的一天的活力來源吧。而主角即使遭遇混亂，最後也像是甜甜圈的環狀一般，繞了一圈還是回到了原位。

不只是書中的主角們喜愛甜甜圈，連作者村上春樹本人也在短篇集作品《村上收音機》中，特地以〈甜甜圈〉一篇來表達自己對於甜甜圈的喜好。

《村上收音機》系列是村上春樹在日本《anan》雜誌上所連載的隨筆短篇，同樣就像村上春樹在本書後記中所說的：「不管什麼都好，只要是自己有興趣的事情，就依照自己喜歡的方式去寫吧。這樣想，就這樣寫了。」[5]是村上春樹想跟讀者們分享的各種「微小而確切」的隨心所欲。如此一來，讀者們除了村上的長篇作品以外，也能換個心情，愉快輕鬆地來品嚐這些富含村上個人獨特風味的隨筆短文。而在《村上收音機》的同名短篇〈甜甜圈〉一文，村上春樹寫出了自己對於甜甜圈的喜愛：

> 我從以前開始就不太喜歡甜的東西。不過只有甜甜圈例外，有時候就會莫名其妙毫無道理地想吃起來。為什麼噢？我這樣想，在現代社會所謂甜甜圈這東西，並不單純只是正中央開了洞的一個炸甜點而已。其實我覺得連那總合了「成為甜甜圈式」諸多要素，集結成環狀的一種結構，這種存在性似乎正在被揚棄……嗯，所以簡單說，只是我相當喜歡甜甜圈而已。[6]

即使第一眼不能夠馬上理解村上所提出的「成為甜甜圈式」結構，但卻可以從上述中立刻了解村上對於甜甜圈喜好的程度。除此之外，村上也提到他在波士頓郊外的塔夫斯（Tufts）大學擔

任「駐校作家」時，經常在去大學之前到Dunkin' Donuts買兩個美式甜甜圈，然後在自攜小保溫瓶裡裝滿熱咖啡，帶回工作室享用。肚子餓時也經常在車上就直接吃起甜甜圈來。由此可知，村上春樹不但在作品當中，常常有主角吃甜甜圈的場景，連村上春樹本人喜歡甜甜圈的程度也不可小覷。

話說回來，村上所提到的：「『成為甜甜圈式』的諸多要素，集結成環狀的一種結構，這種存在性似乎正在被揚棄。」指的或許是大家逐漸將甜甜圈視為過於理所當然，認為甜甜圈的定位就是甜點，形狀就應該是環狀，反而不會想要去了解關於甜甜圈的由來或典故。不過關於這點，村上也在這篇〈甜甜圈〉中提到：「您知道甜甜圈的洞是什麼時候誰發明的嗎？大概不知道吧？我知道。」[7]和讀者們分享了有關甜甜圈的洞的典故。

> 甜甜圈的洞第一次出現在這個世界上是1847年的事，地點在美國緬因州一個叫康登(Camden)的小地方。那裡有一家西點麵包店，一個叫做漢生‧葛雷格萊的15歲少年學徒在那裡見習工作。這家店每天做很多炸麵包，要等到麵包中間熟透很花時間，效率不佳。漢生每天看著這樣的情形，有一天想到，如果在麵包正中央開一個洞，傳熱一定會變得比較快，於是他就試著實行看看。結果炸好的時間確實提早，完成的圓圈形東西，形狀雖然奇怪，不過咬起來酥酥的倒是很好吃。「喂喂，變圈圈了嗎（開玩笑），漢生？」「嗯，這個不錯噢，老闆。」事情就這樣，甜甜圈誕生了。

不得不說這的確是個相當聰明的方法。漢生‧葛雷格萊選擇直接從最困難的地方開始改變，如果沒有這個念頭的話，或許甜

甜圈也不會出現了。套用到生活層面，如果我們也能夠學著直接面對困難，試著從核心問題動手解決，而不是繞著圈子逃避，或者總是選擇只做最輕鬆簡單的事情，也許我們也能創造出生活中的不平凡，將每一個碰到的困難化身成最可口的甜甜圈。

　　此外，在早期的短篇集《遇見100%的女孩》，其中的〈圖書館奇談〉也能瞧見甜甜圈的身影。書中的主角因為不敢拒絕圖書館老人的要求，結果被鎖在圖書館地下室的牢房。在那裡，羊男對主角說：「每天送三次飯，三點還有甜甜圈、橘子汁呢。甜甜圈是我親自炸的，脆脆的非常好吃噢！」[8]之後羊男用托盤裝著剛剛炸好的甜甜圈進來，主角開始咬著甜甜圈吃了起來，確實是脆脆的非常好吃。「嗯，羊男先生，這麼好吃的甜甜圈，真是那裡也找不到。(中略)羊男先生如果開一家甜甜圈店，保證生意興隆。」[9]後來幾天的新月夜晚，羊男在九點鐘以前端了一整盤的甜甜圈來。和主角兩個人一同談論著脫逃的事，一起吃甜甜圈、喝葡萄汁。「要做什麼以前，必須先把肚子填飽。」羊男說。然後用胖胖的手指擦擦嘴角沾著的砂糖，嘴邊全是砂糖[10]。夜晚九點的鐘聲響起，羊男站了起來，揮揮衣袖，是出發的時候了。

　　在這個故事裡，羊男親手炸的外表酥酥脆脆的甜甜圈不但引誘著讀者的食慾，主角被困在地下牢房裡的遭遇，不也像是被囚禁在甜甜圈的環狀一般，哪裡都去不了嗎。接著，主角和同樣被困在地下室的羊男一起，一口一口地吃掉了好幾個甜甜圈，就如同一點一點地打破自己無處可逃的窘境，最後突破重圍，成功地逃出了謎樣的圖書館。

　　而在另一部極短篇作品《夜之蜘蛛猴》當中，村上春樹就以甜甜圈的形狀為發想，寫了兩篇短文。《夜之蜘蛛猴》是將村上春樹在雜誌的系列廣告上所用過的短文收編而成的一部極短篇作

品。村上春樹對於這類型的「短短篇」做了以下的敘述。

> 這些系列正連載的時候，我正好一直集中精神寫長篇小
> 說，因此在那空檔時間快速地作出這種短東西，反而讓
> 頭腦放鬆，對氣氛轉換很有好處。而且坦白說，我最喜
> 歡寫這種不能說是很有用處的——而且往往幾乎沒有意
> 義的——短文[11]。

因此，將《夜之蜘蛛猴》稱做村上春樹最能夠放鬆創作的小品也不為過。而我們也能夠從這部作品當中，一窺村上的喜好。首先，在《夜之蜘蛛猴》中的〈甜甜圈化〉一篇，是講述主角有一位交往了三年的戀人甜甜圈化了。於是，主角的妹妹便對主角說：「大哥的心情我很了解，不過甜甜圈化了的人，是不能復原的。你必須清楚地做個了斷才行噢。」[12]因此主角便打電話向戀人道別。這時，在電話中，甜甜圈化了的戀人對主角說：「你還不知道嗎？我們人類存在的中心是虛無的噢。什麼也沒有，是零噢。你為什麼不好好確實看清楚呢？為什麼眼睛老是只在周圍的部分打轉呢？」[13]直到去年春天，主角的妹妹從上智大學畢業，開始在日本航空公司上班之後，在出差地札幌的大飯店門廳沒有任何前兆地突然變甜甜圈化了。為此，主角的母親每天都躲在家裡以淚度日。而當主角偶爾打電話給妹妹，試著問她：「妳還好嗎？」[14]甜甜圈化了的妹妹便說：「大哥你還不懂嗎？我們人類存在的中心是……。」[15]

很明顯地，這篇作品是以甜甜圈典型的形狀作為一種暗喻的手法。當我讀到這篇，腦海中便隨即和現代社會的人們做連結。我們現在身處的社會，充滿了資訊、媒體、包裝……，多到我們無法分辨真實和虛假。打開電視，新聞上所播報的，大多是談論

特定人物們多麼富有，職位多高，結婚對象外貌多好……等等。的確，也許我們都沒發現，我們的眼睛一直只在周圍的地方打轉，卻沒有發現中心部分才是真正重要的。每天從電視、網路所接收到的，都是自己周遭以外，在這個世界各地所發生的種種。一個又一個接踵而來的訊息衝擊著我們的腦袋。然而，一旦事件雲淡風輕過後，最終又在我們心裡留下了什麼。

　　「甜甜圈化」就好比每個人原本都是一個圓形，但隨著社會的發達之下，所接收到的外在資訊越多，不知不覺中，內在便出現了空洞並且逐漸擴大。即使外面的麵圈多麼酥脆可口，卻不能無視中間那大大的空洞。這麼說來，主角的妹妹會不會就是因為大學畢業後踏入了社會，所以才毫無預警地突然甜甜圈化了呢？

　　接著，在《夜之蜘蛛猴》的另一篇〈甜甜圈續〉，則是直接以上智大學的「甜甜圈研究會」為主題。內容敘述這個甜甜圈研究會想邀請主角來參加研討會，並且談一談有關甜甜圈的生存之道。主角的演講談論到：「如果說甜甜圈在現代文學上能夠擁有力量，那是對意識下的領域，做身分認知的某種個人收束力，給與直接承認所不可或缺的要素……。」[16]並收下五萬圓的謝禮。主角將五萬圓塞進口袋後，便和在做甜甜圈配對遊戲時認識的法文系女大學生一起喝著伏特加tonic。並提到：「結果你的小說，不管好壞，都是甜甜圈式的噢。福婁貝大概一次也沒想到過甜甜圈的事吧。」[17]接著主角便模仿福婁貝說道：「甜甜圈就是我。」[18]將法文系女孩子逗的咯咯笑。

　　說實話，初次讀這篇〈甜甜圈續〉，實在不知所云。不過轉念一想，既然村上春樹本人早就將話說在前頭，表示他最喜歡寫這種「往往幾乎沒有意義的」的短文。所以放鬆心情、不去多加揣測，說不定才是正確的閱讀方式呢。

　　不過提到福婁貝，其經典作品當然是《包法利夫人》。而主

角模仿的便是福婁貝所說的名句：「包法利夫人就是我。」為什麼這麼說呢？這是因為福婁貝對於這部作品吹毛求疵般地追求完美，不斷地反覆修改，都是為了呈現最完美的狀態。據說福婁貝還經常因為找不到適當的用字而絞盡腦汁、翻滾在地。福婁貝在《包法利夫人》中鉅細靡遺地描寫女主角愛瑪的心理狀態，也使用許多性暗示來展現女主角對於性方面的渴求。如果是以上述福婁貝一絲不苟的寫作方式來看，的確是有些許「甜甜圈式」的意味——糾結於外圍的部分。換而從村上春樹本人喜愛甜甜圈的程度以及執著來看，即使村上春樹說出：「甜甜圈就是我」，也是無可厚非。

再回到「甜甜圈化」的話題，在《村上春樹去見河合隼雄》一書之中，村上提到自己在美國生活四年半，回到日本之後，發現自己內在的各種問題改變了很多。

> 在日本的時候，非常希望個人獨處，也就是說，想從各種社會、社團、團體，或規章制度之類的東西，逃逃逃，儘量逃開，（中略）到美國以後，感覺到在那裡時，以個人來說已經沒有必要再逃什麼了。因為那裡本來就是一個不得不以個人身分活著的地方，這麼一來，我所追求的東西在那裡已經變成沒有意義了。[19]

其實並不只是日本，亞洲地區因為受到儒家文化深遠的影響，多是以「大家族、大統一」為中心思想。因此，亞洲國家對於「自我」的意識，相較於歐美國家確實是較為薄弱的。也正是因為處在「無自我」的環境中，才會不斷地想找尋「自我」的存在。河合隼雄也針對此點表示：「最近所謂的學校教育，總是想強調要重視個人或發展個性，常常在教室裡用大字這樣寫出來。

我說：『這種事情，在美國沒有任何地方會寫出來。』」[20] 也就是說，美國本身就已經是一個充分獨立且自主的社會，每個人擁有所謂的「自我」早已是理所當然的事，根本不需要特地強調。

在日本如此的環境之下，每個人都像是一個甜甜圈，抱持著中心的那個洞。有人選擇逃離，有人選擇爭取，最終都只是期望尋找那個能夠填滿空洞的東西。然而，即使因為環境背景的相異，歐美國家的人們本身就擁有「自我」意識，但倘若因為崇尚自我，而強行將「自我」意識灌輸到日本環境的話，兩者之間是否能夠相容，對於國家或環境是否會造成不良的影響，都是需要慎重考慮的。

其實，只要在身處的環境之下，取得和自我的平衡，不要一味隨波逐流，也不需要特立獨行而失去和他人的關連，無論在什麼環境，相信都能夠適得其所。

另外，在村上春樹的長篇作品《發條鳥年代記》裡，主角岡田亨和舅舅聊了自己所遇到的許多繁雜的事情，舅舅建議他「還是先訓練自己用自己的眼睛看東西比較好，直到你清楚地了解什麼為止。」[21] 於是，第二天早上主角在甜甜圈店買了甜甜圈和咖啡，坐在新宿西口某個大樓前的小廣場的長椅上，一直看著從眼前通過而去的人們的臉。就這樣，主角總共持續坐了整整十一天。每天喝著咖啡，吃著甜甜圈。

隔年，主角又和以前一樣，「到附近的Dunkin' Donuts買了甜甜圈和咖啡，坐在廣場的長椅上吃。並且光是一直望著通過眼前的人們的臉。這樣做著之間，我心情逐漸安穩地放鬆下來。」[22] 在這兩個場景下，主角都只用眼睛看著路過的人們，腦中什麼也不想，就只是看著。這樣的場面，正好與〈甜甜圈化〉一文中，眼睛只在周圍的部分打轉的說法相符。或許也正因為是只用眼睛望著通過的人們的外在，主角的內心才能藉此清空雜亂的思

緒，而放鬆下來吧。這種時候，的確沒有除了甜甜圈以外更適合的食物了。

此外，在2012年才剛出版不久的《村上春樹雜文集》裡，收錄了一篇題為〈一邊吃著甜甜圈〉的短文。這是村上春樹在2000年3月時被韓國的廣播局「韓國電台」（現KBS國際電台）以韓國大學生為對象所舉辦的意見調查中，獲選為「你想見的日本人」第二名，因而受託所寫的一點感想。內容提到村上在美國的大學講課期間，美國大學有個一星期有一次一小時所謂的「office hour」這樣特有的制度，超越老師和學生的框架，可以暢所欲言各種事情，是非常輕鬆的自由時間。關於「office hour」的談話，村上春樹寫道：

> 很多學生利用這時間，到我的office來訪問。然後邊喝咖啡、吃甜甜圈，邊談著各種話題。（中略）而且那時候，知道我的小說在美國，或韓國、中國、香港、台灣，都被相當熱心地閱讀，我有點驚訝。當然以知識來說我知道我的小說被翻譯著，卻想像不到，實際上讀者有這麼多。（中略）尤其和韓國或台灣的年輕人談著小說之間，幾乎沒有讓我意識到國家、文化和語言的差異。當然應該有差異，不過我們主要是熱心地談著共通性，而不是差異。
>
> 我知道他們是以這樣親密的心情讀著我的書後，覺得非常高興。因為我寫小說的一個很大目的，是想和讀者共有一個稱為故事的「生物」，以那共有性為槓桿，挖開貫穿心與心之間相通的個人性隧道[23]。

52

現在，我們可以想像，村上春樹的故事確實成功地以那共有

性，一一串連起生活在這個時代裡，猶如甜甜圈的每一位讀者。藉由閱讀村上春樹的故事，建立起讀者們心與心之間共有的隧道，卻又不失其個人性。就像來自世界各地，口味不盡相同的甜甜圈，因為村上春樹的小說而被連結在同一條隧道上，一起朝著自己的方向前進。

總而言之，在村上春樹的每個作品當中，甜甜圈的登場也許會隨著不同的故事情節而有不同的解釋。甜甜圈不但受作者喜愛，在作品中可以是放鬆心情、清空煩惱的最佳甜點，也可以用來傳達被拘禁、無處可逃的落寞，甚至是讓人們反思「自我」存在的象徵。

雖然，每個人看著相同的東西，但由於每個人的生長背景與思考方式的不盡相同，產生了各種不同的說法。這不就是文學有趣的地方嗎。村上春樹作品中的甜甜圈，除了扮演陪伴主角們的稱職甜點角色以外，也能夠藉由每位讀者主觀想法的差異，獲得不同的解釋。然而，即使每位讀者閱讀後的感受各有不同，卻能夠因為共同喜歡村上的作品，而將來自各方的讀者們相連在一起。如此一來，甜甜圈就並不只是甜甜圈了。

不過回歸到甜甜圈的典型形狀：一個圓形，中間有一個洞。整體來說，就像是一個沒有自我的形體，也恰巧符合了村上春樹作品中所時常被提出討論的「孤獨感」。從作品中來看，那份孤獨大多來自於主角總是不斷地尋找……，看似是在尋找初戀、貓、離家的妻子，甚至只是「某種東西」。但到了最後，就能發現主角一直在尋找的其實就是「自我」。

由於缺乏對於自我的意識，才會對自己在這世界上生存的價值或定位有所懷疑，進而感到空虛孤獨。村上如此的寫作模式，讓這份虛無的孤獨感就如同甜甜圈的環狀一樣，在村上春樹的作品中持續循環、縈繞不去。

此外，雖然村上春樹受歐美，特別是美國的影響極深，眾多的評論也都一致認為村上春樹是偏向歐美派的作家。但實際上從作品的細節來觀察，仍然可以窺看村上的作品不僅反映出現代日本社會的種種問題，也引出了潛藏在現代生活的人們心中的那份虛無空洞。並藉由筆下的故事，貫穿了人們的心，透視了每個人各自所抱持的空無。因此，村上春樹的作品才能夠在如此的時代之下，超越了國家、文化以及語言的隔閡，在全世界各地都受到相當高度的注目，引起共鳴。

引用書目（依出版年代順序）

村上春樹著，賴明珠譯，《遇見100%的女孩》，臺北；時報文化出版，1992年初版。

村上春樹著，賴明珠譯，《發條鳥年代記 第二部 預言鳥篇》臺北；時報文化出版，1995年初版。

村上春樹著，賴明珠譯，《夜之蜘蛛猴》，臺北；時報文化出版，1996年初版。

村上春樹著，賴明珠譯，《舞舞舞》，臺北；時報文化出版，1996年初版。

村上春樹著，賴明珠譯，《發條鳥年代記 第三部 刺鳥人篇》臺北；時報文化出版，1997年初版。

村上春樹著，賴明珠譯，《村上收音機》，臺北；時報文化出版，2002年初版。

村上春樹著，賴明珠譯，《村上春樹去見河合隼雄》臺北；時報文化出版，2004年。

村上春樹著，賴明珠譯，《村上春樹雜文集》臺北；時報文化出版，2012年。

註釋

1.村上春樹著。賴明珠譯，《舞舞舞》，臺北；時報文化出版，1996年出版。頁80-81。

2.村上春樹著。賴明珠譯，《舞舞舞》，臺北；時報文化出版，1996年出版。頁95。

3.村上春樹著。賴明珠譯，《舞舞舞》，臺北；時報文化出版，1996年初版。頁95。

4.村上春樹著。賴明珠譯，《舞舞舞》，臺北；時報文化出版，1996年初版。頁132。

5.村上春樹著。賴明珠譯，《村上收音機》，臺北；時報文化出版，2002年初版，頁212。

6.村上春樹著。賴明珠譯，《村上收音機》，臺北；時報文化出版，2002年初版，頁98。

7.村上春樹著。賴明珠譯，《村上收音機》，臺北；時報文化出版，2002年初版，頁100。

8.村上春樹著。賴明珠譯，《遇見100%的女孩》，臺北；時報文化出版，1992年初版。頁166。

9.村上春樹著。賴明珠譯，《遇見100%的女孩》，臺北；時報文化出版，1992年初版。頁178-179。

10.村上春樹著。賴明珠譯，《遇見100%的女孩》，臺北；時報文化出版，1992年初版。頁185。

11.村上春樹著。賴明珠譯，《村上收音機》，臺北；時報文化出版，1996年初版，頁185。

12.村上春樹著。賴明珠譯，《夜之蜘蛛猴》，臺北；時報文化出版，1996年初版，頁39。

13.村上春樹著。賴明珠譯，《夜之蜘蛛猴》，臺北；時報文化出版，1996年初版，頁39。

14.村上春樹著。賴明珠譯，《夜之蜘蛛猴》，臺北；時報文化出版，1996年初版，頁40。

15.村上春樹著。賴明珠譯，《夜之蜘蛛猴》，臺北；時報文化出版，1996年初版，頁40。

16.村上春樹著。賴明珠譯，《夜之蜘蛛猴》，臺北；時報文化出版，1996

年初版，頁67。

17. 村上春樹著。賴明珠譯，《夜之蜘蛛猴》，臺北；時報文化出版，1996年初版，頁67。

18. 村上春樹著。賴明珠譯，《夜之蜘蛛猴》，臺北；時報文化出版，1996年初版，頁68。

19. 村上春樹著。賴明珠譯，《村上春樹去見河合隼雄》臺北；時報文化出版，2004年，頁10-11。

20. 村上春樹著。賴明珠譯，《村上春樹去見河合隼雄》臺北；時報文化出版，2004年，頁11。

21. 村上春樹著。賴明珠譯，《發條鳥年代記 第二部 預言鳥篇》臺北；時報文化出版，1995年初版，頁221。

22. 村上春樹著。賴明珠譯，《發條鳥年代記 第三部 刺鳥人篇》臺北；時報文化出版，1997年初版，頁28。

23. 村上春樹著。賴明珠譯，《村上春樹雜文集》臺北；時報文化出版，2012年，頁66-67。

運動、遭遇、宣言：論巴迪悟的
愛情本體論與現代性三法則

路　況*

▎▎ 一、從張愛玲的〈愛〉到巴迪悟的愛情本體論

這是真的。

有個村莊的小康之家的女孩子，生得美，有許多人來做媒，但都沒有說成。那年她不過十五六歲罷，是春天的晚上，她立在後門口，手扶著桃樹。她記得她穿的是一件月白的衫子。對門住的年輕人同她見過面，可是從沒有打過招呼的，他走過來，離得不遠，站定了，輕輕的說了一句：「噢，你也在這裡嗎？」她沒有說什麼，他也沒有再說什麼，站了一會，各自走開了。

就這樣就完了。

後來這女子被親眷拐子賣到他鄉外縣去作妾，又幾次三

57

＊路況／文化評論家

番地被轉賣，經過無數的驚險的風波。老了的時候她還記得從前那回事，常常說起，在那春天的晚上，在後門口的桃樹下，那年輕人。

於千萬人之中遇見你所遇見的人，於千萬年之中，時間的無涯的荒野裡，沒有早一步，也沒有晚一步，剛巧趕上了，那也沒有別的話可說，惟有輕輕的問一聲：「噢，你也在這裡嗎？」

張愛玲〈愛〉（張愛玲，75）

　　張愛玲寫過多少曠男怨女愛恨糾纏的傳奇情事，為什麼唯獨這篇三百餘字的小敘事被題為〈愛〉？這樣一段什麼也沒發生，純屬偶然與徒然的無端遭遇也可稱之為「愛」？吾人發現，法國哲學家阿藍‧巴迪悟（Alain Badiou）以「事件」為核心的愛情本體論，提示了可與張愛玲的〈愛〉相互對照印證的思考線索。

　　巴迪悟首先指出：愛並不是個人主觀層面的情感、欲望、思念，而是一個「真理—生產」的過程（processus de la vérité-production），產生於一個純粹遭遇的事件，作為對「情境狀況」一個偶然與額外的補充（supplément hasardeux à la situation）（Badiou 1992：263）。在哪裡，兩個軌道遭遇交會，產生兩個位置的分離選取（disjonction des deux positions）（Badiou 1992：257-258），男性位置與女性位置。此「分離選取」發生在兩個位置的「間距」（intervalle）之「空」（vide）中，有如一個情境狀況中的「未知」（l'insu）。（Badiou 1992：269）

　　依照巴迪悟，一個既與的情境狀況，有其「建制之知識」（savoirs établis），而真理之生產作為一個事件性過程，就是在情境之核心如鑿洞般挖出一個逼臨「空之邊界的事件性位置」（site au bord du vide），作為該情境之「未知」或「非知識」。

(Badiou 1992：269)在愛情的真理過程中，此「非知識」就是兩個「性別化位置」的分離選取，這意味著：站在男性位置者永遠無法掌握女子位置之「知識」，反之亦然。[1]

　　準此，「愛」作為「真理─生產」過程，並非「一」的結合，而是「雙」(le Deux)的分離，就是藉由「雙」之間距的「空」所產生的「性別化」過程(sexuation)，被一種事後回溯性的命名(nomination rétrospective)所傳喚，一旦遭遇的事件褪色消失。這就是「愛的宣言」(déclaration d'amour)：

　　　　愛的宣言將一個詞置於情境中流通，這個詞提取於分隔
　　　　男性位置與女性位置之無端間距(l'intervalle nul)，「我
　　　　愛你」使兩個人稱代名詞連結並列，「我」與「你」，
　　　　原本依照情境中的分離選取是不能連結並列的。愛的宣
　　　　言命名般地固定了遭遇事件，如同將分離兩個位置的
　　　　「空」當作其「存有」。(Badiou 1992 : 263)

　　延伸巴迪悟之論點，我們可以說：所有愛的宣言都是後見之明，總是說得太遲，而且近乎空洞多餘，言之無物。如果兩人已確定彼此相愛，心心相印，又何必再說「我愛你」；如果彼此都不確定，或純屬單戀，說「我愛你」則純屬唐突，毫無意義。「我愛你」作為一句表白是近乎無意義的廢話，卻是一句不得不說的廢話。正如巴迪悟指出：

　　　　愛是對於原初命名的無休止的忠誠性(fidélité)。這是一
　　　　個實質過程，重新評價經驗的整體，一段一段地遍歷所
　　　　有情境狀況，依照其與「雙」的命名設定的關連性與去

59

關連性。（Badiou 1992：263）

一切要素都有了，於是我們了解為什麼張愛玲要去敘述一段什麼都沒發生的無端邂逅，並名之為「愛」！反之，巴迪悟的愛情本體論的隱晦奧義亦可透過張愛玲的〈愛〉而得豁然開朗之具體例示！

準此，〈愛〉開場的第一句表述「這是真的」就不僅是宣稱一段軼聞之「真人實事」，更是在宣稱一個愛的「真理—事件」！整篇敘述呈現一段無端邂逅構成了兩個位置之「雙」的場景，作為附加到這名女子一生情境的一個額外偶然的補充。鄰家男孩的唯一對白：「噢，你也在這裡嗎？」蘊含著「我也在這裡」，作為對兩個位置的分離選取予以確認固定的命名活動，是不折不扣的「愛的宣言」！作為一句什麼也沒說的廢話，其空洞多餘正好傳喚見證了兩個位置的間距之「空」以及整個情境之「未知」：「噢，你也在這裡嗎？」發出了最純粹的「愛的宣言」，因為它宣示了兩個位置之分離選取的純粹狀態。而這名女子之後歷盡滄桑，卻仍不斷追憶這段偶然無端的邂逅，因為正是這純屬徒然與枉然的追憶，見證傳喚了對兩個位置之「愛的宣言」無休止的「忠誠性」，作為對她滄桑卑微一生之整體性的重新評價，即使是依循一種與兩個位置之設定純粹「去關連性」的方式！

愛是一個純粹遭遇的邂逅事件！我們發現，《詩經》唐風的〈綢繆〉對愛的純粹邂逅作出最淋漓盡致的抒情表達：

綢繆束薪，三星在天。今夕何夕？見此良人。子兮子兮，如此良人何！
綢繆束芻，三星在隅。今夕何夕？見此邂逅。子兮子

兮，如此邂逅何！

綢繆束楚，三星在戶。今夕何夕？見此粲者。子兮子

兮，如此粲者何！

（《詩經》103）

根據巴迪悟的本體論的真理—事件觀：真理的生產是一種超乎主觀情感的事件性過程，卻可以產生特有的情感報償。愛的真理過程的情感報償是一種「幸福」（bonheur）[2]。「今夕何夕？見此良人」正是表達一場難以置信的「邂逅」所產生的令人驚嘆不已的「幸福」感。「子兮子兮，如此良人何！」真是太幸福了，簡直是幸福到不知道該怎麼辦！而產生這無比「幸福感」的，是「今夕何夕」這令人驚嘆的X。這個X首先就是「良人」，就是邂逅的對象本身，那最美好的人兒。然後是「邂逅」的事件本身令人驚嘆(今夕何夕？見此邂逅)。最後是「粲者」。「粲者」是誰？「粲者」，發出燦爛光芒者也。因此「粲者」不是誰，不是某人，而是今夕邂逅的這個「良人」，今夕的這場「邂逅」本身所發出的燦爛光芒，令人驚嘆不已！能發出如此燦爛光芒者，就是巴迪悟所說的「愛之真理」！愛的「真理—生產」作為兩個軌道的純粹遭遇，就是這照亮「今夕何夕」的「粲者」！唯有愛之真理的燦爛光芒才能產生這令人驚嘆不已的「幸福感」，幸福到不知道該怎麼辦：「子兮子兮，如此粲者何 ！」

因此，良人，邂逅，粲者，都是「今夕何夕」中令人驚嘆的X，三者是同一個X，卻是同一個X的三個不同「向度」，構成一種層層剝露的漸進秩序：「良人→邂逅→粲者」，對應著「對象→事件→真理」。換言之，〈綢繆〉賦予愛情本體論之「對象→事件→真理」之過程結構一個「良人→邂逅→粲者」的完美抒情形象。張愛玲的〈愛〉則將這「今夕何夕」的完美抒情形象

開展為一個完美的敘事：「老了的時候她還記得從前那回事，常常說起，在那春天的晚上，在後門口的桃樹下，那年輕人。」彷彿有一道偶然交會的幸福之光照亮她歷盡滄桑的卑微一生！整個故事就是一個不斷重複「今夕何夕？見此良人」之原始驚豔場景的幸福敘事，不斷回到那令人驚嘆，幸福到不知道該怎麼說的X：「子兮子兮，如此良人何！」「如此邂逅何！」「如此粲者何！」而這不知道該怎麼說的驚嘆最後也只能是沒別的話好說，說了等於沒說的一聲輕嘆與一句廢話：「噢，你也在這裡嗎？」「你也在這裡」作為兩個位置之命名的愛的宣言！

二、運動、遭遇、宣言：現代性的三個法則

> 我要考察人類的激情如同考察幾何學的線、面、體。
> 斯賓諾莎（Baruch de Spinoza），《倫理學》
> （Spinoza 1988: 201）

> 我們不能擁有一條線，一個面，一個體，除非當我們的愛意占領它們。
> 普魯斯特（Marcel Proust），《追憶似水年華》（Proust 1954: 143）

總結巴迪悟的「真理─事件」的「愛情」本體論，包含三個階段：兩個軌道的漫遊，偶然遭遇邂逅的兩個位置，事後命名兩個位置的「愛的宣言」。

延伸巴迪悟之論，我們可推演出「現代性」作為一個「內在性」平面（plan d'immanence）的三個向度：運動、遭遇、宣言。

一切開始於運動，開始於無數軌道的任意漫遊。為了產生兩

個位置，必須有兩個軌道交會遭遇碰撞，讓運動煞車暫停。為了將兩個位置在事後固定下來，需要說出某種「你也在這裡」的「宣言」來確認命名兩個位置，這就是現代愛情故事的三部曲，三個不可化約的元素。為什麼是這三部曲？正如巴迪悟論貝克特（Beckett）小說，譽之為最好的愛情小說：在哪，總是有一種不斷質問「來去」（aller），「存有」（être），「言說」（dire）的「問題三聯式」（triplicité questionnante），貝克特小說中的「我」穿越這三個問題環節，有如一個被卡住的主體，卡在「來去」，「存有」，「言說」的間隔中，所以貝克特的人物總是同時作為一個軌道者(homme d'un trajet)，不動者(homme d'une immobilité)，獨白者(homme d'un monologue)。（Badiou 1992：330）

軌道者，不動者，獨白者，剛好對應現代性的三個「內在性」平面：運動的平面、遭遇的平面、宣言的平面。但巴迪悟的「事件」觀完全以「遭遇」為前提，乃有如此的斷言：「在遭遇之前，什麼也沒發生！」（Avant la rencontre, il y a rien.)（Badiou）（Badiou 1992：265）所以巴迪悟對運動問題本身幾乎不曾著墨。

但運動問題卻是最基本的，「現代性」開始於普遍的運動設定：將一切現象都還原化約為運動，將一切運動都還原化約為物體在空間中從A點移至B點的場所運動（local movement）。我們的身體也只是在空間中運動的一個物體，我們生活在這個世界不外乎是身體與物體在空間中的場所運動。所以在「現代性」的「內在性」平面上，首先開始於兩個基本元素：物體的「形象」（figure）與「運動」。一個純粹由物體的「形象」與「運動」所組成的幾何平面與運動平面，解消任何超驗幻象。

德勒茲與瓜達利的《千高原》亦遙承此「運動本體論」，並延伸運用於20世紀現代電影與前衛藝術的蒙太奇表現手法

63

（montage）。例如，從齊克果(Kierkegarrd)的哲學思辨方式發掘出電影的元素：

> 一旦發出那瑰偉的奇想： 我注視的不外乎運動(je ne regarde qu'aux mouvements)，他便以一種電影先驅之姿令人驚豔著迷，繁衍不同版本的愛情故事，循著變換的速度與緩慢。（Deleuze & Guattari 1980：344）

或是論普魯斯特之書寫風格的運動與速度：

> 女孩是什麼？一個女孩不外乎是一種「逃逸的存有」（être de fuite），速度與緩慢的純粹組合，沒有別的。一個女孩總是在速度與緩慢間姍姍來遲：她做了如許多的事，穿越如許多的空間，相對於等待她的戀人的時間。於是女孩的看似緩慢轉換為戀人等待的瘋狂速度。（Deleuze & Guattari 1980：332）

這不是優美如王家衛電影的蒙太奇鏡頭？「現代性」作為一種激情的幾何學與動力學，有如最純粹的電影蒙太奇，將一切愛情故事都還原為「形象」與「運動」，「速度」與「緩慢」剪接組合的節奏與魅力！

一切開始於運動，就像是一部通俗愛情文藝片的典型開頭：大街上車水馬龍，行人來去匆匆，交叉而過，在十字路口斑馬線上或大樓的玻璃旋轉門，其倒影交錯，反映在地面積水或店面櫥窗上。不要小看這個通俗的電影開頭，它的運動影像標誌著「現代性」的開始。

一切開始於運動，但運動本身卻是沒有開始的！正如大街

行人來來去去，永遠只是擦身而過，互不相干。那麼，要如何開始呢？我們知道通俗愛情片的慣用手法：必須讓男女主角遭遇撞上，偏離他們既定的軌道。為了讓故事開始，讓事件發生，必須有兩個軌道遭遇交會，讓來去匆匆的運動煞車暫停或減速慢下來，所以通俗愛情片表現男女主角的第一次遭遇，常會使用停格畫面或慢動作鏡頭，一個使「運動─影像」暫停或減速的「頓挫」！

唯有兩個「體」的遭遇碰撞才構成「事件」！然則，從普遍的「運動」法則本身，我們推演不出任何「遭遇」的邏輯必然性。於是，必須引入「現代性」的第二個法則：將「遭遇」的原因歸之於純粹「機遇」的「或然率」計算！

所以巴迪悟說：「沒有天使！」這裡的「天使」意味著：存在著某種超乎偶然機遇之外的中介因素在決定安排兩個位置的遭遇邂逅，這樣的「天使」相當於中國傳說中的「月老」。因此，「沒有天使」意味著：不存在任何中介因素來保證兩個軌道必然遭遇相逢，只有純屬偶然的「機遇」碰撞。「現代性」的第二個「內在性」平面：一個純粹「機遇」碰撞的「或然率」平面，沒有上帝，沒有天使，沒有月老，沒有命運，沒有緣份，沒有任何必然性與確定性，只有隨機巧合！

羅蘭巴特（Barthes）的《戀人絮語》寫道：「在我的一生中，我會遇到數百萬個的身體，我會對當中的數百個產生欲望；但在數百個身體當中，我會愛上的只有一個。」（Barthes 101）一個發生在現代街頭的機率碰撞模型：幾百萬分之幾百再乘以幾百分之一，也就是百萬分之一。現代愛情的發生機率大約就是百萬分之一，和中樂透的機率其實也差不多。而照張愛玲的講法則機率更低：「於千萬人之中遇見你所遇見的人，於千萬年之中，時間的無涯的荒野裡，沒有早一步，也沒有晚一步」，其實對於現

65

實人生而言，千萬分之一和百萬分之一也並無太大差別，都是趨近於零。

而且，怎樣才算是真正的「遭遇—邂逅」？王家衛電影《墮落天使》有一句台詞：「有些人你經常都會遇到，但你就是不想去認識他！」頗為好笑與無厘頭，可列為現代「機遇」法則的滑稽愛情公式！每天每天，在大街上、地鐵中、便利商店裡，我們有時就是會莫名其妙遇到一些不相干的人，有沒有遇到都沒差。這能叫做「遭遇」嗎？如果將「遭遇」界定為兩個身體，兩個軌道偶然的交會碰撞，這樣的交會碰撞必須產生一種「震驚」（choc），讓兩個軌道產生瞬間的「頓挫」，餘波盪漾，形成兩個「驚豔」的位置。「現代性」的「愛情」公式：如何在一個普遍的「運動」平面上構成一個純粹的「遭遇」事件，一種猝不及防的「驚豔」？

■ 三、杜哈絲的《愛》：沒有愛的純粹運動平面

我們已看到張愛玲的〈愛〉呈現了一個純粹的「遭遇」事件。在此，我們發現另一個有趣的反例：杜哈絲（Duras，台灣書市又譯莒哈絲）的中篇小說《愛》（L'amour）呈現了一個純粹的「運動」平面，卻排除任何「遭遇」，任何「事件」，任何的「邂逅」與「驚豔」！

小說的開展進行採取電影蒙太奇的運鏡方式，所有的行動敘事都還原為人物與場景之間運動與靜止，速度與緩慢的純粹關係：一個男子看著沙灘和海，站著不動；遠處，另一個男子在海邊行走，什麼也不看。在看著海的男子的左邊，一個女子閉眼坐著。這三個人自持如三角形的三個端點：「基於行走的男子不斷地，以同等步伐的緩慢，這個三角形自我解形，又重新成

形，卻從未破碎。」「三個，他們三個在昏晦的光中，緩慢的網路中。」而他們在哪呢？「這裡是聖塔拉（S. Thala）直到那條河，……那整體，那沙灘，那海，那藍色城市，那白色城市，然後另一個也是白色城市，又是另一個：都一樣，他補充道，在那條河之後，這仍是聖塔拉。」整篇小說無關乎三個人物之間發生了什麼故事，而只是對三者位置之三角形變化進行純粹「形象—運動」的描述。聖塔拉就是這個不斷移形換位的三角形所在的「普遍平面」，它才是小說的真正主角，而非那三個無聊男女。聖塔拉就是「整體」（totalité），斯賓諾莎式的世界之實體，運動與靜止，速度與緩慢之無限樣態變化（modification），身體與事物之無限連鎖情狀（affection）。（Duras : 1-10）

「我注視的不外乎運動！」杜哈絲小說的人物只做這件事，只注視運動，注視到無物可再注視！因此杜哈絲的《愛》是齊克果之愛情蒙太奇的實現，一旦達到一個純粹的運動平面，如同斯賓諾莎之無限實體的樣態情狀變化。斯賓諾莎的《政治論文》（traité politique）寫道：「我要考察人類激情，諸如愛、恨、忿怒、妒嫉、野心、卑躬，以及其他的心靈擾亂騷動，不是視為人性之惡行，而是視為人性的一部分屬性，就如同冷熱，風雨，雷霆以及一切氣象皆屬於自然之大氣現象，即使令人不適，卻是必然的。」（Spinoza 1951 : 288-9）

不，只有運動是不夠的！沒有遭遇，就什麼也沒發生，也就沒有事件，沒有愛。標題《愛》是一個反諷，在杜哈絲的《愛》中，我們看不到愛，甚至連性都沒有，因為所有的欲望與激情都還原為大海、沙灘、海鷗、煙，以及整個大氣氣象的運動與變化。

■■ 四、愛的宣言：時間與灰燼的法則

回到「現代性」的三個平面：「運動」、「遭遇」、「宣言」。我們已看到相應於前兩個平面，不再訴諸任何超驗幻象的「內在性」法則：「運動」的力學法則與「遭遇」的「或然率」法則。那麼，相應於「宣言」的又是什麼法則？

對於巴迪悟，事件就是真理之生產，「愛的宣言」作為「事後」的「忠誠性」過程，就是以「貫徹一致」（consistency）的堅持作為對愛的真理持續不斷的固定。巴迪悟的戀人作出「愛的宣言」，有如一個數學家一旦選定某套公理定理，就必須貫徹一致地堅持奉行，以推演開展其研究探索，構成一個「吾道一以貫之」的強迫過程（forcing）。簡言之，對「愛的宣言」的忠誠是一種數學公理般貫徹一致的推演追尋。

所以巴迪悟不諱言將其「真理」觀設定為柏拉圖主義，指向無時間性的永恆與無限，進而主張：正是「時間性」與「有限性」的本體論設定困住了現代思想，衍生出各種頹廢主義、虛無主義與犬儒主義。（Badiou 1992：90）

然則，「愛的宣言」作為事後的回顧命名，總是來得太遲！這個「事後」、「太遲」總已指向某種不可逆的「時間」法則，我們發現這就是熱力學第二定律「能趨疲」（entropy）！

我們知道「能趨疲」是熱能與時間的法則，是時間之不可逆的過渡（passage）與熱能之無可挽回的耗損，指向終極熱平衡之「絕對無差別」（indifference）的冷。而熱能是一種可以轉化物體狀態之「差異」。假設有一物體X從A點移動至B點，轉變的不僅是X的空間位置，X本身的狀態也轉變了，這已不再是同一個X，同一個物體，乃至於A點與B點之間的整個狀態亦因X的移動而產生轉變。同理可推，假設X與Y在C點遭遇，那也不再

是同一個X亦非同一個Y，因為不僅是兩個物體之間的運動量的傳遞，更關乎兩個物體之熱能狀態的相互轉換，因此也是不可計算，無法修復的熱能之喪失、浪費、耗損！而這就是遭遇邂逅之「驚豔」：為了構成兩個位置，兩個軌道的瞬間交會將碰撞磨擦出多少不可計算的熱能與耗損！

所有的事物都在時間中發生，所有的時間都是不可逆的過渡，無可挽回的耗損，無法避免的浪費！將時間之矢引入普遍的「運動」平面，熱力學第二定律「能趨疲」將現代世界轉換為一個傾斜平面，在其上，一切都走向老去、衰敗、死亡。就如曹丕〈典論〉云：「日月逝於上，體貌衰於下。」可這並不是抽象玄奧的科學公式或形上學原理，而是現代人的日常經驗，隨處皆可聽到的無奈感嘆：「好累啊！」「太疲倦了！」「睏死了！」

費滋傑羅將這日常的「好累啊！」推到極致，說出「當然，所有的生命都是一個崩潰的過程！」「現代性」成為無處不在，無可遏止的「大疲倦」與「大耗竭」，這是最後一個「內在性」平面，純粹的時間與死亡的平面，不斷耗散與傾斜的平面，不再有任何彼岸永生的寄托，就如李商隱詩云：「海外徒聞更九州，他生未卜此生休。」「能趨疲」是「現代性」的最後一個運算法則，去計算那無可計算的耗損與浪費，能量的耗損，時間的耗損，生命的耗損。

所以在杜哈絲的小說中，總是有一個非常疲倦的女子，隨時隨處不擇地皆可睏睡，沙灘、堤岸、草地、廢棄的空屋……。也總是有一個非常疲倦的男子，卻總是睡不著，飽受失眠之苦，終夜終日來回漫走如行屍與遊魂！持續將自我置於一種半睡不醒狀態，有如要死不活的活死人，持續一種無止盡的疲倦欲絕卻總是不會耗竭殆盡，這或許是杜哈絲超越「能趨疲時間」的方式，她獨有的「永恆回歸」的逃逸路線：「棲身在他的逃逸運動中，那

無知者自我忘懷於無知。(L'ignorant, s'ignorant.)」

　　根據巴迪悟的愛情本體論，愛作為一個貫徹「真理—生產」的「忠誠性」過程是無時間性的。然則，一旦置於「能趨疲」法則下，我們必須說：愛的真理必然是一種時間的真理，愛的「真理—生產」過程必然產生於不斷消逝的時間過程中！逝者如斯夫，不舍晝夜！日月逝於上，體貌衰於下！愛的「真理—生產」同時是一種不可逆的時間耗費——生命的耗費，能量的耗費，青春與肉體的耗費。

　　在巴迪悟的「愛情—真理」過程中，我們必須加入普魯斯特式的「時間」要素，而且是「失落的時間」。依據德勒茲的神奇詮釋：愛就是「失落的時間」(le temps perdu)，我們不可免俗地要耗費大量時間，來學習解讀愛情的符號與真理：「是愛情的符號蘊含著最純粹的失落的時間。」「愛情無間斷地預示它自身的消亡，導出它自身的解體。」(Deleuze 1964, 18-9)

　　因此，現代性的愛情法則最終必然是時間與能趨疲的法則。一個法國作家寫道：「愛情使時間飛逝，時間使愛情飛逝(l'amour fait passer le temps, le temps fait passer l'amour)。」準確地置定了普魯斯特之「愛＝失落時間」的現代方程式。

　　運動，遭遇，宣言。軌道者，不動者，獨白者。現代世界的戀人只能是一個在空間場所中運動移位的純粹漫遊者，偶然機率碰撞的純粹遭遇者，無可挽回的時間之衰竭疲乏的純粹宣言者。

　　再次借用德勒茲的電影哲學：如何從「運動—影像」走向「時間—影像」？愛的宣言是一個純粹的「時間—影像」，但不再是德勒茲的「結晶—影像」，而是德希達的「灰燼—痕跡」。正如愛情肥皂劇的台詞：愛是鑽石，還是灰燼？

　　也許鑽石留給德勒茲，而灰燼留給德希達。因為德希達的「原—痕跡」(archi-trace)是熱力學的「能趨疲」時間，是能量

與熱的不斷耗散,燃燒殆盡。「存有」即「時間」,「時間」卻是無可挽回的燃燒耗散消亡。德希達說:「沒有灰燼是沒有火的。」(Derrida, 46)灰燼預設了火與燃燒。一切存在,一切生命,在不斷燃燒耗散的熱力學時間中,就如元人劉因的散曲〈黃鐘人月圓〉所描述的:「茫茫大塊洪爐裡,何物不寒灰?」

愛等於「失落的時間」,愛的宣言作為純粹的「時間—影像」只能是德希達的灰燼。王國維的〈蝶戀花〉呈現了這樣一則「愛情=時間=灰燼」的愛的宣言:

> 百尺朱樓臨大道。樓外輕雷,不問昏和曉。獨倚闌干
> 人窈窕,閒中數盡行人小。 一霎車塵生樹杪,陌上樓
> 頭,都向塵中老。薄晚西風吹雨到,明日又是傷流潦。
>
> (王國維 74)

整首詞有如現代愛情片的場景調度與蒙太奇運鏡,展現一幅時間法則與愛情法則下的現代生活圖像:如何從街車行人川流不息的現代都會的普遍「運動—影像」中(百尺朱樓臨大道。樓外輕雷,不問昏和曉),構成一個愛情的「時間—影像」。整個故事推演著「愛=失落時間」的現代方程式:愛情使時間飛逝,時間使愛情飛逝。但在這裡,愛的宣言的「遲來」不再指向「過去式」,而是指向一種「假設未來式」(futur conditionnel)的奇異時態。兩個位置的確認命名作為「事後」的回顧,在此轉換為對未來的無盡等待。「假設未來式」是一種等待的時間,對不確定未來的無止盡等待,等待那近乎不可能的「邂逅—驚豔」(獨倚闌干人窈窕,閒中數盡行人小):它或將永遠不來,或將來得太晚!戀人的時間就是等待的時間:閒中數盡行人小!這是何等空虛無聊的消磨時光,因此是最純粹的時間形式本身,我們的一生

不就在某些漫無止境的空洞等待中消磨殆盡？而即使真有那麼一天，等待的人終於來了，卻總是來得太遲太晚了！兩個軌道，兩個位置（「陌上」與「樓頭」）在瞬間的「邂逅—驚豔」，終究只是徒然與茫然的車塵飛揚（一霎車塵生樹杪，陌上樓頭，都向塵中老）！這是最純粹的時間的灰燼，愛情的灰燼。命名兩個位置的「愛的宣言」，也只能從漫無止境的空洞等待轉換為無限悵恨的哀傷悲悼：「薄晚西風吹雨到，明日又是傷流潦。」就如德勒茲所言：「愛情無間斷地預示它自身的消亡，導出它自身的解體。」戀人等待的時間作為一種「假設未來式」，從不確定的無聊焦慮轉換為一種「明日又是」的確定語氣，卻是宿命絕望，無盡哀傷悲悼的「傷流潦」，以此宣洩洗滌時間與愛情的灰燼！

▌▌ 五、結語：另一種「遭遇」與「重複」

如果王國維的〈蝶戀花〉太悲觀絕望了，何妨一讀蘇東坡的〈蝶戀花〉：

> 花褪殘紅青杏小。燕子飛時，綠水人家繞。枝上柳綿吹
> 又少，天涯何處無芳草！
> 牆裡秋千牆外道，牆外行人，牆裡佳人笑。笑聲不聞聲
> 漸杳，多情卻被無情惱。
> （蘇軾 86）

現代愛情文藝片典型的平行蒙太奇鏡頭：牆裡盪秋千的佳人與牆外路過的行人，兩個各自漫遊的軌道偶然漸行漸近，看似就要交會，卻並未發生真正的遭遇邂逅，因此牆裡與牆外並未形成兩個位置成「雙」之「驚豔」場景，而仍是各自漫遊的兩個軌

道，終至漸行漸遠，互不相干(笑聲不聞聲漸杳)。問題似乎是因為有一牆之隔，但其實不是。正如王家衛的電影台詞：「有些人你經常都會遇到，但你就是不想去認識他！」同理可推：「有些人你很想遇到，但別人就是不想認識你！」所以才會「多情卻被無情惱」！

怎麼排遣這無端惱人的挫折懊悔呢？曠達的蘇學士已預先給了一個眾人耳熟能詳的幽默解答：「天涯何處無芳草！」期待預約下一次「邂逅─驚豔」的無限可能性。不要小看這解嘲調侃的玩笑話，它蘊涵著另一種「愛情─真理」觀，將巴迪悟的「一次性遭遇」的「忠誠性」事件轉換為普魯斯特的可無限重複的「愛的系列」，就如德勒茲所提示的：「本質被體現在愛情的符號中，但必然以一種系列的形式，因此是普遍的形式。」(Deleuze 1964: 75)愛是一個無稽的重複系列，每一段愛情都是對前一段愛情的重複與模仿，甚至是對他人愛情的重複與模仿，所以包括初戀都已然是一種重複：

> 每一次，我們所重複的是一種特殊的痛苦，但重複本身卻是愉悅的，重複的現象形成一種普遍的愉悅。更好說，現象總是不快的與特殊的，但從其中抽取的觀念卻是普遍的與愉悅的。關於所重複者有某種悲劇性，但重複本身卻是喜劇性的。我們從我們的絕望中抽取一個普遍的理念：這是因為理念是原初的，總已在那裡，作為系列的法則就在其初始項目中。(74)

我們所愛的人使我們痛苦，一個接一個地，但他們所形成的斷裂之鍊卻是一種智識上的愉悅奇觀。然後，由於智識力，我們發現我們一開始所不知道的事物，我們總是在學習解讀符號的學

徒過程中，當我們認為正在虛擲時光。（24）

　　「天涯何處無芳草」意味著，愛的重複是一個無稽的喜劇系列！現代世界的戀人只能是一個在空間場所中運動移位的純粹漫遊者，偶然機率碰撞的純粹遭遇者，無可挽回的時間之衰竭疲乏的純粹宣言者。但透過「天涯何處無芳草」的不限定的重複與期待，他可以將這一切都轉化為一個不斷驚豔的愛情喜劇系列！

參考文獻

《新註詩經白話解》，鍾際華校，台北市：文化圖書公司，1959。

王國維，《王國維詩詞全編校注》，陳永正校注，廣州：中山大學，2000。

張愛玲，《流言》，台北：皇冠出版社，1989。

蘇軾，《蘇軾詩詞文選譯》，任治稷編註，上海市：復旦大學出版社，2008。

Badiou, Allain, L'être et l'événement, Paris : Seuil, 1988.

-- Conditions, Paris : Seuil, 1992.

Barthes, Roland, Fragments d'un discours amoureux, Paris: Éditions du Seuil , 1977

Deleuze, Gilles, Proust et les signes, Paris : Presses Universitaires de France,1964.

---, Cinéma 2 - L'image-temps, Paris : Minuit, 1985.

With Félix Guattari:

---, Mille Plateaux , Paris : Minuit, 1980.

Derrida, Jacques, Cinders, trans. by Ned Lukcher, Lincoln & London: University of Nerbraska Press, 1991.

Duras, Marguerite, L'Amour, Paris : Gallimard, 1972.

Proust, Marcel, A la recherche du temps perdu, texte etabli et presente par Pierre Clarac et Andre Ferre, Paris : Gallimard, 1954.

Serres, Michel, La distribution, Paris : Minuit, 1977.

Spinoza, Baruch de, Ethique, traduit par Bernard Pautrat, Paris : Seuil, 1999.

---, A Theologico-Political treatise and a Political treatise, translated by R.E.M. Elwes, New York: Dover publications, 1951.

註釋

1. 關於兩個性別化位置之選取,有幾點巴迪悟並未明言,但吾人不難推論導出:一,男性位置與女性位置之選取與雙方之生理性別並無必然關係,雖然在大多數狀況中,雙方之生理性別與愛情—真理過程所產生的兩個「性別化位置」往往重疊。二,此模式亦涵蓋同性戀。在「愛情—真理」過程中,同性戀亦進入超乎生理性別之兩個「性別化位置」之選取。所以我們可以理解巴迪悟之宣稱「愛情在本質上是異性戀」:在愛情中,無分異性戀與同性戀,皆須進入兩個性別化位置之分離選取!(Badiou 1992:271)關於這點,吾人聯想到一個有趣的例證:羅蘭巴特的《戀人絮語》,眾所周知,巴特是同性戀者,但吾人閱讀《戀人絮語》時,幾乎察覺不出巴特所刻畫的愛情狀態和異性戀者有何差別!

2. 巴迪悟區分四種「類真理」(générique vérité),除了愛情真理,科學真理的報償是「樂趣」,藝術真理是「愉悅」,政治真理的報償是「狂熱」。

文學想像與翻譯：
論《蟹工船》不同時期的譯本

楊炳菁*

▌▌ 序言

　　《蟹工船》是日本作家小林多喜二的代表作。它描寫了辛苦勞作在蟹工船上的漁工們所過的地獄般的非人生活，以及他們如何在實際鬥爭中逐漸覺醒，與漁業資本家為代表的各種惡勢力進行鬥爭的故事。儘管這部小說沒有特定的主人公形象，也沒有刻意去描寫個人的性格和心理，但因其關注「重大的社會問題」[1]而在發表後受到整個日本文壇的關注。

　　2008年，這部發表於1929年的小說在時隔80年後重新回到人們的閱讀視野，並以強勁的勢頭刷新了其文庫本[2]在日本的銷售紀錄。不僅如此，小說的閱讀更造成一種「蟹工船」現象，以至2008年日本所評選出的年度流行語中就出現了「蟹工船」一

* 楊炳菁／北京外國語大學日語系

詞[3]。而這股重讀《蟹工船》的現象也迅速波及到海外。在中國大陸，譯林出版社不但重新出版了葉渭渠1973年翻譯的《蟹工船》，人民文學出版社也於2009年推出秦剛、應傑翻譯[4]的新版《蟹工船》。

事實上，2009年的這股翻譯出版以及評論《蟹工船》的高潮在中國並非首次出現。早在1930年初，夏衍便以「若沁」的筆名在《拓荒者》第一期上發表文章介紹《蟹工船》這部小說。同年2月，魯迅主編的《文藝研究》創刊號上亦登出有關《蟹工船》即將出版的預告。1930年4月，陳望道主持的大江書鋪首次出版了潘念之翻譯的《蟹工船》，並引起當時讀書界關注，例如王任叔就在《現代小說》上對其進行了評論與推薦[5]。新中國成立後，1955年樓適夷重新翻譯了該作品並由作家出版社出版，1973年，為紀念小林多喜二，譯林出版社出版了葉渭渠的譯本，北京出版社則於1981年推出李思敬翻譯的日漢對照版《蟹工船》。作為無產階級文學的代表作，小林多喜二的這部《蟹工船》在被廣大中國讀者所接受的同時亦在日本文學研究界不斷產生影響。2009年新版《蟹工船》的出現再次引發國內日本文學研究界對這部作品的研究。代表性文章如：石岫〈危機鏡像：《蟹工船》話語解讀〉（《21世紀經濟報導》2009年1月17日）、白沙〈日本的「蟹工船現象」及其啟示〉（《文藝理論與批評》2009年第3期）、王成〈經濟危機中日本社會的「蟹工船」現象〉（《世界文藝》2009年第3期）、潘世聖〈近年日本「小林多喜二現象」考察〉（《外國文學評論》2009年第4期）、秦剛〈罐裝了資本主義的《蟹工船》〉（《讀書》2009年第6期）、李強〈「蟹工船〉現象解讀〉（《日本學刊》2009年第4期）、逄增玉〈小林多喜二的歷史沉浮與經濟危機〉（《作家》2009年第10期）等。這些文章在解讀《蟹工船》這一作品的同時，亦對小說重回閱讀視野這一

現象本身進行了剖析。

　　儘管《蟹工船》已被中國日本文學研究者論及多次，但據筆者管見，尚沒有研究者以譯本為研究對象，歷時性考察各個版本在不同時期所顯現出的特徵，並發掘此種特徵背後隱含的國內對日本無產階級文學的解讀。筆者認為，《蟹工船》在中國被多次重譯並受到廣泛關注並不是一個偶然的現象。通過對不同時期譯本特徵的解讀，可以發現我們對於無產階級文學所存在的固有想像。

▍一、不同時期的五種譯本

　　語言是譯本的基礎。筆者將首先從語言入手，比較潘念之、樓適夷、葉渭渠、李思敬和秦剛、應傑這五個譯本。需要說明的是，筆者在此展開的比較和討論並非以譯文優劣等價值判斷為目的，亦非要檢校各個譯本所體現出的譯者風格。換言之，本節所進行的研究，雖然在方法上與傳統翻譯研究有諸多相似之處，但目的旨在說明其後各節所討論的各譯本特點並非緣於譯者本人的翻譯技巧。

　　下面是小說《蟹工船》的開頭部分。一起來看五個譯本的翻譯。

　　原文：

　　「おい地獄さ行ぐんだで！」

　　二人はデッキの手すりに寄りかかって、蝸牛が背のびをしたように延びて、海を抱え込んでいる函館の街を見ていた。——漁夫は指元まで吸いつくした煙草を唾と一緒に捨てた。巻煙草はおどけたように、色々にひっくりかえって、高い船腹をすれずれに落ちて行った。彼は身体一杯酒臭かった。[6]

譯文1：

「喂，進地獄去唷！」

二人憑倚著甲板上的欄杆，<u>像蝸牛伸了背地站立著</u>，眺望那抱海而成的函館市街——漁夫把已經吸到手指邊的香煙蒂和涎沫一起丟了去。香煙蒂也很滑稽地反覆滾了種種花樣，從高大的船身邊，擦著落下去。他身上滿罩著一身酒臭氣味。[7]（潘念之譯，底線為筆者所加）

譯文2：

「喂，到地獄裡去呀！」

兩個漁工靠在甲板的欄杆上，眺望著像一條蜷曲的蝸牛似的環抱海港的函館的街市。——一個漁工把已經吸到指邊的煙頭一扔，順便吐出一口口水。煙頭很滑稽地翻著各色各樣的跟頭，在高高的船肚邊挨擦著落下去。他滿身發出一股酒味。[8]（樓適夷譯）

譯文3：

「喂，下地獄嘍！」

兩個漁工憑依在船欄杆上，眺望著函館市街。它像蝸牛伸展身子似的，坐落在蜿蜒的海灣邊上。一個漁工把短得快燒手指的煙蒂，連同一口唾沫從嘴角吐了出來。煙蒂顯得很調皮，以各式各樣的姿勢翻滾，順著高達的船身落下。他渾身散發出一股酒味。[9]（葉渭渠譯）

譯文4：

「喂！這可是下地獄喲！」

兩個漁工依著甲板的欄杆，望著像蝸牛探著身子一樣延綿環海的函館市街。一個漁工把吸剩到指邊的香煙頭連同吐沫一口啐出，那煙頭就像有意作著佻皮的動作，變著樣兒地翻過來折過去，擦著高大的船幫滾落下去。他一身酒氣。[10]（李思敬譯）

譯文5：

「嗨，要下地獄嘍！」

兩個漁工依著甲板欄杆，望著像蝸牛伸展開身子一般環繞著海灣的函館市街區。他們中的一個扔掉了快要燒手的煙蒂，隨口啐了一口吐沫。煙蒂嬉戲似地翻著筋斗，順著高高的船體落了下去。他渾身散發著酒氣。[11]（應傑、秦剛譯）

從整體來講，五個譯本都具有較高的翻譯水準。除個別誤譯，如譯文1中筆者畫線的部分誤將蝸牛作為兩位漁工的描寫外，都能較為準確地再現小說原貌。由於時間跨度較大，五個譯本反映出漢語的發展和變化。如譯文1和譯文2中，「進地獄去」和「到地獄裡去」就與後面幾個譯本中所採用的「下地獄」這一表達有所不同。由此可以看出漢語本身的表達經過幾十年的發展逐漸趨於嚴密和規範。而譯文1中，「把已經吸到手指邊的香煙蒂和涎沫一起丟了去」，也顯出過度直譯的特點。與其他譯本相比，譯文3將修飾函館的長句進行了分割。先是兩個漁工眺望函館市街，然後以「它」作主語，代替被修飾語函館市街，使被修飾成分成為了一個主謂結構的句子。在翻譯長句時，這樣的處理較為便利。但同時，譯文3的處理也在某種程度上弱化了小說「過剩的比喻」這一特點[12]。此外，譯文4中第一句的翻譯與其他譯本有較大不同。作為語言學家[13]，李思敬的譯文更注重日語中細節的作用。「這可是」便是對「地獄さ行ぐんだで」中句尾「んだ」的處理。

以今天的閱讀習慣來看，五個譯本中，顯然最後一個譯本更符合當代漢語的表達習慣，同時也更為簡潔。的確可稱之為「更為忠實地再現了原作特有的語言魅力和充滿現代感的文體特徵」[14]。不過，儘管語言是譯本的基礎，但五個譯本的特點絕不僅僅體現在語言風格、語體等差異上。毋寧說，不同時期的《蟹工船》譯本，其特點恰好在譯本的語言風格之外。

■ 二、作為階級鬥爭武器的《蟹工船》

　　1930年出版的潘念之譯《蟹工船》儘管現在看來在語言表達上與當代漢語存在距離，但其重要的歷史地位卻不容質疑。考察這一譯本就會發現，潘譯本的最大特點在於小說中不時出現的「譯者注」。

　　「譯者注」即譯者對原作中某些可能導致目的語讀者產生困惑的部分進行的解釋和說明。「譯者注」並非潘譯本的專利。除了對原文進行詳細語法注釋的李思敬譯本外，其他《蟹工船》譯本均存在譯者注，其中葉渭渠譯本更是多達30處。不過，與其他譯本的注釋有所不同，潘譯本的注釋凸顯了譯者的目的性。一起來看下面兩個例子。

　　例1：【譯者注】章魚，日語為「Tako」，是吃著自己底身體而死的貝殼類動物。處在地獄中的勞動者，為著眼前生活而被剝削虐待以死，亦猶章魚底自食其身，故有這個俗喻。[15]

　　例2：【譯者注】芝浦(Shibauia)是東京附郭的地方，那邊是工廠簇集處，勞動運動的重要地。[16]

　　例1中提到的「章魚」實際上是指過去設在煤礦等地，強制工人勞動的工房。因捕章魚罐裡的章魚無論如何都無法逃脫，因此與之相類似的工房在日語中也被叫做「章魚棚」。除潘譯本外，其他幾個譯本均採用了「豬仔」、「包身工」等中文表達中已有的詞彙，而沒有添加注釋。潘譯本的直譯無疑有著異化的效果，但同時添加的譯者注則明顯偏離了原文語義而成為潘念之自己的一個闡釋。例2中對「芝浦」的注釋則是幾個譯本都出現的。如樓譯本解釋為「東京工廠區」[17]，葉譯本為「東京的工業區」[18]，秦、應譯本為「日本東京的工業區」[19]。但潘譯除了

說明芝浦這一地名的位置、特徵外，特別補充了這裡是「勞動運動的重要地」。可以說這又是一個譯者的「發揮」，其目的顯然超出對小說中這一地名本身的解釋。

從以上兩例可以看出，潘譯本的注釋顯然與一般的「譯者注」有所不同。這些注釋帶有鮮明的意識形態色彩，其目的是以《蟹工船》這部作品對無產階級鬥爭以及工人運動有所推動。那麼，潘譯本為什麼會呈現這樣一種形態呢？

事實上，如果考察潘譯《蟹工船》產生前後的歷史語境，便不難理解此類注釋的產生。潘譯本出版於1930年4月。而恰好就是這一年的3月2日，在上海成立了以魯迅、夏衍、馮雪峰、馮乃超等為核心的中國左翼作家聯盟。「左聯」的成立既是1928年至1929年間有關革命文學論爭的結果，同時也有蘇聯的「拉普」[20]、日本的「納普」[21]等國外文學團體的推動。在1930年3月2日的成立大會上，魯迅做了題為〈對於左翼作家聯盟的意見〉的講話。提出文藝要為工農大眾服務，左翼作家要與實際的社會鬥爭接觸等問題[22]。「左聯」的成立在中國現代文學史上具有重要意義。它有組織有計畫地致力於馬克思主義文藝理論的宣傳和研究，同時宣導革命文學的創作，進行文藝大眾化的探討。儘管《蟹工船》的翻譯時間在"左聯"成立之前，但身為共產黨員的潘念之不能不說正是在這一時期的革命文學理念影響下進行翻譯的。

而另一方面，小說的原作者小林多喜二亦希望《蟹工船》成為階級鬥爭的有力武器。在為中譯本撰寫的序言中他寫道：

> 中國普羅列答利亞底英雄的奮起，對於切膚相關的日本普羅列答利亞，是怎樣地增加其勇氣呢。我現在想到《蟹工船》由著潘念之同志底可敬的努力，得在這英雄

的中國普羅列答利亞之中被閱讀的了，感到異常的興
奮。在這作品上所採取著的事實，像在日本底這麼一
般，對於中國普羅列答利亞，或許是關係較淺罷。然
而！假如把《蟹工船》底極度殘虐著的原始榨取、囚人
勞動，和被帝國主義底鐵練所緊縛著、被強迫在動物線
以下虐使著的中國普羅列答利亞底現狀，就這麼置換了
過來，是不能夠的麼？是可以的啊！那麼，這個貧弱的
作品，雖是貧弱，但得成為一種力。我堅確地相信著這
一點。

（後略）[23]

可以說，在上世紀三〇年代，不論是《蟹工船》的原作者，
還是中譯本的翻譯者，都沒有將《蟹工船》僅僅作為一部文學作
品。在當時的歷史語境中，《蟹工船》被作為反帝鬥爭和階級鬥
爭的有力武器，發揮著獨特的「時代功效」。潘譯本中那些帶有
明顯意識形態色彩的譯者注則集中地反映了這一需要。

▋ 三、被「閹割」的「潔本」《蟹工船》

與近年來日本各類文學作品被大量譯介到中國有所不同，建
國後至上世紀七、八〇年代，日本現代文學的翻譯集中在無產階
級文學和左翼作家的作品上。其中尤以小林多喜二的作品顯得更
為突出——1950年代至1960年代的十餘年間不但翻譯出版了5部
單行本，人民出版社還於1958年出版了《小林多喜二選集》。而
自上世紀五〇年代至八〇年代，《蟹工船》這部無產階級文學的
傑作更是被不同的譯者翻譯了三次，這就是1955年作家出版社的
樓適夷譯本、1973年譯林出版社的葉渭渠譯本以及1981年北京出

版社的日漢對照版李思敬譯本。三者雖然在語言風格上存在某些差異，但譯本的特點卻是共通的，那就是，對原文中敏感部分進行了刪節。

在樓譯本29個注釋中，有三處是關於刪節部分的說明，分別出現在第101頁、第133頁和第155頁。而其中尤以第133頁處所刪除的部分最多，「此處以下，由譯者刪去原文四十二行。」[24]與原文對比後可以發現，被刪掉的四十二行實際上是和「性」有關的描寫——工作在地獄般蟹工船上的漁工長期處於單身狀態而無法忍受體內不斷上湧的性慾。到了晚上，他們不是聊起在函館嫖妓時的經歷便是傳看春畫。有人夜晚遺精，有人則趁無人時自瀆，還有人偷偷跑到雜工那裡去「幽會」。被刪掉的四十二行中，首先就是這樣一段漁工與雜工猥褻在一起的情景。而樓譯本中其他兩處刪節也都是與「性」相關的描寫。

將小說中與「性」相關的描寫部分刪除作「潔本」式處理，其實長期存在於外國文學作品的翻譯中。例如1989年由灕江出版社出版的《挪威的森林》，封面上雖是極富挑逗意味的半裸女子背影，每一章也都添加了原作中並不存在的「性」暗示標題，但在內容上卻將涉及到「性」的描寫刪得一乾二淨。從思想性出發選擇作品進行翻譯是解放後很長一段時間的翻譯準則[25]。「潔本」式的處理正是這種「健康思想」的需要。不過應該看到，對《蟹工船》中與「性」相關部分描寫的刪除並不僅僅出於當時文化語境中存在的「潔癖」。

正如蔡翔在《革命／敘述：中國社會主義文學—文化想像（1949-1966）》中指出的那樣，「性」以及「性的敘述」一直存在著道德主義的干預。「更確切地說，小說一直在進行性和道德的資源配置」[26]。以中國現代文學為例，《子夜》中吳蓀甫的階級本質正是通過他對女傭的強暴得以展現的。而在當代小說中，

85

那些有關「性」放蕩的描寫往往分配給了反面人物。作為日本無產階級文學的代表作，《蟹工船》所著意刻畫的是一個群體。這一群體是生活在地獄中，受到漁業資本家和帝國主義壓迫的勞動者。他們被種種惡勢力所剝削，漂泊在茫茫海上，過著非人的生活並最終覺醒而奮起反抗。這樣一個群體中的每個人無疑都代表著無產階級這一進步力量，也是正面形象的化身。而正面形象是無論如何不能出現原作中那些「不潔的污點」的。

與五〇年代的樓譯本相似，1973年的葉渭渠譯本和1981年的李思敬譯本在上面三處涉及「性」描寫的部分也同樣做了刪節處理。不過，葉譯本並沒有注明「此處刪掉……」的字樣，讀來不免給人以突兀之感。而李譯本則為了使小說在敘述上更為連貫和流暢，不但刪掉了與「性」相關的描寫，還刪減了部分其他內容。如果說樓譯本的刪節說明給了讀者某種暗示，讓「潔本」《蟹工船》產生了「不潔」的想像空間的話，那麼葉譯本的「突兀」與李譯本的「周到」則對《蟹工船》進行了徹底的「閹割」。而作為日本「普羅文學」代表作的《蟹工船》，正是通過以上三個譯本的翻譯完成了向中國話語空間中所謂「無產階級文學」的轉換。

■ 四、與流行文化相結合的《蟹工船》

2009年人民文學出版社出版新版《蟹工船》。作為日本「蟹工船」現象的一個延伸，新版《蟹工船》的出現引起了中國廣大文學研究者的關注。而新版《蟹工船》沒有進行任何刪節更是令評論者感歎「覺醒的知識者在堅忍不拔地前進」[27]。的確，新版《蟹工船》是解放後出版的唯一一個「全譯本」。在翻譯上，小說的中文表達也達到了相當的高度。但在對新譯本的讚揚，以及

對無產階級文學作品重回人們閱讀這一現象的解讀中，2009年新譯本最大的特點卻被遮蔽了。

2008年出現在日本的「蟹工船」現象有著深刻的社會原因。但同時不能否認的是，日本白樺文學館近年來對小林多喜二文學的推動亦起到舉足輕重的作用。白樺文學館成立於2001年，是一家為紀念日本白樺派文學而設立的私人文學紀念館。2003年，該館為紀念小林多喜二誕辰100周年設立了「多喜二文庫」，並於同年11月在東京召開「紀念小林多喜二誕辰100周年、遇害70周年」的研討會。此後，白樺文學館多喜二文庫先後在東京、中國的河北大學、英國的牛津大學召開國際研討會，探討小林多喜二在新時代的閱讀意義。除大型研討會外，該館亦多次組織有關小林多喜二文學的小規模講座。如2005年2月8日就舉辦過名為「戰爭與文學──閱讀小林多喜二」的小型講座。2006年，白樺文學館多喜二文庫策劃出版漫畫《蟹工船》。該漫畫由藤田剛繪製，日本學者、著名無產階級文學研究者島村輝為其撰寫了解說。以漫畫《蟹工船》的出版為契機，白樺文學館與小林多喜二的母校，小樽商科大學共同舉辦了以年輕讀者為對象的「閱讀《蟹工船》徵文大賽」。這次徵文大賽可以說獲得了極大成功。在117篇徵文裡，24篇來自海外，日本國內的作者則來自各類學校共計四十餘所[28]。應該說2008年小說《蟹工船》重回人們的閱讀視野與白樺文學館自2003年以來的推動是密不可分的。而這中間，漫畫《蟹工船》更是起著異常重要的作用。

日本是漫畫大國。據統計，2006年出版的漫畫單行本共10965冊，發行漫畫雜誌305種，占2006年全年出版物的36.7%[29]。經過長期發展，日本漫畫形成了自己的特色，漫畫內容也覆蓋方方面面。而更為重要的是，在日本，閱讀漫畫已不再是兒童的專利，成年人同樣是漫畫的主要消費者。事實上，在

「蟹工船」現象出現前後，除了這部藤田剛繪製的《蟹工船》，
還出版了另外兩種漫畫版《蟹工船》[30]和一部改編自《蟹工船》
的漫畫作品[31]。「30分鐘就能看完……」，「給大學生的」[32]，
「用漫畫來讀完(蟹工船)」[33]等這些漫畫《蟹工船》封面上的宣
傳語無疑拉近了這部幾十年前的文學經典與現代青年之間的距
離。但同時，正如有的日本媒體所分析的那樣：「《蟹工船》絕
不是能夠輕鬆閱讀的小說。但是以『漫畫』這樣一種體裁來表
現，則多少可以減輕些沉重感。特別是對那些日益遠離印刷品的
年輕人來說，作為一個入口還是能發揮相當大的作用的。」[34]可
以說漫畫版《蟹工船》雖然推動了小說原作的閱讀，但同時也在
某種程度上削弱了文學本身所具有的衝擊力。

　　而2009年由人民文學出版社出版的這個新譯本正是與2006年
出版的漫畫《蟹工船》合併在一起的「合本」。「合本」《蟹工
船》在形式上顯得極為新穎。以中文閱讀習慣從右向左翻開，看
到的是小說《蟹工船》部分；而如果按照日文閱讀習慣，將該書
的「封底」作為「封面」，從左向右翻開，展現在讀者面前的則
是漫畫《蟹工船》的部分。新譯本的封面亦在整體上採用與2006
年漫畫版《蟹工船》基本相同的設計——眾多漁工緊握雙拳怒目
而視，顯示出與壓迫他們的惡勢力進行抗爭的決心。所不同的
是，中文譯本的封面上沒有出現「30分鐘就能看完」、「為大學
生的」這類宣傳語，「蟹工船」三個美術字也採用了1929年小說
《蟹工船》出版時封面所採用的字體。而在背景上，值得注意的
是新版《蟹工船》增添了一抹朝霞的色彩，較原漫畫版的封面顯
得更為光明。這一抹朝霞似乎在暗示著無產階級革命鬥爭中出現
的曙光，似乎又在詮釋著中國無產階級革命最終取得勝利的某種
必然性。

　　可能很多讀者沒有意識到，新版《蟹工船》的出現改變的並

不僅僅是譯本的形式。這是因為形式不但有規範和制約內容的作用，有時形式本身就是內容的一切。與漫畫合併出版的《蟹工船》不再是一個單純的文字譯本。由於借助了漫畫這一流行文化的力量，新譯本無疑會引起廣大讀者的閱讀興趣[35]。但與研究者所強調的小林多喜二那「豐富的語言表現力和力透紙背的文體衝擊力」[36]相比，漫畫中出現的人物造型以及視覺效果才是吸引讀者的第一要素。因此，與日本漫畫《蟹工船》的出現一樣，2009年的新譯本儘管在小說的文字翻譯上趨於完美，但在實際的效果上卻恰好起到了削弱原有文學表現力的作用。而遺憾的是，國內的日本文學研究者對這一譯本的特點不但沒有察覺，反而連譯者都似乎有意避免更多地涉及漫畫部分，而刻意強調這部無產階級文學經典《蟹工船》重回人們閱讀視野的意義。不過，在當今這樣一個一切皆可消費，一切皆可娛樂的時代，對無產階級文學的代表作《蟹工船》的「消費」其背後又存在多少所謂的「階級性」呢？

▌▌ 結語

2009年新譯本所具有的特點與同時期國內對《蟹工船》的解讀之間出現的這條「裂縫」，實際上與《蟹工船》多年來在中國的接受命運一脈相承。以歷時性的眼光來看，長久以來，我們實際上一直是在按照自己對無產階級文學的理解、即一種固有的文學想像塑造著日本的「普羅文學」。1930年代，當需要其成為戰鬥工具時，它就是組織大眾最有力的思想武器[37]；新中國成立後至上世紀八〇年代，當需要其作為理想的「無產階級文學」的代表作時，就對《蟹工船》進行最為徹底的改造，使之趨於完美；而今天，當其與流行文化複合在一起，甚至成為流行文化的載體

時，我們又在努力還原其文學的階級性，希翼從中找到對抗當今資本之全球化的革命力量。殊不知，這種還原恰恰暴露了接受者長久以來忽視日本「普羅文學」的特性，執意按照自己的想像將其塑造成符合自身要求的無產階級文學這一特點。

蜜雪兒・福柯認為：「語言之間不可能有完全透明的互譯活動，文化也不可能通過語言這一媒介進行透明的交流。任何文本的進入，都不可能僅僅停留在語言的層面，必須考慮其歷史、政治、文化和意識形態等諸多因素，因為任何人的存在都有一定的時間性和歷史性，原著的產生本身就會留下權力話語的烙印。語言在它實際運用的過程中，與其意識形態或行為內涵是不可分的。」[38]而操縱學派的著名學者安德烈・勒弗維爾，在其「改寫」理論中亦指出，翻譯受到意識形態和詩學形態的限制[39]。

《蟹工船》在不同時期的各個譯本，可以說恰好成為上述理論的一個範例。當我們依然固執於自己對無產階級文學的想像時，這種「改寫」就還將繼續。

註釋

1.藏原惟人曾在《作品與批評》中寫道：「小林多喜二經常把一些重大的社會問題作為自己作品的基礎。(中略)在這一部《蟹工船》中，又暴露了殖民地的一切非正義的行為。本來，在我國的文學中，把社會問題作為其基礎的作品，在資產階級文學中僅有少數的例外(如島崎藤村的《破戒》)。這是因為我國的無產階級很快地走過了他們的『批判時代』。無產階級文學能夠寫出這樣的作品，而且正在努力寫成這樣的作品。小林多喜二的《蟹工船》就是這樣的作品。」轉引自：葉渭渠，唐月梅・2000・日本文學史(現代卷)〔M〕・經濟日報出版社：121・

2.以普及為目的發行的廉價小型開本——筆者注。

3.有關「蟹工船」現象可參考：李強・2009・「蟹工船」現象解讀〔J〕，日本學刊(4)：107-120・

4.該版本分為小說、漫畫兩部分，兩部分的署名順序有所不同。本文統一使用版權頁中的署名順序，以下相同。

5.轉引自：胡從經‧1979‧光明的祝頌 永在的情誼——紀念《蟹工船》出版五十周年［J］，讀書（2）：94-96‧

6.小林多喜二‧1974‧蟹工船(復刻版)［M］‧日本近代文學館：3.

7.小林多喜二‧1930‧蟹工船(潘念之譯)［M］‧大江書鋪：1‧

8.小林多喜二‧1955‧蟹工船(樓適夷譯)［M］‧作家出版社：91.

9.小林多喜二‧2009‧蟹工船(葉渭渠譯)［M］‧譯林出版社：1‧

10.小林多喜二‧1981‧蟹工船(李思敬譯)［M］‧北京出版社：7‧

11.小林多喜二‧2009‧蟹工船(秦剛、應傑譯)［M］‧人民文學出版社:1.

12.島村輝‧2009‧〈蟹工船〉關鍵字解析，蟹工船(秦剛、應傑譯)［M］‧人民文學出版社：83-87.

13.李思敬(1933.2～2000.5)，河北寧河人。中國黨員，編審。原商務印書館副總編輯，語言學家。摘自百度互動百科http://www.hudong.com/wiki/%E6%9D%8E%E6%80%9D%E6%95%AC［OL］。

14.秦剛‧2009‧灌裝了現代資本主義的《蟹工船》，蟹工船(應傑，秦剛譯)［M］‧人民文學出版社：10.

15.小林多喜二‧1930‧蟹工船(潘念之譯)［M］‧大江書鋪：16.

16.小林多喜二‧1930‧蟹工船(潘念之譯)［M］‧大江書鋪：78.

17.小林多喜二‧1955‧蟹工船(樓適夷譯)［M］‧作家出版社：139.

18.小林多喜二‧2009‧蟹工船(葉渭渠譯)［M］‧譯林出版社：55.

19.小林多喜二‧2009‧蟹工船(秦剛、應傑譯)［M］‧人民文學出版社：33.

20. 20世紀20-30年代初蘇聯最大的文學團體。俄羅斯無產階級作家聯合會俄文縮寫的音譯。

21.全日本無產者藝術聯盟(Nippona Artista Proleta Federacio)的略稱。

22.魯迅‧2005‧對於左翼作家聯盟的意見，魯迅全集(第四卷)［M］‧人民文學出版社：238-243.

23.小林多喜二‧1930‧蟹工船(潘念之譯)［M］‧大江書鋪：I-II.

24.小林多喜二‧1955‧蟹工船(樓適夷譯)［M］‧作家出版社：133.

25.著名翻譯家李芒曾提及五〇年代介紹作品時是以思想健康與否作為評判標準。參見：李芒‧2004‧日本文學翻譯史漫談，日本文學翻譯論文集［M］‧人民文學出版社：1-10‧

26.蔡翔‧2010‧革命/敘述：中國社會主義文學—文化想像(1949-1966)［M］‧北京大學出版社：161.

27. 王得後・2010・《蟹工船》的命運［Ｊ］・雜文月刊(選刊版)(1)：60.

28. 白樺文學館多喜二ライブラリー・2008・私たちはいかに「蟹工船」を読んだか［Ｍ］・遊行社：158.

29. 引自維基百科http://ja.wikipedia.org/wiki/%E6%97%A5%E6%9C%AC%E3%81%AE%E6%BC%AB%E7%94%BB［OL］

30. 分別為：1)小林多喜二原作，バラエティアートワークス・2007・蟹工船(まんがで読破)［Ｍ］・イーストプレス・2)小林多喜二原作，原一郎繪・2008・蟹工船(Bunch Comics Extra)［Ｍ］・新潮社.

31. イエス小池，小林多喜二原著・2008・劇畫蟹工船霸王の船［Ｍ］・寶島社.

32. 小林多喜二原作，藤田ゴウ繪・2006・まんが蟹工船［Ｍ］・東京銀座出版社・(原文为「30分で読める…」，「大学生のための」。)

33. 小林多喜二原作，バラエティアートワークス繪・2007・蟹工船(まんがで読破)［Ｍ］・イーストプレス：表紙.

34. http://diamond.jp/series/brandnew/10086/［OL］

35. 例如有讀者就在「豆瓣讀書」上留言，稱新版《蟹工船》「漫畫版的，讀得多爽啊……」(freeup,2010.10.18)

36. 秦剛・2009・灌裝了現代資本主義的《蟹工船》，蟹工船(秦剛、應傑譯)［Ｍ］・人民文學出版社：9.

37. 準確地講，1930年代《蟹工船》作為無產階級戰鬥工具是原作與譯本的一種「共謀」。然而，從歷時性的角度觀察，這其中亦包含有對於無產階級文學的固有想像。

38. 轉引自：朱運枚・2009・隱形的操控者——論意識形態對翻譯的操控［Ｊ］・科技資訊(4)：125・

39. Lefevere, Andre. 2004. Translation, Rewriting, and the Manipulation of Literary Fame[M]. Shanghai Foreign LanguageEducation Press：8-41.

參考文獻

葉渭渠，唐月梅・2000・日本文學史(現代卷)［Ｍ］・經濟日報出版社・

北京日本學研究中心文學研究室・2004・日本文學翻譯論文集［Ｍ］・人民文學出版社・

蔡翔・2010・革命/敘述：中國社會主義文學—文化想像(1949-1966)［Ｍ］・北京大學出版社・

論《高老頭》內女性之象徵

陳維玲*

▓▌ 導言

　　《高老頭》中的女性角色將巴黎上流社交圈的觸角伸進了社會底層的伏蓋公寓,藉由拉斯蒂涅的視角詮釋出當代社會的荒謬。鮑賽昂夫人、紐沁根夫人以小說中呈現出不同社會階級女人的行為樣貌,作為巴黎社會縮影中的一環,同樣的藉由女性角色個性展現,成為巴爾扎克心靈結構中女性縮影的寫照。本文將藉由分析心理學的理論,以《高老頭》為文本試圖闡釋巴爾扎克內在的心靈地圖,並以原型、情結等交織之心理投射,拉起隱藏於小說中的角色線頭,解析本質,穿透象徵。

▓▌ 鮑賽昂夫人:啟蒙

＊陳維玲／國立台灣大學外國語文學系助理教授

作為拉斯蒂涅的表姊，鮑賽昂夫人引領著他進入巴黎上層社交圈，成為漆黑摸索中的一盞燈，照亮了最初踏入此地的混亂，協助他釐清糾結的人心猜測。反觀巴爾扎克，他一生中所邂逅的女性多數比他年長，並且帶有引導者的特質，支持著他在艱困時刻完成理想，並且給予金錢上的支持。這種經驗或許能從巴爾扎克幼年時期的遭遇找到端倪。作者在出生後即交由別人撫養，即便後來回到了原生的家庭，在成長的過程中與母親的關係一直存在著疏離感，而母親對於他嚴厲的態度也使得彼此的關係緊繃。對於母親渴求的心理慾望成為了受到壓抑的經驗，加深了伊底帕斯情結(Oedipus Complex)[1]負面的發展，疏離的經驗成為了對於母親認同的障礙，模糊了母親形象在心理中的角色，由戀愛對象中找尋向外投射的母親形象，獲得緊密的心理依靠。隨著人格階段的成長，被壓抑的心理原型也隨時間轉變、成長。情結一旦形成，在未曾明瞭其根源之下，隨著人格與時俱進的轉變，原本簡單的情結也可能交融著兆多遭遇與心理衝突，形成盤根錯節的一種心理元素，於潛意識中影響個體對於價值觀、情感、態度上的判斷。

回歸於現實中，貝妮夫人(Laure de Berny)是巴爾扎克伊底帕斯情結中母親形象轉移的第一個對象。巴爾扎克在寫給太太的信中曾經提及貝妮夫人是他心中的陽光，是偉大的母親[2]。她比巴爾扎克年長22歲，在他20多歲時給予了從母親身上所無法滿足的溫暖與關愛，同時給予他在寫作道路上的理想支持與實際上的金錢協助。她也是巴爾扎克創作初期的啟蒙者，培養了巴爾扎克對於創作的鑑賞力。

小說中，鮑賽昂夫人是巴爾扎克戴上名為拉斯蒂涅的人格面具後，以貝妮夫人為模版創造出的對等人物。鮑賽昂夫人(Madame de Beauséant)這不尋常且罕見的名字與貝妮夫人在聲韻

上擁有相同的初始音節Be-，Beau-具有美麗的意義，而Séant作為名詞則為臀部的俗稱。以弗洛伊德式錯誤（Freudian slip）[3]的論點解釋，鮑賽昂夫人在角色的命名上帶有性的暗示，而與之關連性的意象則是來自於巴爾扎克潛意識中本身對於年長女性，或甚至是對於貝妮夫人聯想的暗示。另一方面我們若仔細檢視文本中兩人互動的描述，即可發覺在其親戚關係掩飾下，有著不尋常的互動模式。談話、接觸彼此的珍惜與越過了文化中關係的界線，而文字中卻又不得見兩人已知的情感投射。此種模糊化的書寫，在涉及了鮑賽昂夫人與拉斯蒂涅互動間尤其可見，而當單獨寫拉斯蒂涅之時，文字則回歸於對其本身角色的設定上。

貝妮夫人曾為國王的教女，見識過宮廷生活的種種樣貌，為年輕的巴爾扎克打開名流社會認識的一扇窗。鮑賽昂夫人同樣地增長拉斯蒂涅對於富人生活的視野，也給予了地位差異懸殊的他一種以姓氏建立起的地位，讓他在社交圈中擁有基本的立足點。貝妮夫人在伊底帕斯情結的架構中成為了新的母親形象，滿足了作者的情慾心理需求，相對的加深了巴爾扎克與母親的距離感，而母親多次的逼離使得對於「原生母親」的否定漸深，伊底帕斯情結的向外投射越顯得強烈，使得巴爾扎克每個情人幾乎都有著比他年長的年齡或成熟的心智，也有著比他優渥的生活。透過對其書信來往的文字與早期記載，左者對於成熟的依戀來自於伊底帕斯情結母親形象的投射，金錢則是來自於缺乏被照顧需求的補償。拉斯蒂涅同樣有著對於貴婦的迷戀，有著對於財富的渴求，然而這些慾望卻非由鮑賽昂夫人身上獲得滿足。在角色的設定上，鮑賽昂夫人如同啟蒙者的角色，引領著拉斯蒂涅在紐沁根夫人身上得到愛情的滋養。

而當內在創傷發生，它就是潛伏於內心之中的一道裂痕，向外對遭遇做出反應，向內影響個人的情緒與想像，以個體化過程

95

之分裂模式促使個人朝向下一個階段自我蛻變。我們若將時間線拉回幼年時期的巴爾扎克，得以發現在他與原生家庭分離時，此種對戀愛偏執的裂痕即已生成，從初期對原生母親認知的否定到成年後以年長女性做為戀愛對象而重回溫暖的過程，顯現出其心理原型中阿尼瑪的角色已由原生母親的陰影所填補，並且將這份情感投射於外在世界中擁有相似類型的女性之上。

　　儘管我們只能以文本分析、書信紀錄來審視巴爾扎克的心理脈絡，缺少以直接問答而形成的素材，但從其遺留下為數眾多手記、信件與文章，仍可以模糊的光影透析出清楚的影像。此外由《人間喜劇》中反覆出現的角色，亦可觀察到其變化中細膩的情感轉折，對照於同時期的書信，得以解構出大量人物背後的象徵意涵與其指向。

▌▌褪下愛情後的投射

　　1832年，貝妮夫人有感於自己的年紀，向巴爾扎克提出結束愛情關係的請求[4]，儘管當時巴爾扎克的愛情重心早已轉移。《高老頭》寫作於1834年，此時雖然對貝妮夫人的愛已經終止，但這份愛留下的是對巴爾扎克本身及作品深遠的影響。延續著本文觀點，作為鮑賽昂夫人的角色模版，巴爾扎克刻意的以與拉斯蒂涅具有親戚關連的身分，削弱了愛情劇情發展的可能性。她提供了一個成熟性格下的心理庇護所，以引導者的角色成為貝妮夫人在巴爾扎克結束他倆愛情後的內心象徵。而在小說的最後，鮑賽昂夫人離開巴黎、離開貴族生活前的一晚，她與拉斯蒂涅的互動突破了角色設定上的限制，語重心長的對話才發生在彼此的互動中，彷彿久識朋友臨別的言語，「她握著我的手道：『這兒，您大概是我唯一能信託的人了。朋友，您能永久愛下去的女人，

就該愛下去。切勿把她拋棄。』」（247）[5]。告別巴黎的劇情是貝
妮夫人結束與巴爾扎克愛情的一種象徵呈現，儘管拉斯蒂涅對鮑
賽昂夫人之間的緣份已盡，不會再相見，但她仍然如貝妮夫人留
下了影響巴爾扎克的能力。作為小說中的對等化身，鮑賽昂夫人
也影響了拉斯蒂涅的人生走向。《高老頭》寫作的這年，貝妮夫
人在重病中拒絕了巴爾扎克的探望，她只希望留在巴爾扎克心目
中是美麗的，而非重病當下的模樣。巴爾扎克不曉得她與死亡如
此的接近，在小說正式出版後的隔年，貝妮夫人死亡，而鮑賽昂
夫人在故事最後告別小說的舞台，不禁讓人聯想到這是共時性現
象[6]的表現。「您已經夠幸福了，您年輕，還能有些信仰。在離
開這個世界的時候，我彷彿一般幸運的死者，竟有些虔誠的、
真誠的情緒在我周圍！」（251）鮑賽昂夫人離別前對拉斯蒂涅道
別，也對著人格面具下的巴爾扎克道別，彷彿預示著貝妮夫人
1836年的辭世。以線性時間的因果邏輯陳述，預言無法具有客觀
性，只能依循著結果論而進行解釋。然而將它以現象學觀點理性
的看待，鮑賽昂夫人的離去與一年後貝妮夫人的病逝這兩件事確
實都發生了，以共時性現象的觀點闡述，鮑賽昂夫人與貝妮夫人
的離開，對於拉斯蒂涅與巴爾扎克具有同等程度的意義。

鮑賽昂夫人給了拉斯蒂涅裝手套的匣子作為友誼的紀念物，
她說道：

「我時常想到您，覺得您心地慈悲、高尚、年輕、坦白，那
些品性在這個世界上是那麼少有的。我盼望您有時也想到我。」

「這是我放手套的匣子，每當我赴舞會或戲院之前拿手套的
時候，我覺得自己很美，因為那時我是幸福的，而我每次接觸到
它，總留下些優美的思念：其中頗有些我自己的成分，現在已
經消逝了整個特·鮑賽昂夫人[7]，請您收下罷，我會派人送到您
家，阿多阿街。特·紐沁根夫人今晚漂亮的很，您得深深地愛

97

她。再則我們從此不見面了，朋友，您可相信我會遠遠的替你祝福，您曾經好心待我。」(249)

手套是鮑賽昂夫人裝飾自己的象徵物，對外顯示身分，對自己則同她的自述，帶有自己某些成分的優美思念。以分析心理學的角度詮釋，手是「給予」行為的承載物，也是寫作創作的工具，手套對內接觸了「自身的溫度」，對外則是接觸了「行為對象」，將彼此的互動以抽象的物品作為呈現，而如今贈予的禮物是曾裝有手套的空匣子，意味著互動的結束，那裝著回憶空匣子僅存的功能是悼念那曾經存在的兩人，曾經擁有的感情，正如同貝妮夫人離開時給予巴爾扎克的祝福，成為了無法回報的思念。

以物為主的象徵是個體心靈結構中的抽象產物，如同情結、情緒、感受無法在心裡中被當作存有物一般的物質去比擬，在融合了個人的元素後，以特有的心像存於記憶中。進一步探究主角與鮑賽昂夫人互動過程中的視覺描述，不論是華貴之時，抑或是黯淡退場之際，揭充斥著一抹哀傷之氣。即使生活於高人一等的府邸，每每在拉斯蒂涅前往之時顯得空蕩，宛若在一般人眼中欽羨的生活水準，成為舞台上不被聚焦的花瓶，做為擺飾靜靜的在一旁。而離別的象徵物則成為心理映射的原始素材，將現實中對貝妮夫人情感現狀之衝突反映於小說中的物件中。這也是為何拉斯蒂涅與巴爾扎克間存在些許相似卻又有著截然不同境遇的原因。

心象的影響層面超越自我與集體潛意識間的疆界，而以物作為承載情結的心象亦是如此。在小說中，作者將對貝妮夫人的感情與其自身幼年建立起對原生母親的裂痕轉移至鮑賽昂夫人身上，換言之她本身不但具備巴爾扎克童年所喪失的母愛，亦存在與貝妮夫人分手後的餘情，因此從角色出現至落幕都透著者一絲不可見的情愫。即便字裡行間從來沒出現過拉斯蒂涅對其表姊的

愛慕，但其互動、交談、行為間卻對此直白表露，並且以親情的方式作為其合理的原由。

■ 紐沁根夫人：情結與原型

高老頭與兩位女兒的互動是貫穿小說的主要劇情線，無悔付出的父愛對比於女兒的冷漠，是巴爾扎克對於巴黎社會扭曲價值觀所作的批判。紐沁根夫人與雷斯多夫人隨著社會地位的演進，由欣然接受父親給予的女兒逐漸的轉變為壓榨高老頭的巨獸；然而，對於高老頭而言，這不是夢魘，而是慢慢吞噬靈魂的甜蜜負擔。此種取材自社會，融入小說時空的筆法藉由創作的「心理模式」，將作者所要表達的意象包裹於波旁復辟王朝的框架，嵌入文字中。透過拉斯蒂涅的視角，我們得以沿著與兩位女兒互動的脈絡更深入探索創作的「幻覺模式」所留下的軌跡。

初期，高里奧的兩位女兒是拉斯蒂涅獲攀貴族社會的階梯，也是愛情的歸屬選項。他與作者擁有著相似的戀愛喜好，同樣地從貴夫人身上獲得感情的滋養，為渴望達到不凡理想而奮鬥的他提供一個溫柔的避風港。成熟與多金的女性或許填補了巴爾扎克幼時於伊底帕斯情結所空缺的母親角色，帶來了安全感；然而在小說內，兩位女兒所擁有的特性卻不只如此。來自於集體潛意識中的原型：阿尼瑪（Anima）[8]的形象注入紐沁根夫人的角色中，透過與拉斯蒂涅的關係發展，弭平了巴爾扎克對於小說中的人格面具走向未實現人生的遺憾，並且調解與陰影的衝突。

對原生母親情感之缺陷透過阿尼瑪的轉變使之獲得補償。在個體化過程中，無意識的追求阿尼瑪形象化的人物是自然的傾向，這種過程不僅積極的將自身遭遇中與現實落差極大的理想面補足，另一方面卻在無意識中削弱自我所擁有的失落感受。因而

追求使自己沉浸於母體溫暖的情感成為了作者愛情傾向的一環，而於創作中的角色，則強力表現出作者內在被壓抑的聲音。潛意識中的訊息不時的滲透入顯意識，面對外界所發生的種種變化，皆不免經過意識心的審視與潛意識的反應，而使個體做出應有的價值判斷。

阿尼瑪由母親的形象所塑造[9]，集體潛意識中永恆女性的象徵獲得可被認知的樣貌走入個體的心靈結構中。在分析心理學的理論中，阿尼瑪是男性潛意識中的女性面，與本我意識相互協調之下，足以影響個體性別表現的傾向。而在意識的深層，阿尼瑪的原型角色則是牽動了埋藏於潛意識中的個人情結與陰影，進一步的由內而外影響個體對外在世界的感官、對女性的認知、對戀愛的傾向的心理解釋，建立起個人的價值判斷，也塑造出個體的特異性。然而這種由內而外，潛意識運作的過程卻不易被自身所察覺，往往藉由觀察對於特定事物觸發的反應、話語或連結於情結情感推力浮現於表意識的作為時，才得以作為線索進行心理解析。除了由夢境觀察進行解析之外，透過積極想像或文字書寫亦能歸納出個體之內的原型類型與心理模式之結構。

在小說中，紐沁根夫人為銀行家的妻子，與巴爾扎克母親為銀行家的女兒擁有了相似的身分映射。雷斯多夫人嫁給伯爵，具備了「地位」象徵；紐沁根夫人嫁給銀行家，具備了「財富」的象徵。當紐沁根夫人與雷斯多夫人同時成為拉斯蒂涅愛情的抉擇時，在雷斯多夫人家中，「歐也納一說出高老頭的名字，也等於揮動了一下魔術棒，但結果正和那一句『跟特·鮑賽昂夫人是親戚』的魔術棒作用相反。」(60)拉斯蒂涅碰了壁，將目標轉向紐沁根夫人，一方面是整體劇情走向的安排，另一方面，以分析心理學的脈絡詮釋，拉斯蒂涅選擇了象徵「財富」的紐沁根夫人，認可了阿尼瑪。儘管紐沁根夫人只是巴爾扎克眾多小說中的一個

角色，但她卻真實的揭示出巴爾扎克對於女性認可的傾向。回歸於小說所設定的時代背景，正是作者20歲與貝妮夫人結識之時，他取用了自己經歷的一部分作為模板放入《高老頭》的書寫，小說中的主角拉斯蒂涅與作者的所學科系、性格、甚至是攀上社會階級的理想與感情歸屬皆與巴爾扎克相應。以自身的一部分作為角色的一部分即是認同層面中的轉移。角色中與作者自身相似的特點為其所認可，與之相異部分，則來自於陰影之原型。

在文本的記述中，紐沁根夫人對拉斯蒂涅有著無法抗拒的吸引力，來自於阿尼瑪本身所散發的慾望氛圍，讓男人甘願醉心其中。儘管阿尼瑪是集體潛意識中原型的形象，但卻透過潛意識映射的方式，使自我錯認在其自由意志下所做出的選擇。拉斯蒂涅曾對紐沁根夫人說道：「請相信我的話，那顆永遠熱烈的忠誠的心，只能在一個青年男子身上遇到，因為他抱著無窮的夢想，只要您微微示意，他便會為您赴湯蹈火。」「特·鮑賽昂夫人吩咐我別盡瞧著您。她可不知望著您美麗的紅唇，潔白的皮膚，那麼溫柔的眼睛，是多麼迷人？我也對您說了許多瘋話，但請讓我說罷。」(121)在拉斯蒂涅眼中，紐沁根夫人儼然成為了女神，迷戀與仰慕在拉斯蒂涅身上蔓延。儘管身為銀行家的妻子，卻沒能擁有相對程度的財富；丈夫限制了她對於財富的支配，卻無法縮減她對於金錢的慾望，物質的渴求與符合身分的消費成為了她的負擔。拉斯蒂涅原本寄望攀上社會階級的階梯成為了僅擁有表象的空殼，連踏上一步都顯得不真實。即使如此，卻不減低拉斯蒂涅對於紐沁根夫人的迷戀，相對的反而更增添拉斯蒂涅的同情。紐沁根夫人使拉斯蒂涅接納貧困的心理經驗，缺乏主見與慌張的特質讓拉斯蒂涅被動擔負起主導關係主體性的權柄。對於巴爾扎克而言，透過紐沁根夫人發聲的阿尼瑪，由深層的心靈結構中試圖整合他現實生活中金錢匱乏的痛苦與對女性的依賴。透過互補

於人格面具特質的呈現，拉斯蒂涅意識到，要擁有紐沁根夫人，必須接受自己的脆弱，透過與之結合而展現出自我本該具有的潛力。

■ 結語：整合與蛻變

小說人物無法跳出文字的框架與真實世界有所互動，卻能在書寫創作的過程中，牽動作者意識深層的認知與轉化。對紐沁根夫人與鮑賽昂夫人的創作中，一方面取才於與貝妮夫人交往的經驗、另一方面則連結自身成長歷程的情結，以拉斯蒂涅為主體，活出與自己相似的理想抱負、愛情傾向。

紐沁根夫人的父親高里奧則是帶有巴爾扎克對於母親形象隱晦的抵消（Undoing）[10]，從無止盡的父愛彌補幼時缺少的母愛。在小說中，拉斯蒂涅是巴爾扎克未曾實現，認同家庭的人格面具，他接受了家人的給予，傾向家庭以補償作者對於家庭疏離的愧疚，因此他同情高里奧，為他所遭遇到的情境感到無比痛心。然而他的兩位女兒則是迴避著對於父親應有的親情，對於父親的關愛交替著冷漠與愧疚。一方面，阿尼瑪本身與原生母親的形象在過度發展的伊底帕斯情結下存在著互斥，另一方面，較貼近個體心靈底層的阿尼瑪，與巴爾扎克分享了抗拒母親的心理情結。與雷斯多夫人相異的是，紐沁根夫人保有與高里奧較多的互動，在作者的筆觸中也具備較深的感情，與拉斯蒂涅經常的往來迫使著她同時面對愛情與親情，向內整合了心靈互斥的面向，以超越心靈成熟度的觀點運作，作為內在世界的緩衝，並且照亮了個體化歷程[11]前方的道路。

參考書目

巴爾扎克。《高老頭》。傅雷譯。台北：桂冠，1995。

Bolen, Joan Shinoda. *Le Tao de la psychologie. La synchronicité et la voie du Coeur*. Le Mail, 1990.

Echelard, Michel. *Histoire de la Litterature en France au XIXe siècle*. Hatier, 1984.

Honoré de Balzac, Roger Pierrot. *Lettres à madame Hanska*. Paris: R. Laffont, 1990.

Jung, Carl. "The Structure and Dynamics of the Psyche." *Collected Works of C. G. Jung*. Vol. 8. Princeton University Press, 1968.

Jung, Carl., & Franz, M.-L. *Man and His Symbols*. Garden City, N.Y.: Doubleday, 1964.

Jung, Carl. *Synchronicite Et Paracelsica*. Albin Michel, 1988.

Satiat, Nadine. *Balzac Ou la Fureur D'Ecrire*. Hachette, 1999.

註釋

1. 源自於佛洛依德性心理發展論述，由幼年時期因對與自己相異性別的父/母親慾望，而產生與自己相同性別的母/父親敵意，延續至已脫離幼年階段之情結。

2. 參閱自Honoré de Balzac, Roger Pierrot. Lettres à madame Hanska. Paris: R. Laffont, 1990.

3. 佛洛依德觀察到，不經意出現於文字、話語間的錯誤，或與本人慣用相差甚遠的詞彙，可能源自於潛意識之真實想法。

4. 同注2。

5. 本文引用之譯文參自：巴爾扎克。《高老頭》。傅雷譯。台北：桂冠，1995。

6. 榮格所提出的一項假說，用以指出沒有因果關係，卻有意義的巧合。它以兩種面相呈現，其一為心理事件於現實事件的共時性；其二為跨越時空限制，重複出現的相似意象。參考自：Jung, Carl G "The Structure and Dynamics of the Psyche." *Collected Works of C. G. Jung*. Vol. 8. Princeton

University Press, 1968.

7. 早期譯文的筆法，意為隨著鮑賽昂夫人身分的消逝，這些美好的思念也跟著消逝。

8. 原型的一種，連結於集體潛意識，為男性潛意識存在的永恆女性形象。

9. 榮格對阿尼瑪的論述。參閱自：Jung, C.G., & Franz, M.-L. *Man and His Symbols*. Garden City, N.Y.: Doubleday, 1964.

10. 心理防衛機制的一種，以象徵的形象或行為來消弭心理的負面感受。

11. 榮格提出的心理發展理論，為本我透過對於認同的「分離」與「合體」，將個體成為獨特的個人，然而又是整體所無法分割一部分的過程。個體化並非讓自己與世界分離，而是收集整個世界成為自己。參閱自："The Structure and Dynamics of the Psyche." Collected Works of C. G. Jung. Vol. 8. Princeton University Press, 1968.

「旅程」與「游牧」：
文學閱讀《密勒日巴大師全集》

吳寬*

▮ 一、前言

　　傳記文學於西藏文學中占極重要的地位，為數相當多且內容豐富，廣泛反映西藏文化，極具宗教、社會生活面參考價值[1]。《密勒日巴大師全集》內涵及文字風格出色，除了記載大成就者的一生行誼外，尚可將之視為佛教修行指南、詩歌選集乃至一部西藏傳奇讀本[2]。

　　西藏的社會文化背景造就傳記長期廣受歡迎之地位。紀元9世紀吐蕃王朝崩潰之後，藏地陷於分裂割據狀態。各教派為鞏固在當時的社會地位，均推出大成就者傳記，作品中鋪陳自家法教間接擴張教派勢力範圍，勾勒他們一生的修行歷程同時當作傳承加持[3]。15世紀著名竹巴噶舉派的僧人桑傑堅參[4]的諸多著作便是

* 吳寬／淡江大學西班牙文系專任副教授兼西藏研究中心主任

典範，描繪自宗的祖師和得道高僧以及其神奇式誕生和非凡家世，特別指證是某菩薩的化身，或者關於他們的一些授記、學習佛法的緣起與經歷、弘揚佛法和利益眾生的事蹟、修習密法的成就等。主要作品《藏寧黑如嘎傳》之外《密勒日巴傳》可說是這種文類中的翹楚(陳慶英，1998)。桑傑堅參同時為《密勒日巴道歌集》的採錄者。出生於後藏，師法密勒日巴，退隱高山洞穴苦修，獲得證悟後，化緣維生，足跡遍及西藏各處，因舉止怪誕，被稱之為瘋子「藏寧」(Tsang Nyön)[5]。乳貝堅金、查同傑布、黑如嘎等也是其別名。他留世作品有《瑪爾巴譯師傳》、《藏寧黑如嘎傳》等。此《密勒日巴傳》編採者於《藏寧黑如嘎傳》中揭示寫作之教化大眾的意圖與目的：

> 為了對那些口說積聚福德，而實際上卻不按正法行事的王者、大臣、官門、豪吏以至平民百姓；那些雖按經教修法，但卻不知實踐深奧要義，而且滿足於詡語之泡沫者；以及那些雖獲得即生成佛之法寶而到彼岸，但尚需使其善業清淨之格西等，以尊者喜金剛(即密勒日巴)的傳記作為楷模。對於那些貪求五欲和人生者，作為苦修的楷模。對於那些安於散逸者，作為專心修習的楷模。對於那些懷疑即生成佛的妙法，而不願實行深奧之修行者，作為已經成功之範例，引之相信正法真諦。因此撰寫這部《密勒日巴傳》並付之印刷，廣為散布和流傳。[6]

本著作全名為《顯示解脫和成佛道路瑜伽自在大士密勒日巴尊者傳》[7]，被迭譯為中、英、法、日、西文等世界多國文字，廣受全世界讀者矚目與歡迎。台灣出版之《密勒日巴大師全集》由張澄基[8]由藏文直譯為中文，譯者提及最早的中文版本並非完

整由藏文直譯：「中文譯本有《木訥記》和另一種譯本，但都殘缺不全，也不是由原文直譯的。」（張澄基，2002:3）《密勒日巴大師全集》分成《密勒日巴尊者傳》及《密勒日巴大師歌集》兩部分，前者敘述尊者一生修行過程，後者分為上、下兩集，側重於描述這西藏最著名的瑜伽士獨自住山修行後的弘化事蹟，每章均穿插文字優美的道歌，總計61章[8]。

　　《密勒日巴大師全集》承續口傳文學傳統，以特定人物之傳奇故事為散文敘述架構，外加詩歌、諺語、格言等文字表達。於口頭敘述中，講述者直接面對聽眾闡述，其話語隨時被打斷，講故事過程中可見插話、對話，互動過程意味著說者與聽者之間無嚴格界限[9]。詩歌中廣泛運用形象之譬喻及民間諺語。敘述方式沿襲印度八十四大成就者傳記之模式，並融入佛教名相及教理，揭示豐富的佛教文化內涵，於諸多西藏的傳記文學中已成窠臼。[10]

　　《密勒日巴大師全集》由於採錄自說唱藝術彙編而成冊，缺乏傳統的文本書寫與閱讀強調的一致性、權威性、典範性，我們可窺見某些特色與後現代主義作品中常有的文本策略如拼貼、語法斷裂、意義曖昧、文體混合等不謀而合。[11]而且由後現代角度解讀《密勒日巴大師全集》，亦可觀察到作品的文學的架構並非內植於文本，而是在「與另外一個結構的關係之中產生的」（"generated in relation to another structure"）（Julie Kristeva，1987）。另外，道歌本身的文學特質指陳了意義也往往不是固定在某一處語境，反而是多向的。此七百餘頁的巨著也含帶多向文本（hypertext）性質[12]，特別是多向文本特有的「多重敘事結構」（poly-form narrative structure）。作品範圍內意義並不僅止於點對點的穿梭聯繫而已；更重要者是允許讀者，不論佛教徒或非佛教徒，做彈性的瀏覽，打破原本固定的循序漸進的線性閱讀，選擇

不同路徑，進入瑜伽士的天地。本論文嘗試由後現代文學角度展示瀏覽此部西藏文學巨著的新彈性。

▌▌ 二、《密勒日巴大師全集》與閱讀路徑

　　文學作品是從斷裂的現實世界中，作者經由他對現實斷片的拼貼，虛擬了一個想像的「合理」〔或者「不合理」〕的世界，作者在其中儼然是王者，他解釋想像、解釋世界，也解釋他自以為擁有的真理。解構理論為後現代主義中用來解讀文學及哲學文本的一種閱讀手段。解構批評則是詳細地揭示作品中潛在的組合和分裂，「小心翼翼地從文本內部的意指結構中抽取出衝突力量來」，並且展現這一無限開放過程。解構主義大師德希達(Jacques Derrida)認為文學原本就是玩弄文字可塑性的拼湊遊戲，由讀者自行詮釋，發展文本多元性(textual plurality)的特質。而另一法國解構大家羅蘭巴特(Roland Barthes)曾經提及他心目中的「理想文本」(ideal text)是由所謂的「意符銀河」(galaxy of signifiers)所組成。也就是說若我們視傳統封閉作品為串連如繁星般文字後所形成的「星座」，「意符銀河」等同文本多元性。(陳徵蔚，2001)多元文本理論家哈波(Terence Harpold)於其評論〈超連結之不確定性〉(The Contingencies of the Hypertext Link)中將閱讀喻為船隻航行般，航行與閱讀相似之處在於都是一種經由不斷修正航道而趨近目的地的過程(a process of approximation)。(Harpold: 1991)哈波之分析言及「航行之意義在於從不斷修正中移動以便趨近目標」，舵手必須隨時矯正偏差，調整航道，最後方能抵達目的；而多向文本閱讀異於傳統閱讀，讀者只須按照作者預設的路線前進。因此必須隨時選擇連結，修正路線，方能產生獨一無二的閱讀航線。航海者不斷

修正偏移(deferral)向目標趨近，逐漸形成軌跡(trajectory)的歷程正與多向文本讀者選擇超連結的動作類似。（陳徵蔚，2000）

　　讀者閱讀《密勒日巴大師全集》時，特別是歌集部分，由於編撰特質，不需逐章閱之，可以隨意摘取欣賞章節與喜愛的道歌，自主性極大。多向文本與傳統文本最大的差異在於它利用「超連結」切割文本中的單向閱讀線，將之重新轉向，導引連結到另外一段敘述之中。篇幅上分成密勒日巴傳記與總計61章的歌集兩部分。講述密勒日巴大師一生行誼的人並非嫡傳弟子惹瓊巴(1083-1160)一人。在歌集部分則除大部分瘋行者彙編的故事外，另有文字風格不同之28、29、30章是寂光惹巴與雁總頓巴菩提咱惹兩位記錄下來關於吉祥長壽五空行母事蹟(歌，335)。但若要詳知密勒日巴如月之愛徒惹瓊巴一生身影則須做多向連結，因惹瓊巴雖在傳記部分已經現身，但與他相關的詳細介紹要到《密勒日巴大師歌集》其中幾個篇章方可以拼湊出來。猶如具有「切割」與「連結」多向連結之兩種特性，將作品中的特定文字標記之，藉此將該文字從原本的上下文中解放出來，然後將被切割的連結點銜接至另一段相關文字中。也意味著讀者所隨機選取的多向連結將會在閱讀空間中畫下一條路徑，進而切割出一個讀者趨近以及同時遠離的版圖。

　　《密勒日巴大師全集》中另一種宛如拼貼技巧的是明白標示噶舉派大瑜伽士密勒日巴以降之傳承，言及第子人數：「空行母曾授記：尊者之弟子中有二十五人得大成就。其中如心弟子八人；如子弟子十三人；如女弟子四人。其化度之經過，具載於大歌集中。」(傳，246)「空行授記佛化身，達波如日大弟子，陽光普照諸群生。如月化身惹瓊巴，修行虎士希哇哦，只貢惹巴及其他，廿五首座大弟子，空行親自作懸記。得成就者二十五，具證悟者有百名，任運覺顯百零八，與法相應及千人，結法緣者逾

研究
特區

109

萬億，學儀素者三兩人。」（歌，686）此種重複好似歌集中的訊息乃由傳記部分移入。

　　書中描繪密勒日巴之如月之愛徒惹瓊巴的事蹟及與上師深厚感人的情誼引人入勝。此部分由於非連貫，需要讀者去重整整個情節[13]。《密勒日巴尊者傳》主要由惹瓊巴轉述其根本上師一生。而歌集部分的陳述，對師徒間之密切因緣多所著墨，由惹瓊巴初遇尊者至開悟，繼之朝聖印度，尊者降伏其我慢，及後來的衝突：尊者燒毀惹瓊巴印度請回之外道邪術書籍，引起徒弟不悅，為化解其怒氣及加強信心，為師的密勒日巴於是化現數種神通，惹瓊巴卻毫不理睬，不斷要求尊者還他經書，待尊者飛走才懊惱不已，欲投崖自殺，卻卡在腰壁上，見到對面山腰空隙尊者身影，向他祈請，後來又抱住化現成三尊之密勒日巴尊者的中間一尊，激動昏倒過去，甦醒之後與師復和，感情和如初。此外，我們可以發現敘述者在文中指出另一部傳記之存在：惹瓊巴傳。在欲省略惹瓊巴一部分的生平情節敘述時，敘訴者告知讀者可以得知之詳細下文的作品，云：「他後來邂逅一位貴族女士；由於尊者的慈悲加持，（使他感到十分羞愧。）他於是又回來侍奉尊者。這一段故事的經過，皆詳述於惹瓊巴的傳記中。」（歌，664）同理，歌集裡篇幅相當長的41章儼然是噶舉派大師岡波巴（1079-1173）的簡傳。對於佛經中曾授記之密勒日巴的如日心子學佛因緣有諸多描述，尤其是尊者指導他修行部分可說是一部噶舉派見、修、行、果的教授。第37章敘述密勒日巴四大女弟子中上首薩來娥得遇密勒日巴的因緣，但篇尾也指出另有一部薩來娥傳是密勒日巴一位大徒弟雁總惹巴菩提咱蒙所作。

　　透過自由閱讀路徑的選擇，文本意義的產生便掌握在讀者手中。閱讀轉成由印刷的或書寫的語言符號中取得意義的心理過程。以羅蘭巴特的「讀者文本」(readerly text)和「書寫者文本」

(writerly text)概念來說明,「讀者文本」指的是供讀者單向消費的文本,不具(意義)生產力,讀者僅能接受或拒絕;「書寫者文本」則允許讀者成為一(意義)生產者,享有同於書寫者創造意義的樂趣(羅蘭巴特,S/Z,2)。互動閱讀文本正是符合這項定義的「理想」範例。不過我們也可以進一步質疑這樣的意義生產不盡理想,因為作品已寫就,成為密閉領域,讀者在其中選擇的閱讀路徑雖然眾多,基本上仍是源自預設,自由選擇變成一廂情願的幻想。

另一位法國影響巨大的後現代學者吉爾·德勒茲(Gilles Deleuze)[14]由解構文本同時注重切割與連結的觀念讓「閱讀」從原本的「旅程」(journey)搖身一變,成為一種「游牧」(nomadism)模式。「旅程」與「游牧」最大的差異在於「旅程」有固定的起點與終站,而「游牧」的重點則在於行進過程本身,而非為了到達特定目的地。由後現代之閱讀觀點看待《密勒日巴大師全集》我們可將閱讀《密勒日巴尊者傳》的過程視為一種「旅程」式的,而《密勒日巴大師歌集》則屬「游牧」性質,在錯綜複雜的多向連結中,讀者可以任意由某章節開始,也可以隨便於任何篇章終止,閱讀不再只是探尋故事最後的結局,重點在於隨時由讀者自主創造嶄新閱讀路線。

但是這種閱讀特色並非截然二分。理由是整個《密勒日巴大師全集》牽涉到後現代另一文學理論:互為文本(intertextuality)。一如女權主義批評家朱麗亞·克利斯蒂娃(Julia Kristeva)在其《符號學》一書中提出:「任何作品的本文都像許多行文的鑲嵌品那樣構成的,任何本文都是其他本文的吸收和轉化。」也印證傳記部分與歌集兩部分有情節上及內涵上之交集。例如,密勒日巴的弟子部分,特別是愛徒惹瓊巴的記事。此外關於大瑜伽士應機說教亦多所重疊。例如發願修行、上師的心要語

111

等。讀者披閱畢此巨著，除了能加深了解尊者，尚可拼湊出其他西藏文化相關主題，例如藏人民族性、西藏風光、信仰等。

▌▌ 三、密勒日巴傳記閱讀旅程

按照創古仁波切的說法，密勒日巴的傳記屬於靈性傳記（spiritual biography），藏文稱之為"namtar"。字面上意義為「完全解脫」。[15]傳統上，此類傳記描寫不想受輪迴苦的人物，經由虔信、精進及智慧得以獲得完全解脫輪迴。內容敘述這些人先要修習佛法，他如何遇見上師，他接受何種的法教，如何付之實踐獲得證悟。修行人生活上之細節，甚至何時出生也不需怎麼著墨。《密勒日巴尊者傳》以密勒日巴對其弟子惹瓊巴的講述的自傳形式寫成，亦以第一人稱講述。雖現在通行的是在15世紀時由桑結堅贊整理加工寫成的定本，但是藍本可能即是惹瓊巴在12世紀所記錄的：「為撰此『至尊密勒日巴傳』，余曾搜羅有關尊者各種傳記，悉心考校並請諸不共弟子們口述尊者事跡，親為記錄，最後擇要去繁，編成此傳。」（傳，318）

在《密勒日巴尊者傳》中讀者可以觀察到傳統單向、直線性書寫敘述模式。傳統閱讀行為中每一部作品宛若為讀者提供了一段旅程，涵蓋固定的起點、結尾與情節發展，讀者欣賞作品猶如循著固定路線去探索故事最終結局。這些直線性發展就是密勒日巴一生的主要情節：幼年喪父後來家產被伯父、姑母所竊奪，母子受苦，奉母命投師學習咒術，放咒、降雹報仇雪恨，後來悔罪學習佛法，拜瑪爾巴為師。他曾以巫術殺過人，上師瑪爾巴採取折磨和刁難密勒日巴的方式，讓他不斷修建碉房、做雜務以消業障，進行接受密法前的前行，進而得到上師傳授，獲得成就後，仍隻身在雪山閉關修行，隨機教化眾生，直至進入涅槃為止。按

照書中敘述者提到主人翁三種主要事蹟:「尊者一生的事蹟,如
果詳細敘說,可以分為三大類:第一是非人的神鬼向尊者的挑戰
和尊者降伏超度他們的事蹟,第二是對諸具有善根大弟子的化度
和成功的事蹟,第三是對一般弟子及普通世人說法及其他應化的
事蹟。」(傳,243)寫實之外,神幻色彩也為作品增加趣味性。

　　遵循佛教經典傳統,釋迦摩尼後世之弟子講述許多佛陀神奇
事蹟,將之神聖化,欲以象徵的方式,傳達深層的法教。示現神
通意謂展示修行的境界及成就,目的是激發大眾對宗教信仰的信
心,由「信仰」的層面引領眾生接受佛教。密勒日巴的修行境界
記載匯集了不少玄妙因素,尤其是表明他的證量的神通。我們看
到大瑜伽士示現神通,放光,穿巖而過、「空中飛行、水中走和
坐臥,身上出水冒火,從一變多,攝多歸一」(傳,491)使某些
場景臻入化境。更有甚者是尊者火化後,空行母捷足先登帶走尊
者舍利子,寶塔中之尊者回應弟子們的祈請,宣說世俗舍利與最
勝舍利之別。在他說法之際,佛菩薩在空中聽法,天空出現彩
虹,天上降下五色天花,傳來陣陣天樂等。尊者涅槃後,天空出
現之異相,神奇之中交織出美感:

　　　　空中出現廣大鮮明的虹彩,這虹彩清楚得好像手都可以
　　　　摸得著一般。各種顏色交織在空中,虹彩的中間有八瓣
　　　　蓮花的形象,蓮花的上面,有極美麗的壇城;世界上最
　　　　好的畫家也畫不出這樣美麗的壇城來。尖端的五色彩
　　　　雲,變成勝幢、瓔絡、寶幡等無盡的形狀,各色各樣的
　　　　花朵自天而降,紛落如雨。彩雲繚繞在四周的山頂。寶
　　　　塔狀的雲朵向曲巴的中心圍擁著。大家都聽見悅耳的天
　　　　樂和讚語。異香流溢大地。世間的俗人也都能看見天人
　　　　神像滿駐虛空,行廣大的供養。人們看見天神們赤身裸

113

體亦不以為怪；天神們卻個個都怕嗅著人體的臭味，碰見了人常掩面而過。有的天神和人互相談話招呼。人人都看見這種種的稀有奇蹟。（傳，281-282）

■■ 四、游牧於《密勒日巴大師歌集》

另一方面，《密勒日巴大師歌集》由於內容豐富，整體上，主要敘述尊者的修練有成之徒眾與他相遇的因緣，各篇之間並無任何連慣性，可以單篇閱讀之，可以體現後現代所楬櫫的理想文本(idealtext)，特色是其開放及多元性。且因為歌集被採集而編成一冊之故，有別於傳記故事聚焦尊者一生事蹟特色。61章節各自獨立，方便讀者可以隨心所欲翻閱，若對於同質性頗高的尊者度化事蹟，不按照編排章節閱讀，並不妨礙了解故事情節。亦即讀者可以自行詮釋，發展出文本多元性(textual plurality)，隨時可拼湊成形，也隨時都可分解為基礎的形狀素材，為一個可以縱橫馳騁的「千座高原」。游牧社會是流動的，居無定所，逐水草而居。同理，閱讀方式從依循特定情節追求文意轉而成為了閱讀去創造意義，這種「為閱讀而閱讀」的新式閱讀即是游牧式閱讀，乃多向文本的重要建構概念。此外讀者若將《密勒日巴大師全集》視為一本修行指南，其中反覆的隨機說法，透過選擇自由閱讀文本路徑，對於衍生之宗教密義更能較有彈性的掌握。

較之於閱讀密勒日巴大師的傳記時的流暢體會，譯者張澄基云：「要了解和欣賞《密勒歌集》，卻必須具有最低的幾個條件。第一、對佛學之一般常識要相當充足。第二、對西藏無上密宗之教義及宗風有一清楚的認識。第三、對於密宗一般專門術語相當熟諳，並且最好能在般若心性及禪宗的修持方面略有趣入。有了這幾個最低條件才能確實的欣賞密勒歌集。」（歌，12）此

外，傳統上，祖師或大成就者傳記的書寫與傳承融合外傳、內傳與密傳特質[16]，也讓閱讀此部分的篇章不似尊者傳記時輕而易舉。誠如編撰者所言，相當程度之佛教背景知識是必要的：

> 這是尊者密勒日巴光大佛法及予眾多有情以現世及究竟利益之種種經過。瑜伽大自在者密勒日巴，融定、散及心、境成一昧，而行利他之事業；示成就之憑證而顯現（種種廣大）之神通；假其歌唱廣佈法音。其卓越之如心弟子（多人），以超勝之記憶總持力，記載其歌，筆之成書。尊者之歌，流傳於人世中者，其大部分皆收集於此書中矣。至於尊者生平所唱之詩歌之全部，則浩海無涯難以盡述矣。這是尊者為了鼓勵徒眾而廣顯神通，及其他雜類之故事。（735）

尊者之歌也就是金剛歌、道歌（dojas），旨在諷喻世人、勸誡徒眾、宣揚正見、破除邪見、揭示證悟法語以及剖析教理等。讀者若詳閱各章節的道歌猶如穿梭於法教間，藏傳佛教所注重的修行口訣俯拾即是。噶舉派證道歌從帝諾巴大師、那若巴大師，到岡波巴、密勒日巴、歷代噶瑪巴法王一脈相承的就是修持口訣、證悟法語、心性指引要訣。此種修行證悟後自然唱誦出的歌謠，主要揭示對諸法實相之體會及自宗見地。體裁上，道歌屬西藏古爾魯（mgur-glu）說唱藝術，最初發源於雅隆，[17]一般前數段是比、興，最後一段點出本意，藉由重複吟詠，逐漸鋪陳主題。文學風味濃厚的道歌，最常以淺喻深，以具體喻抽象來說明教理，主要是修證悟道牽涉到對實相的了知，此種直覺和非理性的的作為，非具邏輯思維之文字所能道盡之。道歌廣受歡迎之餘也成為修持的導引口訣。

密勒日巴堅持的遠離塵囂隱居山林方式形成瑜伽士傳統。西藏唐卡的圖像中，盤腿而坐的他身繫禪修帶並以一手觸耳作聆聽狀，便是象徵以道歌弘揚法教[18]。也明示他所開顯的噶舉派，「噶舉」意為「口授」，意味口耳授受的傳法方式。而對他而言，最深奧的口訣莫過於實修，他在送別徒弟岡波巴之際，以異於常規方式，傳了個殊勝的口訣：「尊者就將衣袍撩起。只見尊者周身上下都是因多年辛勞而結成的網狀老繭！尊者繼續說道：「我再沒有比這更深奧的口訣了！我是經過這樣的辛苦去修行，心中才生起功德的，所以你也要以最大的堅毅持忍力來修行才好。」（歌，551）雖然已是成就者，密勒日巴卻謙稱：「我自己也不知道是誰的化身，最可能的恐怕還是三惡道的化身吧！」（傳，238）。更強調「我是一個博地凡夫，此生此世因刻苦修行而得成就。」綜觀《密勒日巴大師全集》，大瑜伽士所強調的出塵之志陸陸續續出現於不同篇章之道歌中，相互指涉，文字風格上呈多樣性，有時是明示，有時則譬喻之，有時則反諷之。

敘及修行的層次，作品中承續藏傳佛教修持系統內、外、內、密等三個等級的歸類，有獨居茅篷的外修、了無牽掛的內修、深觀決斷的最勝修三種層次：

> 深山險地無人處，獨居茅篷是外修；
> 不顧此身如棄物，了無牽掛是內修；
> 惟一實相之底蘊，深觀決斷最勝修，
> 三種修持我全具。（歌，161）

而修行人面對死亡的態度是雀躍的，如雄鹿、巨魚、虎、大鵬般威猛、無畏：

具足正見瑜伽士，面臨死亡心雀躍，死後解脫道上去！
我是鎮定之雄鹿，有角一切即是一，坦臥樂明大原中，
此我「修觀」把握也。
具足正觀瑜伽士，面臨死亡心雀躍，死後解脫道上去！
我是巨魚離十惡，十善金眼常回轉，無間覺受河中游，
此我「正行」把握也。
具足十善瑜伽士，面臨死亡心雀躍，死後解脫道上去！
我是證驗自心虎，法爾成就利他事，漫行超越廣狹林，
此我「密戒」把握也。
具足密戒瑜伽士，面臨死亡心雀躍，死後解脫道上去！
陰陽顯境之紙上，以明體心而書文，深達無二之理趣，
此我「正法」把握也，
具足正法瑜伽士，面臨死亡心雀躍，死後解脫道上去！
明淨力運之大鵬，能展方便智慧翅，飛向無為宮堡去，
此我「果證」把握也，
具足果證瑜伽士，面臨死亡心雀躍，死後解脫道上去！
（667-668）

　　道歌中譬喻包羅萬象，動物譬喻除雄獅、猛虎、鯨魚、大鵬外，引人注目的是馬的意象。由於藏人游牧生活的背景，馬匹是經濟、交通、戰爭方面不可或缺之動物，馬匹順理成章的出現在作品中，形成意符，喻人們妄念紛飛的心念。有時馬則為精進的意義之載體。傳記部分之「瑜伽走馬歌」，精闢的提到身如山寺，降伏紛亂之心念之際，瑜伽士是莊嚴的騎士，智慧方便為鞍彎，聞思修如護身鎧，大菩提心為甲冑，身後負著忍辱盾，手執鋒利正見矛，腰佩無儔智慧劍仰仗禪修、正念及上師口訣不同的法門降伏瘋馬：

117

敬禮大恩馬爾巴師，我身譬諸山間寺；
北首有一大佛殿，三角心臟根脈畔。
心猿意馬如風馳，欲降此馬如何降？
欲拴此馬用何韁？此馬飢時飼何食？
此馬渴時飲何漿？此馬逃時何以圍？
降馬唯用不二繩，拴馬只有三摩地；
恩師心訣供馬食，以正念水解馬渴。
真這可圍馬逃亡，智慧方便為鞍轡；
不二堅固鞦帶繫，命根風速如箭馳。
明慧童子為禦人，聞思修如護身鎧；
大菩提心為甲冑，身後負著忍辱盾。
手執鋒利正見矛，腰佩無儔智慧劍；
調和一切種識箭，遠離忿怒與憎怨。
四無量心如機銛，明利智慧同鏃尖；
無生空性弓張滿，甚深方便箭在弦。
直射廣大雙運境，飛人無邊佛淨土；
射不失鵠淨信士，射死我執之魔王。
射毀煩惱之仇敵，超度六道出罪累；
馳馬大樂平原上，奔向佛位大覺地。
捨棄輪迴於腦後，菩提樹下可息蔭；
馳馬如斯証佛果，此願比汝願何似？
斯樂比汝樂如何？（傳，215）

歌集中進一步譬喻修行人若是騎士，修觀精進與堅忍則為良
駒。

無貪無執無愚蒙，此三修行之盾甲，穿著輕捷防禦堅，
防身鎧甲如是尋。
修觀精進與堅忍，此三心之良駒也，能避眾危馳如飛，
雄駒良乘如是尋。
自證自明與自樂，此三心之果實也，種使成熟食味甘，
成熟果實如是尋。
（歌，88）

密勒日巴勉勵女弟子薩來娥要如何修證，亦以騎士行喻之：

一切時、地威儀中，不斷布施資糧足，清淨戒律作莊
嚴，常披忍辱之皮衣，
跨騎神通之精進，奔赴禪定之聖城，以智慧寶成鉅富，
不忘酬報上師恩，
以己修證作供養！（歌，457）

勾勒心氣馬匹的外觀及奔馳，充滿靈動，儼然是修行口訣：

施主少年聽我言，我有心氣之駿馬，禪定彩纓作莊嚴，
應物幻化為皮肉，
光耀明體作鞍轡，馬刺三種妙修觀，二門口訣作鞍㲲，
運用命氣為轡勒，三種要時為額旋，內波寂靜為昂頭，
拳法運動作引導，覺證不斷為策鞭，中脈廣大平原上，
恣意奔馳奪標魁。
我乘如是之良駒，能脫生死爛泥沼，抵達菩提安隱地。
（歌，185）

按照噶舉派重視實修的傳承，修行口訣較閱讀其他的文字經典重要。諸多道歌中不厭其煩重複此法要。馬爾巴譯師對密勒日巴的訓示是：「歷代上師之傳記，即是口訣與教法，多聞徒為擾亂因，切持要言取精粹，若更多求無實義。」更強調「不能調伏狂亂心，語句口訣有何用？」（傳，258）「思維耳傳之口訣，遂忘文字與經典。」（傳，249）「耳傳能詮之口訣，心底深處受納時，如鹽溶水成一味。」（歌，480）傳統上，口訣被佛教徒視為諸佛菩薩的心血、諸空行的心血，由歷代上師口耳相傳，珍貴至極，應如守護雙眼般看待。馬爾巴與密勒日巴傳承的禪修口訣──大手印的法門，不是運用比量、推論的方式，而是現前、直觀自心，如此較容易認識自心的空性本質。道歌明示空性的本質以及明晰本智之相：

> 如量上師具傳承，自創「上師」是愚行。
> 心性猶如大虛空，偶被妄念烏雲遮；如量上師之口訣，
> 恰如狂飆捲殘雲，
> 妄念自滅光明顯；此時心中之覺受，一似日月朗晴空，
> 十方三世皆寂滅！無可執取離言詮，決定證悟如星現，
> 於一切境樂融融；（歌，152）

　　大手印法修持之要點在鬆弛、無作和明照。其中旨要在於鬆弛任運。乃因一切煩惱和執著皆是一種「緊相」。禪修口訣以皓日、夢、水月、虹彩、虛空比喻覺受生起虛幻的本質，更進一步敘及紛紛湧現的覺受，喻之如濃霧、浪濤、密雲。並進而提及妄念宛如盜賊，但又進一步說明散馳之心念由於無處可去，如汪洋中飛翔出去之鳥般，終究回返海船：

覺受生起應如是：如彼皓日出天際，一切黑暗頓時消，
何需他法斷妄念！

一切入夢無有根，心境無執似水月，又似無體虹彩然，
如彼虛空離方所。

覺受紛起應如何？覺受起時如斯觀：濃霧雖濃不離空，
浪濤雖湧不離海，

密雲雖重空中顯，識念紛紛湧起時，未嘗稍離無生性。
觀審心之明體時，

能悟識乘動氣訣；妄念盜賊潛入時，能解誤賊之口訣。
心識散馳外境時，

能悟鳥歸海船訣(歌，563)

█▌ 五、結語

　　整體上《密勒日巴大師全集》的文學特質根植於口傳文學。
涵蓋神通示現、傳說故事、諺語、格言、道歌等，雪域的文化，
內涵豐富多元，具教化作用。瑜伽士示現神通意謂展示修行的境
界及成就，目的是激發大眾對宗教信仰的信心，由「信仰」的層
面引領大眾皈依信仰佛教。傳記部分的密勒日巴生平高潮迭起的
記載，不論是密勒日巴學巫術復仇或上師馬爾巴譯師的考驗及他
後來獨自深山修行時每每信眾要求他放棄隱遁生活，均呈現文學
張力，展示一位瑜伽士過人的堅毅修持，示現實修乃佛法延續根
本。彙編的歌集內之道歌意涵引人入勝，諸多文字優美的詩篇提
供文學視野，運用多種譬喻，不論明喻或反喻均清晰地傳達修行
口訣。由後現代的解構理論出發，文本不再是個封閉的、穩定
的、實際存在的系統，轉而衍化成開放的、不定的性質，因而讀
者可以自我解構而增添解讀創新。讀者在循序看完傳記的陳述

121

後，儼如完成一個旅程；而在歌集部分，隨機選擇篇章，閱讀路線不侷限於一，不需循序閱畢此一長篇巨著，而是遊走於某些篇章之間，跳躍式披閱雪域文化的靈性面貌與諸多瑜伽士的殊勝行持。🪶

參考資料

《密勒日巴大師全集》（2001），張澄基譯，台北：慧炬。

陳慶英（1998），〈弘宣佛法與記錄人生 —— 略說藏傳佛教傳記文學作品〉，佛教文學與藝術研討會論文集，台北：法鼓文化，頁229-243。

劉婉俐（2002），〈空行母與藏傳佛教上師傳記〉，《佛學研究中心學報》第七期，頁213-236。

李順興，〈什麼是「理想文本」？〉中國時報開卷版網路閱讀區，（1998/10/15）。

丁敏（1998），〈佛教經典中神通故事的作用及其語言特色〉，佛教文學與藝術學術研討會論文集(文學部分)，台北:法鼓文化，頁23-57。

Robinson, James Burnell, (1996). "The Lives of Indian Buddhist Saints: Biography, Hagiography and Myth" In *Tibetan Literature: Studies in Genre*. Eds. Jose Ignacio Cabezon and Roger R. Jackson, New York: Snow Lion Publications, pp.57-69.

Garma C.C. Chang (1997), translate and annotate: *The Hundred Thousand Songs of Milarepa,* London, Shambhala Publication, Inc.

Harpold, Terence. (1991) "The Contingencies of the Hypertext Link." *Writing on the Edge2*: 126-39.

Iser, Wolfgang.(1978) *The Act of Reading: A Theory of Aesthetic Response.* Baltimore: Johns Hopkins UP.

Kristeva, J. (1987). "Word, dialogue and novel" in *Tori Moi (ed) Kristeva Reader*. UK: Basil Blackwell Ltd.

Landow, George.(1992) Hypertext: *The Convergence of Contemporary Critical Theory and Technology.* Baltimore: Johns Hopkins UP.

Thrangu Rinpoche (2001), *Ten Teachings from the 100,000 songs of Milarepa.* Sri Satguru publications, Delhi.

網路資源

克珠群佩，（2006），〈西藏佛教文學與佛教對藏族文學的影響〉，《藏人
　　文化網》，*http://www.tibetcul.com/xysl/pljx/80.htm*（2008-11-18瀏覽）。
索朗次仁（2000），〈西藏說唱藝術品種及其藝術特色〉，《西藏研
　　究》，第二期。
http://www.tibetinfor.com/yishu/yishu2002411130235.htm（2008-11-18瀏覽）。
李順興（2001A），〈超文本閱讀空間之評析——兼論非線性敘事議題〉，
　　《Intergrams》。
3.1 *http://benz.nchu.edu.tw/~intergrams/intergrams/031/031-lee.htm*（2008-11-20
　　瀏覽）。
陳徵蔚（2001），〈迴文詩、多向敘述與超文本〉，《e世代文學報》*http://
　　udnpaper.com/ZOPE/UDN/PapersPage/papers?pname=PIC0001*，221-223
　　期（2001-11-18瀏覽）。
陳徵蔚（2001），〈從碎裂到重組-漫談書寫空間的演進歷史〉，
　　《e世代文學報》。*http://udnpaper.com/ZOPE/UDN/PapersPage/
　　papers?pname=PIC0001*（2001-11-18瀏覽）。

註釋

1. 關於西藏各教派成就者之傳記可參考陳慶英之〈弘宣佛法與記錄人
　　生——略說藏傳佛教傳記文學作品〉佛教文學與藝術學研討會論文集，
　　法鼓文化，1998，頁229-243。
2. 本論文之《密勒日巴大師全集》採用張澄基譯本，台北：慧炬出版社，
　　民國91年出版版本。
3. 各宗均相信傳記當做修持指南具有傳承的加持力。《密勒日巴傳》的發
　　願歌云：「若有聞我傳記者，當獲無比大加持；三門無量加持力，僅聞
　　名號得解脫；願依思念即滿願。」（傳，261）
4. 桑傑堅參(1452-1507)自幼崇敬米拉，並以他為楷模潛心苦修，為宣揚噶
　　舉派法教，不辭千辛萬苦，跋山涉水，冒著生命危險奔走於西藏阿裏、衛
　　藏、達波、貢布等地，收集、整理編輯成一部完整的馳名中外的《尊者米

123

拉日巴盛解古爾魯》說唱集。這完全可以說是西藏歷史上第一部說唱本。

5. Tsang Nyön Heruka 別號 Nyönpa，意為瘋子。他是西藏三大著名瘋行者之一。另兩位是Druk Nyön, 不丹的瘋行者Drukpa Kundley與U Nyön 前藏的瘋行者。藏傳佛教傳統中瘋行者指的是現量證至八地以上果位之聖者，他們有時以瘋狂之行來示現超脫世俗見之窠臼。

6. 克珠群佩，〈西藏佛教文學與佛教對藏族文學的影響〉，《藏人文化網》。

7. 密勒日巴（Mi-la ras-pa）：大陸方面譯為「米拉日巴」。漢文有劉立千及王沂暖譯《米拉日巴傳》。張澄基譯《密勒日巴傳》中提及密勒日巴生於1052年，1135年往生。根據《青史》，密勒日巴生於宋仁宗康定元年（1040），於宋徽宗宣和五年（1123）往生，世壽八十四歲。《密勒日巴道歌集》藏文本有北京版、那塘版、德格版和拉薩版，完整漢譯本目前只有張澄基譯注一種。

8. 張澄基，湖北安陸人，1920年出生於官宦家庭，為前湖北省主席、西康省主席張篤倫先生的二公子，于右任院長之女婿。具宿慧善根，自幼即隨母親禮佛誦經，1936年遠赴康藏去實踐其學佛的目標。他禮貢噶仁波切為師，修習藏傳佛教噶舉派，前後達八年之久。八年修學中，除學習法義及修持外，並精通藏文、英文；1951年，他偕夫人輾轉抵達美國，僑居紐約，1966年，遷居賓州，任教於賓州州立大學（Pennsylvania State University）。他的譯作及著作，以1954年自藏文英譯的《密勒日巴十萬首歌集》為最早，以後三十餘年，譯作著述不輟，至1988年逝世止，已出版的著作十種。其中《佛學今詮》（上下冊）及《岡波巴大師全集》亦享譽國際。

9. 但譯者張澄基於28章篇尾提及28章至30章不是瘋行者所撰。因為文字風格與其他章節迥異。

10. 敘述停頓之處在傳記中包括：密勒日巴講完報仇故事，繼之惹瓊巴問他得遇正法之因緣（58）； 敘及被馬爾巴不斷折磨，失去信心想自殺時（114）；回答惹瓊巴問回故鄉後情形與夢中預兆相同否（164）；講完度化了有心懺悔的姑母後（236）；為徒眾釋疑，宣說如何精進修行；講述超度一切人與非人和弘揚佛法的事跡（240）；主要的修行地方（241-242）。

11. James Burnell Robinson於"The Lives of Indian Buddhist Saints: Biography, Hagiography and Myth"提到成就者傳記模式是描述主角追尋佛法的緣起與證悟過程：在緣遇上師、經過善巧的點化後，歷經多年苦修，終能除去各種執著而證悟、成就，並在示現神通、弘揚法教以利益眾生之後，

前往了空行淨土。

12.多向文本（hypertext）為數位先驅 Ted Nelson 於1960年代所創，意指無連續性的書寫系統，文本枝散而靠連線串起，讀者可以隨意讀取。從電腦網路「多向文字標記語言」（Hypertext Markup Language, HTML）的原始定義觀之，意味文件中的一段文字或圖形只要使用者點選之，即可連接到另一個伺服器上的文件。故譯為「多向文本」較之另一種譯名「超文本」，或許比較傳神，顯示提供讀者多重閱讀方向、連結上的意涵。

13.這些敘述分別出現於歌集10、23、35、38、39、51、57等章節。

14.吉爾‧德勒茲（Gilles Deleuze，1925-1995）1980年與Felix Guattari合著出版之《千座高原》（*A thousand plateaus*）旨在建立一種新的既非語義亦非句法的實用語言學，試圖說明一切語言都是隱喻的，都是間接的。語言的意義只能產生於一個不確定的形象系統。

15.Thrangu Rinpoche, *Ten Teachings from the 100,000 songs of Milarepa*. Sri Satguru publications, Delhi, 2001.

16.「外傳主要處理生平『外在』的重要事件，包括出生、死亡等；內傳則闡述主人翁法教、灌頂與精神進展等；密傳則揭示禪定證悟的經驗（nyams）。」（Edou，193）

17.索朗次仁，〈西藏說唱藝術品種及其藝術特色〉，《西藏研究》，2002，第二期。

18.瑜伽為佛教的密宗修行的方法。它的意思是「相應」，即是用數息觀等方法，把散亂的心念收攝，集中一境，專念一物，使心與正理等相應。也特別強調出離心，就是說一個人若不能拋棄了感官享樂的欲望，便不能成為一個瑜伽行者。

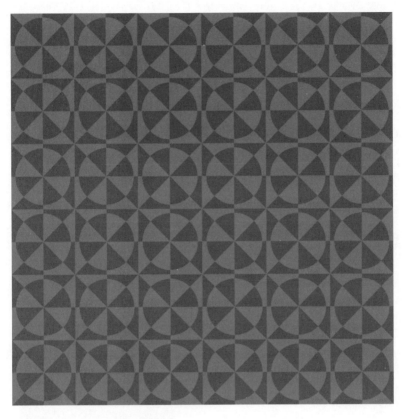

書評書藝

淺談村上春樹《名字不帶色彩的多崎tsukuru與他的巡禮之年》

曾秋桂

■■ 一、新書問世，刷新銷售紀錄

村上春樹的新書『色彩を持たない多崎つくると、彼の巡礼の年』（文藝春秋出版，筆者中譯為《名字不帶色彩的多崎tsukuru與他的巡禮之年》，台灣書市譯為《沒有色彩的多崎作和他的巡禮之年》）於2013年4月15日開始熱賣，首賣當天起短短7天內便暢銷百萬本，再次刷新日本出版業界紀錄。截至4月21日為止，新書已經加印至第六版[1]，可見其熱銷程度。不得不說，村上春樹的新書為日本藝文出版界再次帶來榮景，一掃村上春樹未能獲得2012年諾貝爾文學獎的陰霾，再次證明其在文壇上無與倫比的堅強實力。

▌▌ 二、各方揣測與村上自家說法不攻自破

隨著新書《名字不帶色彩的多崎tsukuru與他的巡禮之年》問世，推翻了截至目前的兩種說法：一是否定了外界揣測新書與東日本大震災有緊密關聯之說法[2]。前一部長篇小說《1Q84》（共三部，2009年—2010年）問世之後，日本歷經東日本大震災（2011年3月11日，簡稱為311），被稱為「三位一體災難」（地震、海嘯、核電廠輻射外洩）的史上大浩劫。災難過後，獲頒「加泰隆尼亞文學獎」的村上春樹親赴領獎之餘，以「非現實的夢想家」為題發表了獲獎感言[3]（2011年8月9日）。在演講中特別呼籲日本國民應該勇敢向核能發電說「不」，間接引發日本社會的廣泛討論。姑且不論村上春樹的言論內容如何，不爭的事實是，村上春樹在演說中投射出對於311的關懷。因此，外界大力揣測新書中將有大篇幅關於311的描述。但新書上市後，事實證明全書僅於第45頁描繪主角多崎tsukuru在面對被「五角形」（第15頁，筆者譯為「鐵五角」）同時離棄時，自己身陷孤獨，籠罩於死亡陰影之下，以「巨大な地震か、すさまじい洪水に襲われた遠い地域の、悲惨な有様を伝えるテレビのニュース画像から目を離せなくなってしまった人のように」（中譯：像似無法轉眼不看透過電視畫面傳來強大地震或可怕洪水摧殘遠方慘況的人一般。筆者譯）之辭彙來比喻，此時不禁令人聯想起311慘絕人寰的悲劇。除此之外，作品內容便再無提及。

話雖如此，久家雅博先生從新書中解讀出死亡的基調，認為可將新書歸納為震災後的文學創作。久家雅博先生針對書中敘述綠川所認知的死亡（第91頁至92頁）提出了見解[4]。不過筆者卻認為：若將該段描繪移至311之前的作品脈絡中閱讀，其與震災的關聯性便顯得薄弱許多。簡言之，該段落的描繪只可視為對死亡

認知的一般論述,而非證明即是震災文學吧!

其中,被提及的綠川(姓氏中帶有色彩),確實在作品中與死亡密不可分。綠川是主角多崎tsukuru男性親密友人灰田文紹(姓氏中帶有色彩)提到父親年輕時,在大學休學後於九州大分縣山中的某溫泉旅館打工而認識的爵士鋼琴家。從此看出,音樂的元素依舊在村上春樹的作品中佔有舉足輕重的地位;此亦與書名《名字不帶色彩的多崎tsukuru與他的巡禮之年》息息相關。

第二,新書推翻了村上春樹一貫宣稱的小說創作法則。長年以來,村上春樹多是依循短篇、中篇、長篇的規律模式進行創作。本次新書出版時,出版社亦以村上春樹最新長篇小說來宣傳,而這個說法並未遭到村上春樹本人否定。但就以新書是緊接在長篇小說《1Q84》之後問世來看,村上春樹所說的循環創作模式,今後需要更進一步斟酌。

■■ 三、從新書內容窺之

■■ 1.介紹新書男主角

新書男主角名為多崎tsukuru。甫出生時,母親屬意取名為「多崎創」,但經營房地產有成的父親左思右想後,認為若取名為「創」則蘊含「開創」之意,意即一生需要肩負開拓未來的重責大任;反之,若取名為「作」則只是「製作」,沒有「開創」那般沉重,相形之下較能輕鬆自在過一生。於是,最後幫主角以「多崎作」(第59頁)報了戶口。無論漢字「創」或「作」,在日文中都唸成「tsukuru」;因此,新書中男主角多以漢字的姓氏加假名標示的「多崎つくる」方式稱呼。

多崎tsukuru現年36歲,是東京新宿某電鐵公司(第58頁)的工

程師，服務資歷近14年，主要負責設計車站的業務。截止目前為
止，村上春樹小說中的男主角不是大學生，就是待業中或打零工
維生居多，很少像多崎tsukuru一樣擁有正職且長期工作的社會人
士。

2.新書書名的由來

　　新書書名和延續之前作品慣例，依舊很長；簡單來說，可將
書名切成「名字不帶色彩的多崎tsukuru」與「他的巡禮之年」兩
部分來看。首先，有關「名字不帶色彩的多崎tsukuru」，是指與
多崎tsukuru與高中時代四位同窗好友結合成的友誼「鐵五角」
（三男二女）。五人當中，四位同窗好友分別名為赤松慶（男）、
青海悅夫（男）、白根柚木（女）及黑埜理惠（女）。由於四人姓氏
中都帶有色彩，分別可簡稱為赤（aka）、青（ao）、白（siro）、黑
（kuro），因此多崎tsukuru成為五人中唯一名字中沒有色彩的那一
位。至此，便可窺知書名訂為「名字不帶色彩的多崎tsukuru」的
由來吧！不過，誠如作品中綠川告訴年輕時代的灰田父親：「每
個人都擁有自己的色彩，沿著身體的輪廓浮現著」（第87頁），書
中對於每個人天生身體便帶著某種色彩多有著墨。也就是說，淺
層意思雖為「名字不帶色彩的多崎tsukuru」，但應可更深入思考
為每個人擁有不同顏色、不同性格，乃至於不同的命運，都是世
界上唯一的存在。此與近年常在日本NHK歲末現場轉播的《紅
白歌唱大賽》中擔任壓軸而風靡全球的團體「SMAP」名曲〈た
だ一つの花〉（世界獨一無二的花朵），有著異曲同工之妙。

　　而書名後半段「他的巡禮之年」，則是意味著多崎tsukuru在
36歲這一年，選擇勇敢面對存在內心16年的創傷。除了當年已被
殺身亡的「白根柚木」（siro）外，多崎tsukuru透過一一拜訪三位

同窗好友，進而跨越了心中障礙。16年來的內心創傷源自於四位同窗好友同時離棄：話說考大學那一年，多崎tsukuru選擇進入東京的工科大學就讀，而其他四人留在家鄉名古屋念大學。即使分隔兩地，五人的情誼仍然濃郁堅定。直到大學二年級那年，四位好友在未說明原因之下不約而同離棄了多崎tsukuru。此事對多崎tsukuru造成了莫大的傷害，直至36歲這一年，整整隱藏在內心16年之久。

而《巡禮之年》是一本鋼琴音樂集，由匈牙利著名的演奏與作曲家法蘭茲・李斯特(匈牙利語：Liszt Ferenc；德語：Franz Liszt， 1811-1886)所創作而成，其中一首Le mal du pays(〈鄉愁〉)收錄於《巡禮之年》第一年的瑞士篇中。新書中，某天友人灰田帶了Le mal du pays(〈鄉愁〉)到多崎tsukuru的房間一起欣賞聆聽，之後專輯便遺留在多崎tsukuru房間。據灰田解釋：法文「Le mal du pays」的曲名意為「田園風景在人心勾起莫名的哀傷」(第62頁)；多崎tsukuru在聽完灰田的解釋之後，隨後補上一句「我的高中一位女同學也常常彈奏此曲」(第62頁)。根據之後的故事情節中可推知，此位高中女同學便是指已過世的「白根柚木」。事實上，「白根柚木」十分喜歡多崎tsukuru，但在大二那年自東京旅遊回到名古屋後，「白根柚木」向其他三位好友控訴多崎tsukuru在東京住屋中強暴了她，她甚至因此而懷孕。由於「白根柚木」指證歷歷，宛如事實一般，其他三人不得不信以為真，因此毅然決然與多崎tsukuru絕交。因此，「巡禮之年」一曲所代表的「田園風景在人心勾起莫名的哀傷」(第62頁)之意，不正是多崎tsukuru經歷好友離棄後內心的寫照嗎？

▌▌ 3.鎖定探討「團塊世代孩子輩」（團塊Junior）[5]的小說

　　分析多崎tsukuru和同窗好友組合成的「鐵五角」可發現，其家長都是屬於第二次世界大戰之後日本社會出現的第一次嬰兒潮，被稱為「團塊世代」[6]族群(第8頁)。因此「鐵五角」的五位成員都出生於中流以上的家庭，父親都事業有成、擁有良好的社經地位，母親則為家庭主婦；簡而言之，皆成長於日本典型的男主外、女主內的家庭環境中。甚至，雙親皆非常熱中於小孩的教育問題，沒有父母親離異的困擾。新書選用日本戰後出現的第二次嬰兒潮——「團塊世代孩子輩」（團塊Junior）作為主角的生長背景，而非延續多年來所使用「團塊世代」，可說是改變了村上春樹小說的一貫風貌，此亦為村上春樹的另一突破。

▌▌ 4.挑戰跨越隱藏內心的創傷

　　新書中出現了帶領男主角積極面對心理創傷的主導者，是一位服務於觀光旅遊業，事業有成且精明幹練的未婚女子。此名女子名為木元沙羅，現年38歲。面對多崎tsukuru的煩惱，木元沙羅一針見血地指出：「不要以一位純真、多愁善感的少年來看，而是以一位獨當一面的專業成熟男人，來正視自己的過去。也不是去看你想看的，而是去面對你必須面對的事物。若不如此，你勢必會背負著心理重擔而終其一生。」(第106頁)這番話獲得多崎tsukuru的認同，並在木元沙羅利用Face book(臉書)搜尋之下，幫助多崎tsukuru找到失聯多年的四位好友，進而促成多崎tsukuru於36歲這一年展開跨越內心陰影的巡禮，紓解16年間因被遺棄而鑄成的傷痛。

■ 四、重現初期作品的「喪失」與「再生」

1995年日本發生了神戶大地震（1月17日）及東京地鐵沙林毒氣事件（3月20日），當時旅居美國的村上春樹毅然決然結束四年半的美國生活，立刻返回日本。村上春樹在與河合隼雄的對談集中曾提及這段過往，並認為此兩件事使得日本戰後形成的神話一夕間崩潰，自己不能錯過見證日本社會轉變的時機；也因如此，村上春樹認知到自己身為作家，必須調整作品中一直以來所呈現「社會脫離」的步調，轉向為「接觸社會」。此後，村上春樹的創作大多貫徹了上述理念，增加了描繪社會的比例；直至新書之前的長篇小說《1Q84》為止，此風格不曾改變。

然而，新書《名字不帶色彩的多崎tsukuru與他的巡禮之年》中，男主角多崎tsukuru又回到個人深陷好友離棄陰霾的主題。難怪新書甫問世，一般讀者皆認為新書又重現了初期作品中不斷強調「喪失」與「再生」的主題。筆者認為：《名字不帶色彩的多崎tsukuru與他的巡禮之年》的寫作風格較接近於《挪威的森林》（『ノルウェイの森』，1987年）及《國境之南、太陽之西》（『国境の南、太陽の西』，1992年）；且就以多崎tsukuru挑戰跨越隱藏內心的創傷來看，「喪失」及「再生」確實是村上春樹欲強調的主題，亦是此次新書的主流概念。不過，若引用小森陽一教授以歷史與記憶為主軸，說明貫穿作品中常出現的地名「名古屋」、「濱松」及人名「灰田」，乃至於例如名古屋的代表產業「豐田汽車」等來看，作品中所出現的名稱皆為具有深層意義的符碼[7]，其交織勾勒出的不該止於個人的「喪失」與「再生」而已，而深具了記錄日本社會脈動的意義吧！

▌▌ 五、傳承克服內心創傷的主題

　　關於村上春樹文學中多以傷痛及陰影為主題，可導因於1995年日本發生的阪神大地震以及東京地鐵沙林毒氣事件。日本社會在動盪不安的背景下，以文學呵護傷痛、慰藉心靈的需求蔚然成形。誠如前述，村上春樹宣示了將與社會積極接觸並實際付諸行動。例如村上春樹實際採訪東京地鐵沙林毒氣事件受害者，之後便出版了《地下鐵事件》（『アンダーグラウンド』，1997年），以及緊接採訪了主導東京地鐵沙林毒氣事件之奧姆真理教幹部，根據訪問內容編寫的《約定的地方》（『約束された場所』，1998年）隨之付梓問世。村上春樹唯恐只憑藉兩部訪談無法如實傳達日本戰後神話崩潰之現況，因此自身亦投入文學創作，出版了《神的孩子們都在跳舞》（『神の子どもたちはみな踊る』，2002年）。在《神的孩子們都在跳舞》中，雖可看見刻意迴避震災主題，但綜觀收錄在《神的孩子們都在跳舞》一書中的六部短篇作品：〈UFO降落在釧路〉（「UFOが釧路に降りる」）、〈有熨斗的風景〉（「アイロンのある風景」）、「神的孩子們都在跳舞〉（「神の子どもたちはみな踊る」）、〈泰國〉（「タイランド」）、〈青蛙老弟，救東京〉（「かえるくん、東京を救う」）、〈蜂蜜派〉（「蜂蜜パイ」），不難發現主角們都因震災開始面對深藏內心的創痛。描寫筆鋒雖然非尖銳直接，但細讀此六篇短篇作品後，不難看出主角克服內心創傷的情節貫穿全書[8]。此點正可說明新書傳承了《神的孩子們都在跳舞》以來克服內心創傷的主題。

■ | 六、靈魂出竅，留下難解的餘白

多崎tsukuru開始克服心理陰霾的巡禮之旅後，拜訪遠嫁芬蘭的好友「黑埜理惠」（kuro）。經kuro解釋後多崎tsukuru才得知：其實她本身並不相信多崎tsukuru強暴好友siro。但即使心中存疑，礙於siro傷心欲絕，且指證歷歷，因此不得不配合演出。同時，面對kuro詢問：「高中時你願不願意做我的男朋友？」（第315頁）多崎tsukuru則回應：「我喜歡過妳。妳和siro吸引我的意義不同，且妳強烈地吸引我。如果當時妳跟我告白，我當然會和妳成為戀人。而且我想，我們一定會交往順利。」（第315頁）聞此，kuro終於放下藏在心中多年的罣礙。

事實上，開始巡禮之旅前多崎tsukuru常夢見自己與siro與kuro交媾，且夢境清晰如真。而後，多崎tsukuru在巡禮之旅中得知：siro在濱松租屋處被殺，且那被殺的場景自己彷彿曾去過。眾所皆知，男主角於夢中交媾以及親臨殺人現場等場面並不陌生，這樣的描繪手法早於《海邊的卡夫卡》（『海辺のカフカ』，2002年）中便出現過。《海邊的卡夫卡》中，15歲的少年卡夫卡離家出走至四國松山。人昏倒在神社的當晚，遠在東京住家的父親身中數刀後倒於血泊中身亡；但奇怪的是，清醒後的卡夫卡身上卻沾滿血跡。再者，寄宿於甲村圖書館中的卡夫卡夢見自己與一名15歲少女風貌的女性交媾；而這名女性正是平時視為母親的50歲女性佐伯。新書中雖未重複《海邊的卡夫卡》中提及的「弒父姦母」主題，但靈魂出竅的描述卻同出一轍。而關於靈魂出竅一事，自日本亙古平安朝名著《源氏物語》，以及江戶中國翻案小說《雨月物語》中皆有先例可循。

■ 七、不同角度，無窮的閱讀樂趣

　　閱讀文學作品的樂趣，即是源於利用不同角度來解讀。新書中使用的遣詞用句淺顯易懂，閱讀原文也是一番享受。再者，若已是村上春樹作品的愛好者，在閱讀新書時，腦中若回溯舊作並加以對比，相信將會感受到無窮樂趣。

　　當然，若如同小森陽一教授般學識淵博、思緒縝密，能從廣泛的歷史與記憶之觀點闡明新書，相信更能體會新書中所蘊含「通過儀禮」之深意。再者，藉由歷史與記憶之觀點出發，不但能勾勒出個人與大時代的關係，並以311之後日本人心情的轉變切入，將會是一場深度的閱讀。

　　敬請期待本書下一期內容，將刊登小森陽一教授於2013年5月5日舉辦的第二屆村上春樹國際學術研討會中精采的演講全文。全文再次顯現出小森陽一教授的獨特風格。不得不稱讚，如此精闢的解讀方式也唯有小森陽一教授，才能令人大開眼界、拍案叫絕。🖋

註釋

1. 《產經新聞》，「文藝時評」，2013年4月21日。
2. 東京大學小森陽一教授對此說法，語帶保留。小森教授受到淡江大學日文系「村上春樹研究室」 邀請，蒞臨「2013年度第2屆村上春樹國際學術研討會」演講中，透過「歷史」與「記憶」的觀點閱讀村上最新長篇小說後，精闢分析出村上雖然著墨311不多，但切割不了2013年閱讀該書的讀者，腦中交織著2011年所發生的311記憶。
3. 《東京新聞》，2011年8月9日。
4. 久家雅博http://netokaru.com/?p=17502（2013年4月29日瀏覽）
5. 是指第二次世界大戰結束之後，第二次嬰兒潮出生的族群，廣義解釋為

1970年代出生的族群。

6.是指第二次世界大戰結束之後,第一次嬰兒潮出生的族群,廣義解釋為 1945-1955年間出生的族群。此年層的族群人數眾多,同時間點一起升 學、就業、結婚生子,近期又將同時退休。同時退休潮一事,據推測將 造成日本社會、經濟、社會福利等各方面的一大衝擊。鑑此,淡江大學 落合由治教授從報紙上「團塊世代」的相關報導來深入研究該課題。研 究成果指出「團塊世代」的退休潮,其實對日本社會造成的衝擊不如預 期之大。該研究成果曾於中研院民族所舉辦的研討會中發表,中研院目 前積極匯集成書當中。

7.從上述小森陽一教授的演講稿中可窺得一二。

8.節錄曾秋桂,《2013年度村上春樹國際學術研討會論文集》,頁128-135 之內容。

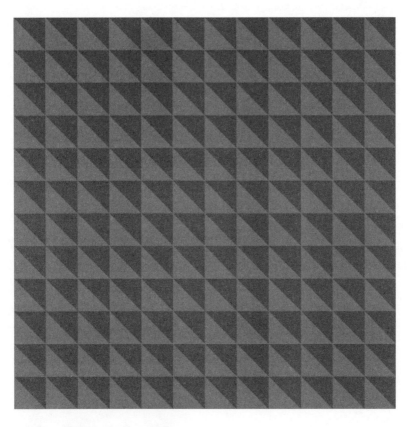

詩藝訪談

詠嘆詩城巴黎（演講）

吳錫德

今天我們講詩。各位有興趣才會來，所以各位就是詩人。雖然我也不敢稱呼自己是詩人，但是我有一個詩人好朋友羅智成，他講過：「只要你談過戀愛，你就是詩人。」所以，我們都曾經是詩人，我想年紀比較輕還沒有情竇初開的朋友，也即將會是詩人。這是我想跟大家分享的一個小小的經驗。

第二個經驗，我也要先強調一下我不是寫詩的人，這個有一段悲慘的故事。我有一位老師瘂弦，是老一輩的詩人，他現在住在加拿大。我曾經有幸上他的課。也就是在他的課裡，我開始對詩產生興趣。再加上那個時候，我參加一些戲劇活動，對於詩的語言的精簡有一些心得。我那時候也開始進入求偶時期，所以我就看上我們學校一個幾乎是校花的同學，展開我的攻勢。我那個時候也不是很帥，現在當然也還OK啦。那我就效法以前北大校

143

巴黎聖母院／2006年／吳錫德攝

長羅家倫的手法，用我的文學作品去感動她。我連續寫了很多詩給她，她都沒有回我。只是偶爾答應跟我見個面，談幾句話而已。後來呢，她的正牌男友打電話給我，他說你可不可以不要再寫詩給我的女朋友了。我非常傷心，從那個時候開始，我就封筆了！

另外，我要跟大家分享的是，我有機會當然也很幸運，有六年多的時間在巴黎求學，從一個窮學生的身分，開始慢慢去體驗、去觀察這樣的一個城市。這個城市曾經被世界上很多的詩人及畫家肯定及歌詠。那六年間我走我的路，我看我的巴黎，這樣的經驗事實上是滿深刻的。當時在法國念書，經費很少，時間真的很少，我跟時間在競賽。因為錢太少，所以必須在最短的時間之內完成我的學業。因此我也沒有太多的時間去做比較奢侈，或是比較高檔的遊歷，我都用走路的。所以，巴黎我大概用走的把

它看完了，這當然是最接近巴黎的一個辦法。因為認識這樣的一個巴黎，我有比較深刻的印象，我特別從聖母院的頂樓拍了這麼一張照片。左邊的巨鳥事實上是一個排水孔。也就是說雨很大的時候，水會從獸的嘴巴噴出水來。在更高一點點，最遠方有一個濛濛的鐵塔。到鐵塔的最上那一層，觀看眼底的巴黎，是有一點淺黃色。第一次乍看，會覺得它是一片非常漂亮的地毯，而且靜靜的，因為上面很高，聽不到城市的噪音。除了我走路看到的面貌之外，從上方看下來也真的很漂亮，所以那個感覺上是滿震撼。

　　剛剛我也跟大家報告過了，我不是寫詩的人，也不是專門研究法國詩的人。我是研究小說的，所以我今天介紹的方向是比較輕鬆的角度。我的副標題是：詩中有畫，畫中有詩。那是我最初想到的，我想把我從詩句裡感受到的形象跟詩作連結。我們都知道詩人是語言的魔術師，他一定會把語言納進最精鍊的詩句當中，並叫出它的形象，而不只是叫出它的音樂而已。我們都知道，國外的詩一定要朗讀，我們中文詩可以用看的，因為我們是象形文字。可是拉丁語系的語言，不讀出來的話就完全沒有感覺。所以你要讀出來，法文之所以這麼美，是因為它的節奏性很棒。除了節奏性之外，我有機會也要獻醜一下，讀一些法文的詩讓你們聽聽看。從法文直接讀出的聲音，跟我們看到的中文譯文，事實上有一點不一樣。曾經有一個德國文學評論家叫做班雅明（Walter Benjamin）。他是最早翻譯波特萊爾的人，但是他卻說翻譯不出來波特萊爾的詩。過去我們台灣法文界的一個前輩叫胡品清老師，她自己說過：「你若不是詩人，絕對不要翻譯詩。」班雅明說他翻不出波特萊爾的詩句，不要忘記他的法文跟德文程度都很好，而且他還是文人喔。他絕對翻得出來，可是他為什麼覺得翻不出來？因為詩真的不好翻，所以他在一篇論文裡強調詩

145

的最好翻譯方式是一句法文一句德文。就好像一個蘿蔔一個坑這樣，把它對出來，他說這才是正確的詩的翻譯。但是我們假如讀他這個方式的德文的話，一定沒有人看得懂。因為那不是德文，就好像我們看到一個外文字就像查單字那樣填上去。他說只有這樣子，不然沒辦法。這就是說翻譯詩是何等的挑戰！我剛剛也講過，最好是詩人才能翻詩，那即便你是詩人，你翻的詩，坦白說也會不忠於原文。因為你根本做不到，所以你是在改寫詩，說不定你是透過那首詩的感覺，去激發你創造另外一首詩。那這首詩就不是原來法國作者創作的那首詩！這是一個滿殘酷的事實。所以我一直很小心翼翼，不敢隨便翻詩，這是我給自己的一個下台階。我等一下會讀幾首我覺得滿不錯的詩，也找幾首法國滿不錯的香頌。法國香頌跟詩確實有一些連結，我便想一塊把它跟詩作一個介紹。那首先我想先做個巴黎的介紹：

> 很多城市的名稱會被人拿來當品牌，如法蘭克福香腸、北京烤鴨、倫敦的濃霧或叫賣聲，但從沒有哪座城市比得上巴黎，能擁有那麼多的聯想：巴黎香水、花都巴黎、巴黎左岸、巴黎落霧、巴黎畫派等等，甚至還出現那兒從未有過的事物「巴黎婚紗攝影」，我走遍巴黎大街小巷，從來沒看過巴黎婚紗攝影，以及永遠模仿不來的「巴黎調調兒」（parisienisme）！
>
> 巴黎是公認人類史上最魔幻的城市，輕易地就會讓人流連忘返。徐志摩慶幸自己年輕時就住過巴黎，引為至福。台灣名醫杜聰明在自傳裡坦承一生最愛巴黎。巴爾扎克說過：「巴黎是一個真正的海洋。」雨果「任命」它為未來歐洲合眾國的首都。德國哲士班雅明稱它是「19世紀的首都」，也是一場「幻景」。海明威「凍

結」他的記憶說它是「一席流動的饗宴」。巴黎更像一首永遠哼唱不完的歌，人們輕易就能哼唱十幾首以上歌頌它的香頌。從〈我愛五月的巴黎〉(J'aime, Paris, au, mois, de, mai, /, C., Aznavour)那種初春大地驚蟄的喜悅，到〈在巴黎〉(À, Paris, /, F., Lemarque)那樣活潑輕快，放聲盡訴巴黎的一切神奇及浪漫。

巴黎這座古羅馬人用心經營過的「千年古城」，直到19世紀才躍升國際舞台。多虧路易・拿破崙的魄力，任命奧斯曼男爵(Georges，Haussemann)整建巴黎(1853-1870)，才讓它徹底脫胎換骨，成了舉世稱羨的大都會。柏林學了它的樣子，倫敦已經「病入膏肓」，喪失了條件。波特萊爾從中發現了「現代性」(modernité)：「過度的、閃逝的、偶然的」。19世紀末的「美好年代」是它的高峰，也是法國人的驕傲。二次大戰後，歷任國家領導人皆戮力想在它的美好基礎上更上層樓：龐畢度的當代藝術中心、密特朗的「十大建設」，以及薩科奇未來的「大巴黎」計畫。總之，今日巴黎就是「全球品牌形象最佳城市」。因為即便已經到了21世紀，還是沒有哪一座城市能夠超過它的「存在感」及潛力。

—— 吳錫德，《法國製造》，頁162-163

　　某個程度我也有點稱頌巴黎，不過我想假如在場的朋友有去過巴黎，細心注意巴黎，你就會同意我講的是沒有太誇張。我今天的大綱分成四個面向跟大家介紹，第一個講法國詩的意與境，第二個講波特萊爾與巴黎，再來是詠嘆詩城巴黎，最後是請給我一條河，這是我今天想跟大家分享的。

147

■■ 一、法國詩的意與境

　　我們先談第一個主題「法國詩的意與境」，我挑出四個我整理出來的特色。第一個法國詩的音樂性非常強，第二個它是非常有創新的東西。再來是意境非常的廣袤，至少是19世紀波特萊爾的詩以來的一個特徵，它所觸及的面向或是主要討論的東西，是透過文字去描述一個世間非常大領域的事情。法國詩有非常不錯的意及境，會造成所謂的一種感應，法文叫做「Correspondance」，就是「應和」這種感覺。也就是說會讓你有一種共鳴。

　　我手上有一份特別整理的資料，我們中國也是一個詩的國家。很多人認為世界上詩最好的三個國家，一個是中國的詩，從唐宋以來就有。一個是阿拉伯的詩，阿拉伯的詩大概在13世紀或是14世紀達到高峰，阿拉伯詩當然也是音樂性非常強。第三名才是法國的詩，而且是19世紀以後法國的詩。當然其他國家的詩也有特色，只是沒有特別去留意。我們中國的詩在《詩經》《毛詩》的〈關雎〉裡提到：「詩者，志之所之也，在心為志，發言為詩。情動於中而形於言，言之不足，故嗟嘆之；嗟嘆之不足，故詠歌之；詠歌之不足，不知手之舞之足之蹈之。」詩事實上是有感而發而來，你會開始稱讚，開始感歎，感歎覺得還不夠，你用歌來詠唱，詠唱還不夠時，你就會不知不覺當中手之舞之，你就會跳起來，你的姿勢就會多起來。詩的產生過程就是這樣出來的，這已經是西元前六百年前的一個紀錄，中國的詩這麼早以前就已經把詩的產生過程，交代得那麼清楚！我們剛剛提到，我們會安排幾首歌，讓大家感受一下歌與詩的關連。事實上，每一首詩都應該是可以唱，或是可以吟的。孔子講到一句話，在《論

語》〈陽貨篇〉裡：詩(指的是《詩經》)，可以興，可以觀，可以群，可以怨(原意指哀怨的意思，怨在此不是負面的詞，是說可以發出你的情緒)。邇之事父(就是說近的話可以跟你的父親保持很好的關係)，遠之事君(長遠的看也可以跟你的國王處得很好)，然後多識於鳥、獸、草、木之名(所以又把詩的功能強調了一下)。讀詩，便有了一個社會性的功能產生，你可以盡孝道，可以忠君，而且可以認識鳥獸之名，所以《詩經》是多麼的重要！

詩是人類提煉出來的一種藝術形式，詩的產生，透過在《詩經》與孔子的分析，說詩可以興，這個興就是讓你發想，就是說你有情緒了，由你把它發想出來。詩可以觀，透過詩你可以觀察世間萬物。詩可以群，你可以跟社會人群互動，能夠相處得很和諧。那麼詩可以怨，可以發出你個人的情緒或是感想，不管你是失戀也好，戀愛中也好。不過假如大家有留意到的話，失戀後寫詩的比例比較高，戀愛中唱歌的機會比較高。這裡我特別針對這個「怨」字跟西方國家詩的產生做一個介紹，我們都知道亞里斯多德一本重要的書叫作《詩學》，《詩學》裡面有一個很重要的理論叫做「模仿」，所以西方的詩是模仿，也就是模仿大自然的種種東西，所以它跟我們中國古代的《詩經》及孔子的詮釋差很大。它只是強調模仿而已。模仿的另一個方式就是「言志」。我們中國詩的重點在詩情，在「怨」上面。歷代以來，唐宋大都是是抒情詩，西方的詩大部分是議論詩，所以是在議事。或者跟歷史有關，所以有史詩。中國沒有史詩，那不是詩人的活動，那給司馬遷去做就好了。詩人只做純文學的創作，中西方的創作產生及走向明顯不同。東西方的詩都有一個特色，就是音樂性，我們中國的詩是吟的，吟跟唱還是有些不一樣的感覺，比較含蓄。西方語言，如拉丁語系要發音才有意義，所以要朗讀出來，西方的

149

詩特別強調朗讀，我們強調吟，吟跟朗讀會有不同的發音部位及效果。

等一下我們會提到香頌，香頌是唱的，早期香頌的歌詞都是詩，是20世紀初期的新詩，所以文字比較雅，相對於現代流行歌曲。因為教翻譯的關係，我常常安排同學把一首自己的招牌歌翻成法文，這對同學來說是一件很快樂的事，因為他們一定會唱得很熟稔，翻成法文時就比較對味、比較有成就感。之後，我們會做討論，同樣我也會要求他(她)們把一首法國的歌翻成中文。我們過去有很多流行歌曲都是從外國歌曲引進來的，尤其日本最多。現在有個現象，這些翻譯歌曲的作業中有的翻得好，有的確實翻譯了，但沒翻出節奏感和韻味。也有同學沒有翻出原意，但有抓住音節，因為他熟悉那首歌。我會覺得這種作業比較好，最快樂的是他(她)們會把作業掛到自己的臉書或部落格上。有一回我在Google看到某個部落格有我的學生的譯作，上面竟然打上「吳錫德譯」。這位同學實在非常注重智慧財產權。可是我只是負責改，沒有譯它。我改作業的時候不會丟個版本給學生，跟他說這是標準的譯本，我會尊重他的版本，在他的版本之內盡可能幫他做些調整。

中國特別強調詩的「意境」，詩的意境勉強可以翻成法文「精神狀態」（État d'âme）。事實上，我們中文的「意境」是可以分開的，法文裡的「意境」是一個心理狀態，這種心理狀態在任何一種創作美術或是音樂也好，會很強調的。班雅明說那太抽象無法掌握，所以他提出另一個字眼「韻味」（Aura）。「韻味」的意思在美術上尤其重要。我們觀看畫作顏色的搭配組合，從中看到一個味道，一個詩韻的味道，能有這個元素的產出它才叫做藝術品。那法文在這方面，就是必須透過音樂，一首詩讀出來沒有這種感覺的話，它就不能算是一首好詩。那我們中文是象形文

字，我們讀它可以默讀，我們用眼睛看就可以，了不起可以從平平仄仄仄平平，看到它的韻而已，可是法文的好詩它的韻一定要非常強烈。

■■ 二、波特萊爾 & 巴黎

接著，我先獻醜一下朗讀一下波特萊爾的一首名詩〈獻給擦身而過的女子〉：

À une passante

La rue assourdissante autour de moi hurlait.
Longue, mince, en grand deuil, douleur majestueuse,
Une femme passa, d'une main fastueuse
Soulevant, balançant le feston et l'ourlet;

Agile et noble, avec sa jambe de statue.
Moi, je buvais, crispé comme un extravagant,
Dans son oeil, ciel livide où germe l'ouragan,
La douceur qui fascine et le plaisir qui tue.

Un éclair... puis la nuit! — Fugitive beauté
Dont le regard m'a fait soudainement renaître,
Ne te verrai-je plus que dans l'éternité?

Ailleurs, bien loin d'ici! trop tard! jamais peut-être!
Car j'ignore où tu fuis, tu ne sais où je vais,
O toi que j'eusse aimée, ô toi qui le savais!

獻給擦身而過的女子

震耳欲聾的街道在我四周呼嘯。
清瘦頎長，一身喪服，既莊重又哀慟，
迎面一位女人，她那富貴的手，
掀起擺動衣衫的花彩色及褶邊。

輕盈且高貴，還有一雙如雕刻般的玉腿，
而我，爛醉、蜷縮，如天外怪物。
她回眸一瞥，如晴天霹靂，
甜美令人心醉，快活欲仙。
電光一閃　終歸黑暗！—稍縱即逝的美女啊！
她的目光頓時令我復活，
難道只能等到來世再相會？

在他方，更遠之處！太遲了！也許是永訣！
因為我不知妳何往，妳不知我何去，
噢！或許我已愛上了妳，妳該是知道的！

（吳錫德譯）

　　我覺得不管功力再好，翻譯成中文的詩跟法文原詩真是相去
甚遠。我先講一下背景。詩人波特萊爾看到一個女子從他旁邊走
過去，那女子真是美若天仙，剎那間，他有一個非常震撼的感
覺：他們倆擦身而過，這一輩子也不會再見到她了。
　　這首詩第三段的最後一行，「Beauté」指的就是「美女」
（也是指一切的「美」。「fugitive」指的就是「稍縱即逝」。我

152

個人事實上有個經驗，我是捷運族，所以我在台北車站換捷運，我在台北車站轉車時大概要三到五分鐘，跟我擦身而過的人，我估計大概有一百個、甚至兩百個人。我相信這一輩子我可能不會再看到他們，當中當然有美女(因為我比較注重美女)，我不會再看到這個美女第二次！詩人便將這個描繪出來，詩人抓住這個稍縱即逝的美，事實上波特萊爾的美就是抓住這種瞬間，並將它提升為永恆。另外，第一闋的背景事實上是描述1860年左右，巴黎大興土木。我在「巴黎」這個關鍵詞的介紹裡有提到巴黎大興土木的過程，所以詩人目睹並描述了巴黎喧囂的街道，這裡的喧囂不是人聲，而是機器拆房子的聲音。因為我們看過當時的照片及圖畫，是把整個區夷為平地的過程，而且總共經歷了17年，直到波特萊爾1867年過世，它都還沒完工。巴黎大興土木，詩人生活在這樣的空間裡是多麼痛苦的事情，於是他把它描述出來。

　　這首詩是十四行詩，而且是環抱韻，所謂交叉韻第一句跟第四句有韻，第二跟第三句有韻，所以稱為環抱韻。

　　這首詩我讀得不很精采，不過大家多少會有一點感覺吧！這首法文原文的詩作相當有音樂性，而且真的是神來之筆。把一個路上碰到美女的情緒透過當時巴黎的背景表達出來，波特萊爾另有首詩稱為〈天鵝〉，這是我的學長莫渝翻譯的，他把波特萊爾翻得很好，整理得也不錯。此詩採交叉韻，就是所謂的一三與二四對韻。以「天鵝」(Le Cygne)比喻住在巴黎的人。

Le Cygne

　　　À Victor Hugo

Andromaque, je pense à vous! Ce petit fleuve.

Pauvre et triste où jadis resplendit

L'immense majesté de vos douleurs de veuve.

Ce Simoïs menteur qui par vos pleurs grandit.

天鵝

獻給雨果

安多瑪克啊，我想妳！那條小河

可憐而哀傷的鏡子，曾經輝煌地

映照寡婦妳痛苦的巨大莊嚴，

因妳淚水而高漲的那條虛假西摩一河

（安多瑪克是名美女，丈夫在特洛伊戰役被殺掉。之前雖然他守住該城，但是沒留意木馬裡躲著士兵，所以就被攻破。城破人亡，敵軍統帥就接收這位美女作為押寨夫人。她要求新丈夫在城門外挖一條河，好讓她思念前夫。他答應了她的要求。她的第二任丈夫也英年早逝，而繼承者變成她第三任丈夫，所以古代的美女就是命運多舛。）

A féconde soudain ma mémoire fertile,

Comme je traversais le nouveau Carrousel.

Le vieux Paris n'est plus (la forme d'une ville

Change plus vite, hélas! que le coeur d'un mortel);

／...／

猛然讓我豐富的回憶益形豐富，

當我穿過新的卡魯塞廣場時。

舊巴黎已不存在了，唉！

（都市的形態，變得比人心更快）

〔……〕

　　（卡魯塞在羅浮宮與協和廣場之間，現在變成公園，以前這塊地是貧民窟，現在只留下門而已。即俗稱的「小凱旋門」。過去曾是三教九流，包括詩人，尤其是潦倒的詩人在那有個聚會。那個時間是奧斯曼男爵大興土木，大肆摧毀舊市區的一個過程，所以詩人相當惋惜，說道：都市的型態變得比人心更快！）

> Paris change ! mais rien dans ma mélancolie
> N'a bougé ! palais neufs, échafaudage, bloc,
> Vieux faubourgs, tout pour moi devient allégorie.
> Et mes chers souvenirs sont plus lourds que des rocs.
> ／…／

> 巴黎變了！我的悒鬱沒變！
> 新的王宮，鷹架，建材，
> 舊郊區的一切對我都成了寓喻，
> 我珍貴回憶比岩石來得重。
> 〔……〕
>
> （莫渝，譯）

■ 三、詠嘆詩城巴黎

　　另一首詩題為〈巴黎的夢〉，這兩首都作於1860年。這裡的「夢」不是作夢的夢，而是詩人思考如何把創作靈感表現出來的渴望。波特萊爾透過這首詩提出他的創作經驗及建議，某個程度就是一種「詩論」。最重要的地方，在於談到他如何描述今天的主題「巴黎」，我們看一下郭宏安譯的這首詩。這首詩也是交叉韻，第一對第四，第二對第三。

Rêve parisien	巴黎的夢
À Constantin Guys	——獻給居伊
De ce terrible paysage,	這一片可怖的風光,
Tel que jamais mortel n'en vit,	從未經世人的俗眼,
Ce matin encore l'image,	朦朧遙遠,它的形象
Vague et lointaine, me ravit.	今晨又令我醺醺然。
Le sommeil est plein de miracles !	奇蹟啊布滿了睡眼!
Par un caprice singulier,	受怪異的衝動擺布,
J'avais banni de ces spectacles	我從這些景致裡面
Le végétal irrégulier,	剪除不規則的植物,
Et, peintre fier de mon génie,	我像畫家恃才傲物,
Je savourais dans mon tableau	面對著自己的畫稿,
L'enivrante monotonie	品味大理石、水、金屬
Du métal, du marbre et de l'eau.	組成的醉人的單調。
Babel d'escaliers et d'arcades,	樓梯拱廊的巴別塔,
C'était un palais infini,	成了座無盡的宮殿,
Plein de bassins et de cascades	靜池飛湍紛紛跌下
Tombant dans l'or mat ou bruni.	粗糙成磨光的金盤。

（郭宏安譯）

　　波特萊爾不是最早歌詠巴黎的詩人,而是維雍(François Villon)。他是15世紀的人,出生在巴黎。他強調巴黎是可以歌頌的。直到19世紀,波特萊爾寫出〈巴黎風光〉及《惡之華》,巴黎才在詩界大放異彩。波特萊爾的整個創作都以巴黎為背景。所

以想認識巴黎，就看他這兩部作品就對了。

接著，我們談談巴黎作為一個詩城的過程，第一個階段我們先稱之為「北上巴黎」，也就是說巴黎從政治首都，慢慢地召喚文人到巴黎來，他們就在巴黎落腳、創作。巴黎是法國的首都，所有的文化文學資源占全國的三分之二，所以不上京到巴黎學東西，根本學不到東西。在巴黎也同時可以有國際性的接觸，可以接觸更高層次的激盪，尤其是畫家。基本上全世界的畫家都要到巴黎走一趟，透過互相激盪才能激出火花及強化創作泉源，早期巴黎有這樣的條件。過去有一種流行說法叫做「巴黎的鄉巴佬」，也就是說大家從自己的角度去理解巴黎，事實上「巴黎的鄉巴佬」是出自一個詩人作家阿拉貢(Luois Aragon)的一本小說，描述外地人的角度去看巴黎。再者，法國從1830年開始所謂的工業化，1850年拿破崙三世資本主義的活動上升，1850年拿破崙任命奧斯曼男爵將整個巴黎重新整建，條件就是法國當時的工業化基礎，之後就是出現我們今天所看到的巴黎。

班雅明花了很多的時間在國家圖書館(因為猶太裔的他逃避納粹，從德國柏林逃到巴黎來，花了五、六年竟日待在國家圖書館研讀)。他把1830年法國最精采的空間拱廊街，也就是我們說的「不見天」的街(在鹿港也有條不見天的街)，裡面可以遮風避雨，有商店。事實上，就是「Gallery」，也就是古代波斯及阿拉伯的「Bazar」，也就是市集、市場。這樣的空間來自波斯，波斯的市集在室內進行，因為可以遮風避雨。英國人將它引進到英國，法國再師法英國將它引進巴黎。法國人將巴的黎的一些街衢加蓋，兩旁出現商店，慢慢出現我們所說的百貨公司。法國第一家百貨公司「Au Bon Marché」創於1852年，現在還在營業。另外一家著名的百年大百貨公司「Gallery Lafayette」，就是「拉法葉」，或是我們翻成「老佛爺百貨公司」。主棟大廳有個大圓

拱，上面是玻璃跟鐵條，這是當時的重大發明並被大量使用。最大功用就是採光及遮風避雨。班雅明花了很多時間研究這東西，後來他寫了一本書叫《巴黎的拱廊街》。根據他的理解，這些拱廊街就是法國走向現代化的物質條件及物質呈現，也是巴黎現代化的迷思。

接著提到巴黎就是「19世紀的首都」（這是大文好豪雨果給它的封號）。從1830年到1870年普法戰敗，巴黎的現代化進度神速，讓人眼花撩亂，覺得只有這裡可以代表地球，代表全世界的首都！到1890年法國進入「美好年代」，直到1914年第一次世界大戰爆發，也就是說第一次世界大戰爆發之前的巴黎，坦白說就是世界的首都，因為它是全世界最漂亮的地方。第一次世界大戰以及第二次世界大戰的破壞，經濟條件下跌，世界首都的地位就被紐約，或英國的倫敦給奪走了。但至少在文化方面，巴黎有它的豐富性及強勢。

最後，提到巴黎是個可以讓人漫遊（波特萊爾稱之為「Flâner」）的地方。在巴黎用走的比搭地鐵看得更多，地鐵很準時，但只能看到隧道。巴黎是個有創意的城市，可以不斷給你靈感跟創意，因為它太豐富，拐個彎就可以看到許多意想不到的東西。

回到我們的主題「波特萊爾與巴黎」，之前透過他的兩首詩作已見證了巴黎，也彩繪了巴黎。波特萊爾是浪漫主義後期詩人，所以詩有浪漫性，但是又把頹廢派或象徵主義帶領出來。波特萊爾描述的巴黎不是很漂亮的巴黎，而是醜的巴黎，醜的一面，比較低層、實際的一面。他認為從醜的當中才能發現美，就是二元對立的方式。他常描述撒旦，描述惡的東西，事實上他是要凸顯上帝。所以很多人以為波特萊爾被第三共和政府當作禁詩的六首詩（不僅不准出版還要被罰錢300銀元，在當時是很大的數

字），因為有些詩涉及褻瀆基督教及當時的道德規範而誤以為波特萊爾是無神論者。事實上，波特萊爾是非常崇敬的基督信徒，只是他的方式不一樣。我們還是可以信神，但我們不能因為信神而否認人世間的痛苦，所以他有一個對立面。他的詩能夠引起共鳴是因為他能夠把詩的領域擴大，不論是男女私情或是個人小小思緒，這便是波特萊爾一個特色。

　　所以他是愛恨巴黎，之後透過詩作去建構巴黎。波特萊爾的詩，連雨果都高度肯定他。法國詩人梵樂希（Paul Valéry）寫了一篇論文〈波特萊爾的地位〉，特別提醒讀者，雨果最棒的詩是他晚年的詩集。那時他已看過波特萊爾的詩了！也就是說，波特萊爾給雨果很多的啟示及刺激。早期雨果的詩是千篇一律，或是篇幅過長，或太議論性，因為雨果本身就是被路易‧拿破崙流放了19年，所以他滿腹的怨氣。加上他對政治又太過熱衷，所以他太政治化了，太社會議題化。不像波特萊爾則是從人的角度看周遭的事件。波特萊爾透過詩建構巴黎的文學地位，波特萊爾以後的幾個詩人都受他影響，像是韓波、魏爾崙、馬拉美等象徵派及頹廢派詩人。波特萊爾的詩是後續影響很強，基本上現在每個法國人都看過波特萊爾的詩，因為他的作品已經是法國的國寶，即便現在讀起來也很親切，比如說他描述路上遇到的女人，任何人都可能發生，即使是在21世紀這個時間點都有，可能你看到一個帥哥或是美女，走在捷運興建的工地。怎麼可能在這麼一個繁雜的、雜亂的地方，冒出一個美女出來。這個美女我一輩子也不會再見她第二次，那種感覺是每人都會有，所以波特萊的詩共鳴度相當的高。

　　接下一個主題是法國的「香頌」：

　　　「Chanson」（香頌），「歌曲」之音譯，音意均頗為

貼切。至少有三意：最早指中世紀吟遊詩人嘲諷時事或轉述故事吟唱的頌歌，如《羅蘭之歌》那般的史詩；二是指一般的「歌曲」，如「勸酒歌」（chanson à boire），並延伸為「吟唱、聲樂」（chant）、「小調」（chansonnette）等意；最後才是現代詞意的「香頌」。首先，它是用法文演唱的抒情曲，皆有動人的故事內容，大都選在小酒館或小型音樂廳裡演唱；其次是流行於20世紀中葉，在電視機尚未普及，以及英國「披頭四」及美國搖滾樂團尚未出現的年代，曾一度蔚為國際流行音樂，稱霸世界通俗樂壇。再者，「香頌」大都由現代新詩直接譜曲而成，故文字意境較高。如今，「香頌」早已成為法蘭西民族之聲，也是重要文化產業。

1930年由女歌手Lucienne Boyer唱紅的〈對我訴情曲〉（Parlez-moi d'amour），開闢「香頌」席捲國際的時代，它既是法蘭西浪漫的代表，亦是全球模仿的對象，上海時代的周璇及白光、東京的美空雲雀、二戰期間納粹德國時期動搖百萬軍心的名曲〈莉莉·瑪蓮〉（Lili Marleen / Lily Marlène）都是源自雷同的唱腔和情愫。戰後法國名歌手輩出，名曲不斷。最著名的有皮雅芙（Edith Piaf）及那首招牌名曲〈玫瑰人生〉（La vie en rose），尤蒙頓（Yves Montand）的〈落葉〉（Les feuilles mortes），以及撼動整座拉丁區的名曲〈聖傑曼德佩〉（À Saint Germain des près），由格雷科（Juliette Gréco）演唱，連當時雄霸整個拉丁區的存在主義哲學大師們皆沉迷在他那低沉，充滿磁性，又悵傷的美聲之下。

法國人一般擅歌，法文裡「唱著同一首歌」，意味「老套」。「Chanson!」做為感歎詞的用法為「無稽之談、

一派胡言」！其實，要唱好一首「香頌」並不難，只要誇張地發出顫音，尤其是老祖母時代那個〔r〕字顫音即可。

—— 吳錫德，《法國製造》，頁60-61

〈對我訴情曲〉這首寫於1930年，由女歌手鮑耶（Lucienne Boyer）演唱，發著傳統的顫音，那是法國古代的顫音。

Parlez-moi d'amour
　　　— Lucienne Boyer, 1930
Parlez-moi d'amour
Redites-moi des choses tendres
Votre beau discours
Mon cœur n'est pas las de l'entendre
Pourvu que toujours
Vous répétiez ces mots suprêmes :
"Je vous aime"

Vous savez bien
Que dans le fond je n'en crois rien
Mais cependant je veux encore
Écouter ce mot que j'adore
Votre voix aux sons caressants
Qui le murmure en frémissant
Me berce de sa belle histoire
Et malgré moi je veux y croire
{Refrain}

Il est si doux

Mon cher trésor, d'être un peu fou

La vie est parfois trop amère

Si l'on ne croit pas aux chimères

Le chagrin est vite apaisé

Et se console d'un baiser

Du cœur on guérit la blessure

Par un serment qui le rassure

對我訴情曲

請綿綿對我訴情曲

綿綿複頌溫柔情事。

甜言蜜語

我一再聽了也不厭倦。

願你一再說出這最動聽的字眼：

「我愛妳！」

其實你也明白

我打從心底不相信這些

一聽再聽，還是愛聽的這些字眼。

你溫柔的聲音

在我耳畔輕聲傾訴

教我不由自主落入你的愛情故事裡

教我不由自主相信了你的甜言蜜語。

162

〔副歌〕

綿綿情話

我的心肝寶貝 就是傻了些。

人生未免太過悲苦

若不相信虛幻夢影。

一個擁吻

可以及時撫平心靈悽愴。

一句誓言

可以立刻敷治胸口創傷。

（吳錫德 譯）

〈在拉丁區聖傑曼德佩〉是由演唱的歌手兼作詞作曲費黑
(Léo Ferré)所唱。但卻是由女歌手格雷科(Juliette Gréco)唱紅。
歌詞有提到四個詩人：魏爾崙、阿波里奈爾、拉辛、梵樂希。所
以巴黎拉丁區有很多詩人，走路不小心就會撞到詩人。我在念
書時有個真實的故事，我經常在拉丁區奧德翁(Odéon)地鐵站出
入，從那兒我到學校時會有小台階，繞到醫學院旁邊，那裡經常
看到有位中年清瘦的人，穿風衣，手上拿著一本詩集，看到路人
會問說：「你喜歡詩嗎？」(Aimez-vous la poésie?)有一次我經
過時，看到他正在路人前面朗誦他的詩作。他希望有人聽到他的
作品，所以招呼路人來聽他的詩。幾年前我再經過那兒時，他已
經不在了。我想上帝已經把他召回去了，因為年紀也已經滿大
的。

A Saint-Germain-des-Près

Léo Ferré, 1950

J'habite à Saint-Germain-des-Prés
Et chaque soir, j'ai rendez-vous avec Verlaine
Ce vieux pierrot n'a pas changé
Et pour courir le guilledou près de la Seine
Souvent l'on est flanqué d'Apollinaire
Qui s'en vient musarder chez nos misères
C'est bête, on voulait s'amuser
Mais c'est raté, on était trop fauchés

Regardez-les tous ces voyous
Tous ces poètes de deux sous et leur teint blême
Regardez-les tous ces fauchés
Qui font semblant de ne jamais finir la semaine
Ils sont riches à crever, d'ailleurs ils crèvent
Tous ces rimeurs fauchés font bien des rêves quand même
Ils parlent le latin et n'ont plus faim, à Saint-Germain-des-
Prés

Si vous passez rue de l'Abbaye
Rue Saint-Benoît, rue Visconti, près de la Seine
Regardez le monsieur qui sourit
C'est Jean Racine ou Valéry, peut-être Verlaine
Alors vous comprendrez, gens de passage
Pourquoi ces grands fauchés font du tapage

C'est bête, il fallait y penser

Saluons-les à Saint-Germain-des-Prés.

在拉丁區聖傑曼德佩

費里，1950

我住在拉丁區聖傑曼德佩

每個夜裡，我都和魏爾崙有約。

這個醜老頭還是那副德性

老是在塞納河邊的紅燈戶廝混。

阿波里奈爾也經常碰頭

他是前來與我們這群不幸的人閒混的。

這有點傻，我們只是想找樂子

卻沒能辦到，因為我們身無分文。

看看這幫混混

這些一文不值的詩人，還有那些慘白面孔。

看看這群窮光蛋

他們裝做口袋裡有用不完的錢。

他們有錢的要命，個個真的都快沒命。

這群一窮二白的蹩腳詩人，個個卻滿腹理想

他們開口說起拉丁文就不餓了，在拉丁區聖傑曼德佩。

如果你路過修道院街

或者塞納河畔的聖貝諾瓦街及維斯康迪街

仔細留意那位面帶微笑的先生

他可能就是拉辛、或者梵樂希、或者魏爾崙

那麼你們外地人就會明白

為什麼那群窮光蛋會那麼聒噪。

這有點傻，應該早點想到

要向他們致意，在拉丁區聖傑曼德佩。

（吳錫德 譯）

　　接下來，我特別選幾首華裔詩人歌頌巴黎的作品。這四位詩人的作品，每首詩剛好都相差個2、30年的年代，分別寫出不同巴黎的經驗或是想像。第一首詩是盛成的〈夜夢巴黎〉（1930），接下來是瘂弦的〈巴黎〉（1958），莫渝的〈靜靜的林園〉、〈秋日情懷〉（1982），及杜東璊的〈在巴黎與巴黎之間〉（2012）。他（她）們各抒情懷，各寫迥異的風光及想像。

　　盛成在台灣待了18年（1947年就來台灣了），他是1899年出生的，活到97歲高壽才過世。他用法文寫了一本小說《我的母親》（Ma Mère），法國詩人梵樂希特別為他寫了序，他從來不幫任何人寫序，一輩子就只替盛成寫序。因為盛成寫他跟他母親的互動關係寫得很精采。盛成後來在中國文化大學任教，也在台大及淡江大學兼課。1965年他離開台灣到美國，後來到法國，最後來去了北京。我是從莫渝編的一本書，看到這篇故事特別有趣。標題是我幫他下的，副標題才是他的，叫做〈夜夢義大利女子露意莎及其老母〉。露意莎可能就是他的女友。他1930年回中國的時候，顯然拒絕人家的婚事，所以他有點後悔。

夜夢巴黎
——夜夢義大利女子露意莎及其老母
盛成／1930

巴黎夢境等閒遊，

金縷衣寒海國秋；

攜手方時偏釋手，
低頭往事憶從頭。

慈顏強慰今猶昔，
小聚成歡喜亦愁。
但願幽曇花不落，
鐘聲塔影共悠悠。

　　愛情沒能結成正果滿遺憾的，回到蘇州時想到當初他為什麼不跟她成親。巴黎讓人體會浪漫，有邂逅，也有讓人斷腸的往事。

　　瘂弦是我的恩師，我相信他這個時候（1958年）還沒去過巴黎，所以巴黎提供他一個想像，那他在這首詩裡提到有關巴黎的一些景物。在這首詩裡詩人提出了他對巴黎的想像，運用許多有關巴黎的元素，將它嵌進詩裡。

　　巴黎

瘂弦／1958

奈得奈爾，關於床我將對你說甚麼呢？——A・紀德

你唇間軟軟的絲絨鞋
踐踏過我的眼睛。在黃昏，黃昏六點鐘
當一顆隕星把我擊昏，巴黎便進入
一個猥瑣的屬於床第的年代

在晚報與星空之間
有人濺血在草上

在屋頂與露水之間
迷迭香於子宮中開放

你是一個谷
你是一朵看起來很好的山花
你是一枚餡餅，顫抖於病鼠色
膽小而窘窄的偷嚼間

一莖草能負載多少真理？上帝
當眼睛習慣於午夜的罌粟
以及鞋底的絲質的天空，當血管如菟絲子
從你膝間向南方纏繞

去年的雪可曾記得那些粗暴的腳印？上帝
當一個嬰兒用渺茫的淒啼詛咒臍帶
當明年他蒙著臉穿過聖母院
向那並不給他甚麼的，猥瑣的，床第的年代

你是一條河
你是一莖草
你是任何腳印都不記得的，去年的雪
你是芬芳，芬芳的鞋子

在塞納河與推理之間
誰在選擇死亡
在絕望與巴黎之間
唯鐵塔支援天堂

　　莫渝到了法國(應該是生平第一次),在那邊做短期的進修,
寫下他的巴黎經驗。然而鄉愁太濃了,便寫出了遊子的心境及孤
寂,也描述了巴黎的風光。

　　　靜靜的林園

　　　　　　　　　莫渝 / 1982.10. / 巴黎

　　　車喧離此甚遠
　　　躺在栗果不時掉落的草坪上
　　　望向異國天空
　　　心緒擺盪不定

　　　這裡不是自己的家園
　　　浪遊的猶里西斯
　　　誤入迷途,暫時休憩

　　　在林園裡
　　　暫時褪盡奔波勞累
　　　靜靜享受片刻寧穆
　　　靜靜吐出思鄉的唏噓
　　　　——《笠》詩刊115期(1983.06.15.),收入《浮雲
　　　　集》。

　　我想每個到法國公園逛的人,都會寫出這樣的一首小詩出
來,滿傳神的:

　　　秋日情懷

莫渝 / 1982.10. / 巴黎

離別之後

寂寞常有，孤單更是

微溫的夕陽下

初秋早寒

我的倦軀早已不勝酒力負荷

更遑言遙遠的鄉愁與思念

　　——《笠》詩刊115期（1983.06.15.），收入《浮雲
　　集》。

　　杜東璊現任輔仁大學的西班牙語文系系主任。她跟先生林盛
彬之前在巴黎有段短期的學術交流及異地研究，寫下了這樣的巴
黎記憶。

在巴黎與巴黎之間

　　　　　　　　杜東璊

2009年

你用整個冬季保暖我

你是撒落在我羽絨衣上的雪

直到兩個夏季過了

我才捲進你潮濕的水氣

把你埋進一條延綿萬里的等高線上

在愈來愈不等距的昨日與明日裡

丈量水的長度

2011年

八個早涼的夏日過去了

有精靈哐哐噹噹地狂舞

是地下鐵的呼嘯

和未乾的水漬

讓巴黎喧囂的星空

在我的手掌上用力地狂嘯而過

我拉起塞納河昨夜沒有流盡的水

將這線與那線纏繞

　這站與那站交疊

　這通道與那通道拼接

搭織成魅惑眾生的萬丈錦繡

在巴黎與巴黎之間

我捧起嘩啦啦的水聲

在疾駛的RER B線上

讓今日隨著夜幕掉落成水中的座標

噗通地掉落的

還有我許多溼答答的昨日

　　　　　　　淡水　2011.12.21

　　　　　　──《笠》No. 287 2012.2

　　這四位華裔詩人對巴黎的理解或是感受，因著自己的情緒不
同或情境不同，造成寫出來的感情、厚度或深刻就不同。這是必
然現象，巴黎本來就任由人各取所需(Chacun à son Paris!)。你要
怎麼理解它，就去做這樣的思考！

▌ 4. 請給我一條河

我們最後一個單元叫「請給我一條河」，我們先給大家聽一首歌，但它是一首詩，而且是由法國人朗讀的。

Chanson de la Seine

Jacques Prévert / 1946

La Seine a de la chance

Elle n'a pas de souci

Elle se la coule douce

Le jour comme la nuit

Et elle sort de sa source

Tout doucement, sans bruit...

Sans sortir de son lit

Et sans se faire de mousse,

Elle s'en va vers la mer

En passant par Paris.

La Seine a de la chance

Elle n'a pas de souci

Et quand elle se promène

Tout au long de ses quais

Avec sa belle robe verte

Et ses lumières dorées

Notre-Dame jalouse,

Immobile et sévère

Du haut de toutes ses pierres

La regarde de travers

Mais la Seine s'en balance

Elle n'a pas de souci

Elle se la coule douce

Le jour comme la nuit

Et s'en va vers le Havre

Et s'en va vers la mer

En passant comme un rêve

Au milieu des mystères

Des misères de Paris

塞納河之歌

塞納河運氣真好

它無憂無慮。

它慢慢流

不分晝夜。

打從源頭

靜靜的，沒有半點聲響。

從不越過河床

也不激起湧泡

它奔向海洋

它流經巴黎。

塞納河運氣真好

它無憂無慮。
當它信步流著
沿著河岸。
披著綠色袍子
以及金黃色的光芒。
聖母院欽羨它
只能正經八百的矗立在那。
在它的最高處的石牆上
眼睜睜地看著它流過。

但塞納河搖搖又晃晃
它無憂無慮。
它靜靜地流著
不分晝夜
它流向哈佛港
它流向海洋。
像夢一樣的流著
流過神祕
流過巴黎的種種不幸。

（吳錫德　譯）

　　這是用朗讀的方式來體驗當代詩人Jacques Prévert的作品，
他的作品常被譜成香頌的曲子。他的詩都是新詩形式，滿有韻味
的。

　　從詩與巴黎空間的體驗中，我有個人這樣小小的心得。我認
為溪流是提供我們玩耍的樂園，河川是詩人的天空！我曾在塞納
河畔，看著塞納河流過，看了很久，腦袋裡想了很多，想歷史，

想家人，可能跟莫渝一樣，我有些思鄉，可能我也想到，這裡是維京海盜上來殺人的地方。總之我覺得塞納河提供巴黎很多想像，有機會去巴黎可以在塞納河旁邊坐一坐，台北就是缺一條像塞納河這樣的一條河。我們的淡水河，第一個離我們太遠，淡水河的河床也太不規則，塞納河很規則，它流速滿快的，但很靜。塞納河也有人在垂釣。湖泊是老人家比較喜歡的地方，因為不會有驚濤駭浪，可以透過這片寧靜遙想當年。海洋是提供冒險家去開創的地方，我們台灣也是海洋國家，過去因為很多限制我們沒有機會接近海洋。現在，看到很多描述海洋故事，也有詩人在行船時謳歌浩瀚的大洋。這些都是不錯的。總之，我們真的需要去找到一條河，讓我們從河流的時光當中，或是記憶當中，去思考美的東西、感人的東西，或留下一些紀錄、美好思緒。我們觀看或凝視大樓或街樹都不容易創造一首好詩。我相信詩人看到河在流走，創造出來的詩一定比看到其他的東西更有詩意，更有韻味，更有內涵。

　　謝謝大家！

　　——國家圖書館「2013春天讀詩節」專題講座，〈詠嘆詩城巴黎〉，2013.04.27

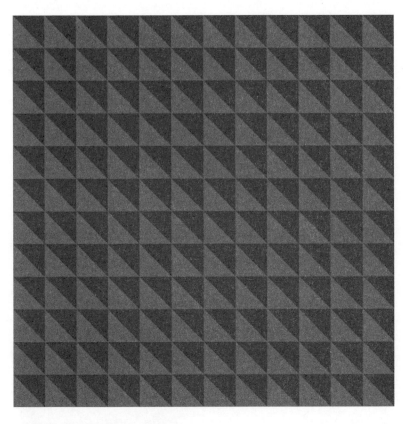

學海省思

黑白即彩色：小說與黑色電影

張淑英

██ 四月，最殘忍的月份？

　　四月中旬一陣寒雨、一陣風，倏忽太陽又大剌剌的露臉，一樣是北半球的春日，臺灣的攝氏27度遙對西班牙薩拉曼加（Salamanca）的2度，那邊氣象預報週末過後即將有好天氣，但是我們有過了端午夏日才到的節氣傳統，西班牙人也有「過了五月四十日才可收冬衣」的諺語（意思是六月上旬），更何況是地處內陸、大陸性氣候的薩拉曼加，五月雪都不算奇景。艾略特在〈荒原〉裡說：「四月是最殘忍的月份」，詩人敏銳的詩性參透了春冬節令的變化無常。這廂行囊不知如何收拾才好，洋蔥式穿衣法就是長短厚薄全登機。此番雖是去參加黑色電影學術研討會，總希望有個彩色的好心情。

白日上完學校四小時課，趕著夜半出發，一路奔到西班牙古城Salamanca也已經是22個小時之後了，陽光金黃透白，冰風拂面，果真是個沁涼春意的好天候。這個國家真是太陽眼鏡的天堂，越是暗深的鏡片，陽光襯托越是亮麗！久聞薩拉曼加大學已經連續舉辦多年的「小說與黑色電影學術研討會」（Congreso de Novela y Cine Negro）——主題聚焦專業，籌備嚴謹且效率極佳，能宏觀西班牙全國與歐洲學術界研究的趨勢與脈動——無論如何都該來見證觀摩一下。

　　黃昏抵達下榻的旅館，剛好趕得上晚上九點三十分的歡迎酒會。薩拉曼加這個擁有「魔幻城、魚之鄉」美稱的城鎮，典雅古樸、古蹟保存完整，擁有西班牙和歐洲最古老的大學，博學鴻儒傳道授業的士林，十三世紀締造出城市名言：「大自然沒給你的，薩拉曼加也不會借給你」；它是黃金世紀文藝復興最著名的流浪漢小說《小癩子》（*Lazarillo de Tormes*）的原鄉；這個我二十多年沒再造訪的古都，沒想到這一年內就來了三次，彷彿像塞萬提斯在〈玻璃碩士〉（"El licenciado Vidriera"）[1]裡提到的：「薩拉曼加會施魔，召喚那些喜愛她的寧靜和居宅的人回到她的懷抱。」我住在1519年興建迄今的豐塞卡主教書院（Colegio Fonseca），彷彿穿越時光隧道，漫步文藝復興迴廊；當公務上身，無線網路迅速啟動時，又快速回到二十一世紀。

▌▌ 小說與黑色電影（film noir）

　　今年已是第九屆的「小說與黑色電影學術研討會」，由薩拉曼加大學一群年輕有活力的教師合力撐起，無論是公告、組織、網路、出版、聯繫……等各項工作頗有效率，和一般我們熟悉的西班牙人做事的步調不盡相同，反倒很適合我們的節奏。這群教

授學者平時在薩拉曼加大學授課時便以「黑色電影」為專題，並舉辦工作坊，帶領學生看影片評腳本，每年春季左右舉辦學術研討會，經年累月下來，也有數本具分量的研究專書出版，他們試圖在這所以黃金世界文學為重鎮的學院殿堂裡另闢蹊徑，引入文化研究的路徑，活絡年輕人從事學術的勁道與熱情。可見所謂學術的趨勢、顯學或主流，需要豐厚的耐力和能量，以及時間的持續累積，並且迭有新意，而且能結合一批有志研究的同好、年輕學子一起耕耘，翻轉經典理論，詮釋當下社會文化現象，便能建構一套相同素材，方法百變，兼具學術與趣味的研究。《一代宗師》裡所謂「功夫，就是時間」，學術實無二致。

一連四天的研討會，此次以「文類的再造與創新」為重點，從150篇論文中挑出131篇，共分30場次，著重幾項子題：黑色電影的經典與延變、再探福爾摩斯、西班牙＆拉丁美洲的黑色電影與偵探小說、北歐的黑色電影、私家偵探的塑造、犯罪學與黑色電影等等。文類探討則含小說、極短篇、傳統故事詩、美式硬漢小說與西班牙偵探小說，電玩與漫畫等等(例如日本電玩《如龍》系列)。從一篇篇論文宣讀內容中，感受到同樣是「黑」，卻各有層次深淺(例如黑色與情色混雜)；同樣是偵探，也各有一套懸疑和推理法則(靈異與科學兼具)；同樣是暴力，各有美學與倫理(例如，日本的極道在組織倫理與遊戲間引發傳媒藝術和兒童暴力的爭論)，這些均是此次研討會著重的議題。第三天上午議程結束後，主辦單位找了我們幾位發表人去錄製慶祝明年第十屆的紀錄片專訪，特別側重這個問題：「黑色電影可以在學院形成教學和研究的顯學嗎？」——當然可以：「黑」不是問題，怎麼處理黑才是重點。

誠然，偵探小說和黑色電影幾個核心主題，自然是研討會中諸多論文念茲再茲必然討論的議題，例如致命的女人(Femme

181

fatale)、反英雄、諜對諜、偵探心理學、科學分析（法理與醫學）、城市大哥與鄉村流氓⋯⋯等等。電影技巧方面，光影強烈反差，夜晚與陰影的驚悚效果；鏡子、窗櫺、玻璃與反影的運用；火車廂、百葉窗、沉積的灰塵、老舊的巷弄、封閉的空間⋯⋯等等物件與場景，成為黑色電影不可或缺的經典鏡頭。因此，主辦單位請來四位各有專精的專家做專題演講，均以黑色小說和黑色電影為軸心。分別是西班牙小說家拉發耶・雷伊格（Rafael Reig; 1963-），女小說家瑪爾達・桑茲（Marta Sanz; 1967-）；遠道從阿根廷前來的曼波・吉阿迪內伊（Mempo Giardinelli; 1947-），以及西班牙電影導演古堤葉雷茲・阿拉貢（Manuel Gutiérrez Aragón; 1942-）。

▌▌ 西班牙黑色小說

拉發耶・雷伊格以〈為黑色小說哀禱／悼〉為題，先講述自己的偵探小說創作，例如較知名的《血流如注》（*Sangre a borbotones*）和《漂亮臉蛋》（*Guapa de cara*）。《血流如注》和《漂亮臉蛋》用作者慣有的黑色幽默、真實與虛構夾雜的布局，隱含解構、顛覆未來的意圖。《血流如注》的背景是某個未來時間的馬德里，商業重鎮卡斯提亞那（Castellana）大道因水患成災後，變成一條大河，交通工具僅剩腳踏車。私家偵探科洛特（Carlos Clot）手中三件棘手的案件待查辦：一位父親不願報警，暗自找尋離家出走的女兒；一位市民懷疑妻子紅杏出牆，要偵探徵信調查；一位小說人物瑪貝爾（Mabel），脫離小說家貝努埃拉斯（Luis Peñuelas）的紙筆，赫然有了生命，從城市裡失蹤。科洛特如果說出「妻子偷人」的實情，就會影響到「失蹤女兒」的生命安危，雷伊格就用血流如注的情形不斷拋出懸疑和犯罪推論，

讓讀者一起跟著辦案,而評論家則將《血流如注》類比,說成是伍迪艾倫改拍雷利‧史考特(Ridley Scott)的《銀翼殺手》的調性。《漂亮臉蛋》開門見山就披露死訊,一位兒童文學女作家遭謀殺,而她的靈魂在人間飄流,偵查這起謀殺事件。她身旁有一個來路不明的跟班,名叫畢路達(Benito Viruta)的男孩。這男孩是個孤兒,舉止粗野、缺乏教養,有點討人厭,但是有通靈能力,知道一些鬼魅靈異的事務。《漂亮臉蛋》的情節和結局是個人間悲歌,逝去的漂亮的臉蛋就像解剖的屍體,只有孤苦無依、寂寥無助和遺失的純真。

雷伊格從自己的創作再談到與文藝同好組成的創作工作坊「卡夫卡飯店」(Hotel Kafka)。他說:「在學校我們只有被教導如何寫作,從來沒有人教我們創作」,因此,「卡夫卡飯店」旨在啟發創意寫作,讓有志從事筆耕的文藝愛好者發揮想像力,天馬行空盡情揮灑。然而話鋒一轉,導入正題〈為黑色小說哀禱/悼〉,他表示,黑色小說/偵探小說原本是短篇創作最佳的表現文類和閱讀趣味的來源,但是他也不禁要替黑色小說祝禱,以期這類文學生命得以綿延。歷來經典大師,不管是愛倫波、波赫士或柯達薩,都是發揚這類小說的健筆,在奇幻文學的旗幟下,儼然樹立黑色小說不敗的地位。然而不知是年輕世代的才華與想像力褪色,還是讀者的品味轉移,還是整個書市的風向撲朔,黑色小說似乎逐漸沉寂,雷伊格在祝禱的當下,也不免為它唱起哀歌。

被喻為「犯罪名媛」(寫犯罪小說的女作家)的瑪爾達‧桑茲擁有馬德里大學文學博士的高學歷,博士論文研究的是西班牙1975-1986從獨裁到民主的過渡時期的詩壇,創作則是投入偵探小說之林。她先以學者的身分切入,以《失戀》("Desengaños amorosos")為題,闡述西班牙十七世紀知名女小說家瑪麗亞‧薩

亞斯(María de Zayas, 1590-1661))的十則「失戀」故事。薩亞斯為名門之後，在黃金世紀時期盛極一時，作品至十八世紀仍然出版不墜，爾後則因宗教法庭認為其作品傷風敗俗，有違婦德，以「異教、令人嫌惡」之名列為禁書。桑茲認為，以今日的角度審視，薩亞斯堪稱是女性主義的先驅，《失戀》故事中，男主角的性格多是「懦弱、淫蕩、虛偽、貪婪、暴力、高傲、殘忍、自以為是」， 一群不愛女人的男人，而薩亞斯則大膽敘述女人的情慾與禁忌。在她的時代，固然沒有所謂「黑色小說」的術語，但觀其題材與風格，儼然就是時下犯罪小說的典型，血腥的真實與社會控訴盡在紙筆扉頁間。職是之故，桑茲引用若干名作家的評論，證實薩亞斯是黑色小說的女先鋒。例如十七世紀劇作家羅貝·維加(Lope de Vega)、十九世紀女作家帕爾多·巴桑(Emilia Pardo Bazán)稱許她是「時代的女勇士，最硬挺的筆桿」。桑茲以瑞典的拉森(Stieg Larsson)的「千禧年三部曲」（例如《龍紋身的女孩》）、凱爾曼(Henning Mankell)和西班牙的巴茲格茲·蒙達曼(Manuel Vázquez Montalbán)為例，直言在薩亞斯的時代，就引燃且勾勒今日犯罪小說的線索、脈絡與地圖。

談到自己寫作十餘年叫好不叫座的現象，直至近兩、三年的作品《黑、黑、黑》(Black, Black, Black)和《好偵探永不婚》(Un buen detective no se casa jamás)終於博得讀者青睞，擁有書市一隅，桑茲幽默表示Black, Black, Black 靈感來自西文的「饒舌多話」——Bla, Bla, Bla，《好偵探永不婚》則受到拉森《龍紋身的女孩》的啟發（原為「憎恨女人的男人」之意）。《黑、黑、黑》，意義之外，音義上「嘿、嘿、嘿」也有揶揄時下黑色小說言不及義，懸疑不足，畫蛇添足的詬病。她筆下的偵探薩爾科(Arturo Zarco)學養深厚，反傳統反崇拜，是個男同志，和上個世紀末以男作家為主的偵探小說的偵探英雄大異其趣，她也希

望這個文類不受性別影響，讓女作家也可以耕耘出一片天地。然而，桑茲和雷伊格一樣憂心，邁入二十一世紀，這十餘年來西班牙的黑色小說／偵探小說逐漸式微，從一開始被批判為「看不見的黑」（西班牙從來沒有出現過偵探小說）到「消失的黑」（偵探小說家退出書市），這個文類需要另起爐灶，賦予它更多的學術研究和定位，以期再現光芒。

▊▊ 拉丁美洲黑色小說

　　風塵僕僕，遠從南半球的阿根廷飛行14小時前來的小說家吉阿迪內里以〈革命・民主・危機──拉丁美洲黑色文類的根源〉（"Revolución, democracia y crisis como motivos del género negro latinoamericano"）在第三天的黃昏再掀高潮。前一晚「電影馬拉松」活動中已先放映吉阿迪內里和孟德茲（Juan Pablo Méndez）共同執導的《第十層地獄》（*El décimo infierno*），翌日，作家兼導演現身說法，討論益加熱烈。《第十層地獄》是吉阿迪內里1999年的作品，2012年電影首映。吉阿迪內里延伸但丁《神曲》的九層地獄，在第十層地獄中編織他的黑色小說。故事從三角關係開始：阿弗多和安東尼歐是好友且共同經營不動產公司，但卻與安東尼歐的妻子格麗賽達暗通款曲，在一次幽會之後，阿弗多問格麗賽達是否該除掉安東尼歐。格麗賽達質問要如何下手……於是乎雪球開始滾動──曖昧、追逐、逃亡、謀殺的地獄之路，不倫的偷情難逃死亡的命運。電影跟著小說跑，從阿根廷北部的恰哥（Chaco）一路取景到巴拉圭的巴拉那河谷（Paraná），彷彿天涯海角亦要追個水落石出。

　　質言之，吉阿迪內里早於1983年出版小說《熱月》（*Luna caliente*）時，便已名揚利藪，當時他流亡墨西哥（1976-1983），

是首位外籍作家贏得墨西哥國家藝術學院頒發的「國家小說獎」。小說《熱月》敘述貝爾納德茲（Ramiro Bernárdez）久居巴黎之後，回到故鄉恰哥鎮，遇見了少女田妮苞（Araceli Tennembaum）。這一邂逅開啟貝爾納德茲的感性之旅，「熱月」是激情的月也是瘋狂的月，無法抑遏的情愫流竄，終究讓貝爾納德茲迷失方向失去所有。2009年，西班牙導演阿朗達（Vicente Aranda）將《熱月》改拍成電影，小說中1970年代貝隆將軍（Juan Domingo Perón）時期的阿根廷變成電影中1970年代西班牙佛朗哥將軍主政晚期，阿朗達以著名的「布爾戈斯的審判」（Proceso de Burgos）[2]取代吉阿迪內里筆下的恰哥鎮的激情與失落。時隔26年，電影再現，將《熱月》推上高峰，這部黑色小說與電影彩繪了吉阿迪內里的文學生命，變成他創作歷程的經典代表作。

演講中除了談論自己的小說與電影，吉阿迪內里自然要歌頌拉丁美洲豐厚的文學質地和眾多優秀的作家，尤其是短篇小說和極短篇，自從十九世紀有了「短篇」的文類出現以來，西語國度（甚至世界文學）沒有能像阿根廷這般作家輩出，精采絕倫的「掌中小說」[3]和奇幻文學源源不絕。波赫士、柯達薩、畢歐伊‧卡薩雷斯（Adolfo Bioy Casares）、畢安科（José Bianco）、德涅比（Marco Denevi）、安德森‧殷貝特（Enrique Anderson Imbert）……等等。我提問正因為奇幻文學的興盛，讓黑色文學從「文類」變成了「議題」，文學理論談奇幻技巧，卻將黑色處理成題材。吉阿迪內里莞爾回應說：「奇幻文學與黑色小說交互為用，學術理論或有重奇幻輕黑色，但重點仍是創作，作品就是證明。」有別於雷伊格和桑茲對黑色小說的憂心，吉阿迪內里認為黑色小說就是反應現實最好的創作文類。黑色小說直接反映了社會和它衍生的問題：犯罪、暴力、毒品。拉丁美洲歷史上一次又一次的革命、民主化、危機在在提供了黑色小說創作的泉源。「或許沒

有那一塊大陸的文學與黑色創作像拉丁美洲表現的如此契合且淋漓盡致」。吉阿迪內里特別以「新偵探」一詞巡迴審視，指出黑色小說遠比其他文類跟政治、經濟更息息相關，他從十九世紀中葉阿根廷的艾切維里亞(Esteban Echeverría)的〈屠宰場〉("El matadero")談起，闡述黑色文類如何反映民生問題與生命價值。〈屠宰場〉描述屠夫屠殺小牛取鮮肉的場景、追逐一條老牛卻誤殺一個年輕無辜，最後走筆指涉執政的獨裁者：「文學就是危機，它提醒我們是誰，我們想做什麼。」從艾切維里亞延伸到哥倫比亞的坎波亞(Santiago Gamboa)，連結到墨西哥的孟多薩(Elmer Mendoza)，吉阿迪內里認為拉丁美洲這支「黑色之筆」勾勒這塊大陸的脈動，也唯有透過黑色書寫可以不斷披露貪汙、犯罪、腐敗，並掀起革命運動；而黑色文類的發展則賴學院帶入研究與教學始能綿延新生。

▌ 黑色電影

　　研討會最後一天閉幕演講請來西班牙知名導演、編劇、也是聖・費南多皇家藝術學院(Real Academia de Bellas Artes de San Fernando)院士古堤葉雷茲・阿拉貢。古堤葉雷茲・阿拉貢是西班牙內戰(1936-1939)後嬰兒潮新生代，年少時誤打誤撞，因新聞系無缺額而改念電影系，殊不知無心插柳柳成蔭，一念即一生。1969年開始執導拍片、寫劇本迄今已44載，他是西班牙同時期得過最多獎項的電影導演。此番以〈黑色電影即彩色〉("El cine negro es en color")為題，講述黑色電影技巧、個人拍片抉擇，以及小說與電影的關係。古堤葉雷茲・阿拉貢集電影導演、編劇、作家於一身，認為導演／作家的角色，或者觀眾／讀者的角色，並非如一般理論那樣論述，將兩者界定為不同的藝術表現

和身分。視覺與文字固然是不同媒介,但並非阻礙一個導演成為一位作家的絆腳石,反之亦然。古堤葉雷茲‧阿拉貢除了2009年以《三月以前的生命》(*La vida antes de marzo*)贏得「艾拉德小說獎」(Premio Herralde)[4]以外,在他四十餘載的執導生涯中,絕大部分電影作品都是自己執筆撰寫腳本,同時也擔任其他知名導演的編劇。

談到個人與黑色電影的因緣,古堤葉雷茲‧阿拉貢提到三部黑色電影,是開啟他致力這個文類的里程碑。三部都是1944年的作品,分別是比利‧懷德的《雙重保險》(*Double Indemnity*),奧圖‧普列明格(Otto Preminger)的《蘿拉》(*Laura*)和佛列茲朗(Fritz Lang)的《綠窗豔影》(*The Woman in the Window*)。這三部電影堪稱是1930年代以降美國黑幫片(gangsters)的集大成,鏡頭取景均以夜景、內景為主,明暗反差,陰鬱黯沉,烘托人性與社會的沉淪腐敗,演員也以私家偵探、警探以及保險調查員為主。1967年的《步步驚魂》(《活命條件》,*Point Blank*)則是1960年代黑色電影色彩活化的經典作。談到小說與電影的關係,古堤葉雷茲‧阿拉貢認為有些黑色小說是黑色電影的充分必要文本,可以共創雙贏,成就兩種文類的歷史定位。他認為美國硬漢派偵探小說家戴許‧漢密特(Samuel Dashiell Hammett, 1894-1961)的《紅色收穫》(*Red Harvest*)是必讀小說,然而這本小說竟然沒有搬上大銀幕。此外,黑澤明的《用心棒》或是柯恩兄弟(Coen brothers)的《黑幫龍虎鬥》(*Miller's Crossing*),都是討論黑色電影時不可遺漏的論述文本。此外,古堤葉雷茲‧阿拉貢提到大部分的人會覺得黑色電影就是製造恐怖和驚悚,但是他依然堅持,一個導演最基本的訴求和藝術表現是蒙太奇,電影剪接技術和藝術才是最重要的功夫/工夫,在黑色電影中尤其重要。

回顧一生拍片的歷程,古堤葉雷茲‧阿拉貢在電影、電視、

舞台劇執導、編劇、撰寫腳本計30餘部作品，最引人矚目的就是1991年和西班牙國家電視台合作，拍攝《吉訶德》上冊的電視劇，以及2002年改編下冊為電影的《吉訶德騎士》（*El caballero Don Quijote*），相隔十一年的兩種文本在2005年《吉訶德》四百週年紀念活動時達到顛峰。《吉訶德》小說改拍成電影不光是西班牙境內的藝術活動，而是全球性的改編，若納入舞台劇、歌劇、漫畫、卡通、單元劇……迄今不下百餘種。[5] 多數影評認可的佳作是1957年俄國導演可辛塞夫（Grigori Kozintsev）執導的《吉訶德》（*Don Kikhot*）和1973年希勒（Arthur Hiller）執導的《曼查仕紳》（*Man of la Mancha*）。古堤葉雷茲・阿拉貢的《吉訶德騎士》一致受到好評是攝影和色彩學的應用。《吉訶德騎士》中強烈色彩呈現最多的是暖色的黃、橙（指涉侵略、暴力、刺激）和冷色的綠（平靜、疏遠、安寧）。黃、橙表現在土地、陽光與曼查高原；綠色呈現在山巒與橄欖樹。黃、橙、綠不僅投射西班牙的風光景致，歷史盛世，也投射吉訶德的生命，是黃金世紀的光輝自得，也是秋意瑟縮的淒涼孤寂。這些景色當中都剪接嵌入吉訶德幻想的場景與夢醒幻滅的景致，正如古堤葉雷茲・阿拉貢的堅持──「蒙太奇剪接」才是電影的根本。我向他提問：「面對國內外前輩與同輩競相改拍《吉訶德》的風潮，他是否感受到布魯姆（Harold Bloom）所謂的『影響的焦慮』（The Anxiety of Influence），還有文學與藝術、人際與世代對抗的壓力？」他倒很豁達的回應說：「《吉訶德》的改編本來就是一個不可能的任務，身為一個西班牙導演，能在適切的時機躬逢其盛，將自己國家的經典文學搬上大銀幕，是個人職志的自我實現，也是滋潤栽培自己的『慾望花園』，[6] 其餘就留給歷史。」言談之間，一股民族意識和情感自然流露，古堤葉雷茲・阿拉貢揚起眉宇，彷彿指涉，即使他沒有改拍《吉訶德》，西班牙優秀的電影導演群裡

終究要有有志之士搭建並延續這個民族文化的橋梁。

　　演講最後，古堤葉雷茲‧阿拉貢以他2004年的作品《等待你的生命》(*La vida que te espera*)為第九屆的「小說與黑色電影」畫下句點。古堤葉雷茲‧阿拉貢幽默地說《等待你的生命》已非「全黑」，而是「墨綠」，黑中有綠，有彩色。《等待你的生命》，一如其他許多作品，回到古堤葉雷茲‧阿拉貢的故鄉——北邊的坎達布里亞(Cantabria)海岸—那知名的「翡翠海岸」(Costa Esmeralda)。故事描述喪妻的希多和女兒經營牧場，一日發現心愛的母牛不見了，原來跑到鄰人塞維洛的牧場去。塞維洛拒還牛隻，索以母牛生下的第一隻小牛作為交換條件。小牛出生後，希多的女兒芭兒將犢牛送到塞維洛家中，孰料塞維洛否認此小牛為彼母牛所生，且強暴芭兒，將她綑綁關在牛欄裡。希多尋女，到塞維洛家中理論，一陣爭吵中卻導致塞維洛死亡。塞維洛在城裡從事理髮師的兒子拉伊只好返鄉繼承父業。芭兒和父親戒慎恐懼，既不敢披露芭兒遭強暴的事實，更擔心塞維洛的死因被查出。然而不知不覺中，芭兒和拉伊卻滋生情愫，而警方三番兩頭造訪家裡，也讓芭兒警覺父親有避風頭的必要。在這黑色的氛圍裡——弒父、強暴和戀人關係重重糾葛——電影最後露出一點幸福的曙光，預示芭兒和拉伊的圓滿結局。從這故事看來，可以窺出古堤葉雷茲‧阿拉貢後期的黑色電影是相當溫馨的，黑色電影的大框架下，他關注以農牧為主的家鄉如何轉型，正視城市發展和現代化的衝擊，細膩刻劃人際關係的互動。畢竟，坎達布里亞也是醞釀他的慾望花園的豐饒土壤。

　　會後，我趨前向他致意，聊到我2005年在劍橋大學發表的論文"El Quijote en el cine de Manuel Gutiérrez Aragón"（〈古迪葉雷茲‧阿拉貢電影中的《吉訶德》〉 向他請教若干觀點，他喜出望外的樣子，直說兩年前皇家學院秘書長畢亞努維瓦(Darío

Villanueva)便當面交給他我這篇西文論文,請他指教。[7]因緣際
會,今日兩人彼此見到「本尊」,不亦快哉!原來他與台灣也
有一段緣份。一聊之下才知古堤葉雷茲‧阿拉貢1987年曾和當
今知名女星安赫拉‧莫里納(Angela Molina),以及集院士(皇
家學院)、導演、編劇、演員於一身的費南‧葛梅茲(Fernando
Fernán Gómez, 1921-2007)來台灣參加影展,當年帶來他執導
的電影《半邊天》(La mitad del cielo, 1986)參與盛會。《半邊
天》前一年(1986)獲得西班牙聖塞巴斯提安國際影展(Festival
Internacional de Cine de San Sebastián)最佳影片和最佳女主角獎;
與他一同來台的費南‧葛梅茲和安赫拉‧莫里納則分飾男女主
角。古迪葉雷茲‧阿拉貢說明《半邊天》的想法實來自中國「女
人撐起半邊天」的說法,讓他特別想向辛勤持家、克苦耐勞的傳
統女性致意。

　　的確,《半邊天》呈現古迪葉雷茲‧阿拉貢貼近弱勢的胸
懷:故事從1959年古迪葉雷茲‧阿拉貢的故鄉——西班牙北部的
坎達布里亞——開始鋪陳。羅莎(Rosa)來自一個純樸的家庭,她
嫁給一位磨刀工人,殊不知原來是遊手好閒的街頭混混,最後死
在監獄裡。羅莎帶著女兒奧維朵(Olvido,意為「遺忘」)來到首
都馬德里,在糧食商人貝德羅先生(Don Pedro)家中找到褓母的
工作。得力貝得羅先生的協助,羅莎在一個重要的市集的雜貨店
中擔任要職,從此慢慢發展,擴大生意圈,接著開餐廳。她的餐
廳冠蓋雲集,變成政商名人、企業主往來聚集的地方……。羅莎
奮鬥的過程,彷彿是日本阿信的寫照,《半邊天》則是古迪葉雷
茲‧阿拉貢向堅忍不拔的婦女致意的禮讚。

▮▮ 4月23日，世界書香日

　　四天的研討會，收穫滿滿。結束薩拉曼加古城的「黑色電影」，回到馬德里，進入了全國性的4月23日「世界書香日」（紀念塞萬提斯和莎士比亞的忌日），頓時色彩繽紛。各地文化中心、圖書館、書店因應書香日舉辦的一系列演講、書展、新書介紹、贈書活動……，絡繹不絕綿延一週。「世界書香日」這一天最重要的活動自然是「塞萬提斯文學獎」的頒獎典禮。西班牙王子頒給2012年的得主——西班牙詩人、小說家、散文家卡巴葉羅‧波納爾（José Manuel Caballero Bonald, 1926-）。這個西語文學最高的榮譽，向來頒給年高德劭、著作等身的文人，肯定卡巴葉羅‧波納爾的作品把西班牙的文哲思想、文藝創作帶入精緻、高雅、巴洛克風格的書寫。2011年我休假研究時，在詩人賈西亞‧蒙特羅（Luis García Montero）的新詩發表會中與其相遇，由於過去他長期與塞拉（Camilo José cela）合作，擔任重要雜誌《桑‧阿爾馬丹期刊》（*Papeles de Son Armadans*, 1956-1979）[8]主編，讓我們因塞拉有了共同的話題和文學交流。

　　去年受邀訪台的兩位院士——迪耶茲（Luis Mateo Díez）和孟利諾（José Maria Merino）提到皇家學院紀念塞萬提斯忌日，每年這天固定對民眾開放，他們特地送我一張參訪貴賓卡。我雖於2011年有過一次長達三小時精緻參訪的經驗，此番難得的機會，再度造訪皇家學院。時間雖然短暫，但是皇家學院別出心裁，請了專業演員扮演唐璜、桑丘和杜西內雅，一邊介紹，一邊演出，學院的長廊儼然舞台，演員們服裝講究，回到十九、十六世紀，朗誦浪漫主義劇作家、也是皇家學院院士荷西‧索利亞（José Zorilla）的《唐璜》（*Don Juan Tenorio*）。風流唐璜的驚世名言，人人耳熟能詳：「細數名單眾女子／一年平均把它分／一天愛戀

她們／一天贏得芳心／一天將她拋棄/ 兩天替換舊愛新歡／一個鐘頭把她遺忘。」另一方面，《吉訶德》裡甘草型人物，也是吉訶德的隨從桑丘‧潘薩(Sancho Panza)逗趣的演出，引得觀眾喝采。想想我們的文藝紀念活動，如果也依樣將作品如此安排在參訪行程裡，經典文學融入生活，潛移默化，自然愜意。

下午七點走出皇家學院，陽光依然燦爛，我趕著前往世外桃源公園(Parque del Buen Retiro)後的市立圖書館，參加電影導演阿拉諾瓦(Fernando León de Aranoa, 1968-)的新書發表會。阿拉諾瓦2002年以《陽光下的星期一》(*Los lunes al sol*)擊敗了阿莫多瓦的《悄悄告訴她》(*Hable con ella*)而聲名大噪。此片囊括了西班牙哥雅影展最佳影片、最佳導演、最佳男主角、最佳男配角等重要獎項。《陽光下的星期一》敘述1980年代西北部漁港維哥鎮(Vigo）經過工業轉型，公司遣散員工兩百餘人，中年失業又抗爭失敗的四個男人，在一週開始人人最忙碌的星期一卻無所事事，只能曬太陽。失業的男人，友誼、人際關係、自尊心受到嚴峻的考驗，而共患難的親情則是絕處逢生的中流砥柱。今天的西班牙全國性地面對高失業率時，再回頭看《陽光下的星期一》或許更知道如何自處與調適，也更能理解阿拉諾瓦的反諷和憐憫擊敗阿莫多瓦的原因。

「世界書香日」這天阿拉諾瓦不是打片，而是打書——《龍躺在這兒》(*Aquí yacen dragones*)。這是一系列的短篇和極短篇故事，書名不知是呼喚遙遠東方的龍的想像，或是對照蒙特羅梭(Augusto Monterroso)的經典極短篇(僅有一句)：「當他醒來時，恐龍還在那兒。」的傳奇與古老。想到薩拉曼加的小說與黑色電影研討會中，有幾篇論文剛好談到極短篇與黑色小說的關係，因此，我除了好奇他這本書的命名，也向他提問：「極短篇的結構是最適合鋪陳偵探、懸疑、黑色小說的文類，如何將極短

篇的故事與張力用電影彰顯出來？」阿拉諾瓦表示「龍」具有神祕、驚奇甚至驚嚇的元素，頗能製造伏筆，而他坦承這些短篇有些許波赫士、柯達薩或墨西哥的阿雷歐拉（Juan José Arreola, 1918-2001）的影子，而犯罪題材的爬梳讓他可以發揮構思新奇和結尾突兀的特點，至於改拍電影，基於篇幅太短，只能「鬆散改編」，取其意而非形（情節）。

■ 燦爛駐足，黑黑去來

揮別書香周，離開馬德里前一天的下午，豔麗的陽光忽地神隱，天空灰濛濛一片，風從半空中吹落了樹葉，從下捲起了地上的紙片；沒有颱風的西班牙突然有了颱風的異象；天上烏雲密布，地上失業人口街頭擁簇，斗大雨點間歇性地掉了幾滴又戛然驟止，原本燦爛繽紛的景致像彩色照片被特效處理過一樣，頓時轉為黑白。還好，再過幾個鐘頭我就要離開了。凌晨三點，在一片漆黑的夜色中拖著行李，叫了計程車往機場奔去，除了頭燈像一雙睜大的眼睛逐路撥開眼前的暗夜，大地是無盡的黑——這好像是許多黑色電影最擅長運用的場景麼！這一趟旅程，在西班牙燦爛駐足，黑黑去來。✐

註釋

1. 故事敘述一位叫羅達哈（Tomás Rodaja）的學生，陪著一位貴族子弟到薩拉曼加讀書，他自己也取得碩士學位。之後遊歷義大利大城小鎮，無意中卻被灌了迷魂藥，喪失理智，幻覺自己滿身玻璃，脆弱無比，常有想將自己撞成玻璃碎片的衝動。然而迷幻藥也讓他出奇的聰穎敏銳，許多人前來請益，請求指點迷津。最後他恢復了理智，神力也消失，從此也

就乏人問津了。

2.「布爾戈斯的審判」指1970年12月3日在西班牙布爾戈斯市，法院速審被控殺害三名死者的16名恐怖分子組織（ETA）。這16名當中有六位被宣判死刑，其中一位是巴斯克國會議員（Mario Onaindia, 1948-2003）。後來並沒有執行死刑，而是將他們終身監禁。

3.「掌中小說」來自對川端康成極短篇的用詞，西班牙諾貝爾文學獎希梅聶茲（Juan Ramón Jiménez）則將極短篇喻為「螞蟻的手」。

4.以Anagrama 出版社創辦人艾拉德（Jorge Herralde）為名創立的文學獎。Anagrama 出版社1969年於巴塞隆納創立，1983年設立文學獎，迄今30年。Anagrama 原意為「字移而詞變」，彰顯文字變幻與其奧祕。例如"amor"的意思是「愛」，將"r" 位移，寫成ramo，就變成「分枝」之意，或是Roma 就變成「羅馬」。

5.電影方面，較知名者如默片時期1926年丹麥導演羅里仁（Lau Lauritzen）的《吉訶德》（*Don Quixote af Mancha*）；1957年俄國導演可辛塞夫（Grigori Kozintsev）執導的《吉訶德》（*Don Kikhot*）；1973年由希勒（Arthur Hiller）執導的《曼查仕紳》（*Man of la Mancha*）；1992年威爾斯（Orson Welles）執導的《吉訶德》（*Don Quixote*）；2000年葉慈（Peter Yates）的《吉訶德》（*Don Quixote*）。參見筆者論文〈古迪葉雷茲·阿拉貢電影中的《吉訶德》〉，《中外文學》，34.6（Nov. 2005）：115-133。

6.〈慾望花園〉（"Jardín de deseos"）是古堤葉雷茲·阿拉貢2004年2月29日成為聖·費南多皇家藝術學院院士時的演講稿，回顧一生的電影來時路。

7.本篇中文論文〈古迪葉雷茲·可拉貢電影中的《吉訶德》〉刊登《中外文學》，34.6（Nov. 2005）：115-133。（Nsc94-2411-1-1-002-093-）畢亞努維瓦（Darío Villanueva）2004年受邀至靜宜大學西文系專題演講三場（國科會補助），2008年獲選為皇家學院院士，入院演講稿為〈電影之前的《吉訶德》〉（"El Quijote antes del cinema"），之後則繼續研究、收集所有與《吉訶德》有關的電影論述。

8.Son Armadans 是市鎮的名稱。塞拉1954-1989年居住在外島馬約卡島（Palma de Mallorca）。以當地地名作為期刊名稱。

◀西班牙院士、執導《吉訶德騎士》的名導演古迪葉雷茲・阿拉貢

▶西班牙名導演阿拉諾瓦（Fernando León de Aranoa）、《陽光下的星期一》導演，於「世界書香日」發表新書《龍躺在這兒》

◀張淑英（左起）、吉阿迪內里、林震宇合影

◀皇家學院紀念在位最久的院長詩人阿隆索（Dámaso Alonso）；圖為2013年4月23日「世界書香日」開放民眾參觀，表演〈吉訶德〉某橋段裡的桑丘（Sancho Panza）

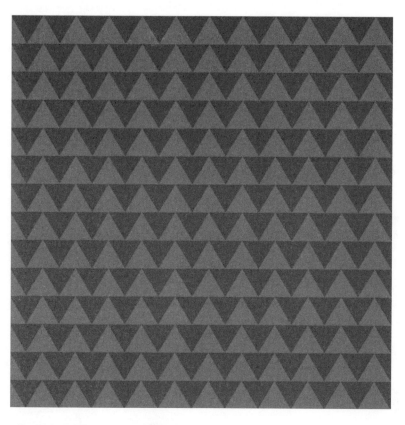

每季一書

淺嘗簡單的小確幸——
《幸福的麵包》

劉于涵

　　好的食物與文學相同，先是因驚豔令人為之一震，而後則魂牽夢縈，難以忘懷。好比美食入口，會在齒間留下一抹芬芳；而好書閱畢，則會在心裡引起一陣漣漪，久久揮散不去。

　　《幸福的麵包》由四個故事組成，皆發生於「cafe mani」；伴隨著北海道的四季，以訪客的視線敘說與「cafe mani」及水縞夫婦的互動。水縞夫婦來自於繁華的東京，三年前選擇定居於清幽的北海道小鎮——月浦，開了這間飄散著木頭香、麵包香與咖啡香的「cafe mani」。問兩人如何割捨東京的生活？那只是源於太太理惠決定縱身跳下電車月台的那晚，先生水縞一閃而過的倉促決定。

　　事實上直到那一晚，水縞只見過理惠兩次，甚至連理惠的名字都是無意間從別人嘴裡聽來的。可是當水縞看見理惠赤腳站在

反方向的月台上，卻毫不猶豫地跳下電車，情不自禁喚出：「理惠」。並在撿起理惠最愛的那本《月亮與瑪尼》後，自然地脫口而出：「我們一起到月浦過日子吧！」於是兩人開始了月浦的生活，如同水縞用心做的麵包，簡單卻餘韻不斷。

故事另一個主題：繪本《月亮與瑪尼》，是理惠幼時最喜歡的一本書。少年瑪尼每晚將月亮放進籃子，騎著單車由東往西行，直到載著太陽的少女出現，瑪尼才能暫時休息。一天，變得又細又長的月亮因覺得太陽刺眼，請求瑪尼將太陽拿走。可是瑪尼堅決地拒絕，並且告訴月亮一旦拿走太陽，月亮也會隨之不見，不只瑪尼自己，路上的行人也會感到困擾。更重要的是，瑪尼告訴月亮：「太陽照亮了你，你照亮了別人」。

從此，理惠將瑪尼視為初戀情人，不斷地找尋自己的瑪尼；無奈始終找不到。隨著理惠長大成人，直至父親過世，理惠內心的孤單越來越深沉，甚至懷疑：「這個世界上根本沒有瑪尼」。因為理惠的堅持，不曾讀過《月亮與瑪尼》的水縞不懂理惠的憂傷；正因為不懂理惠，水縞變得不懂自己的不安。水縞只能隨著理惠陰晴不定的表情，時而起伏，時而感嘆。最後，水縞透過麵包來傳達自己的心意；想當然耳，這份心意同樣也傳給了來到店裡的訪客。如同不斷尋找瑪尼的理惠，訪客們的身上也背負了不同故事留下的傷痕，透過分享與體悟，傷痛逐漸被撫平與治癒；同時，理惠與水縞因為這些萍水相逢的訪客，逐漸找到解開心中疑惑的鑰匙……

就如水縞的日記所言，理惠所追求的不光是瑪尼而已，而是擁有能力並帶給別人力量的自己。確實，「如果自己不成為『月亮』，就無法遇到『瑪尼』。如果不肯定自己，就絕對無法得到。」諸如意識到自己「喜歡什麼、想要什麼」的上班族沙織，決定和鄉下青年時生一起回東京奮鬥；又如開始寫作文〈喜歡的

事物與討厭的事物〉的小學生未久，牽起爸爸的手，拿下客廳裡外遇離家母親的照片；以及五十年不曾吃過麵包的老夫婦嚥下一口麵包後，久病厭世的婆婆開始期待明天，失去老伴的爺爺決定重新澡堂生意活下去。無論什麼年紀、什麼階段，人們都試著在傷痛中尋求慰藉，同時期待提供力量，證明曾經存在的意義。

而端看故事感同身受的我們，又何嘗不同？正在人生旅途中不停地尋尋覓覓、跌跌撞撞，靜靜地祈求被理解和接受的那天。但不知從哪一天開始我們都忘了：若不先了解自己，該如何忠實地呈現自己，又怎能期待別人理解自己？害怕及厭惡生活中遭受的傷害，卻不曾體悟：那是成長及蛻變的陣痛與來源。正如同漆黑的夜裡，月亮需要瑪尼帶路，瑪尼需要月亮照亮，而月亮的光來自於刺眼的太陽。

因此，他們在「cafe mani」分享美食，而我們在《幸福的麵包》分享好書，開始體認自我，踏上療癒他人，救贖自己的旅程⋯⋯

書名：《幸福的麵包》(*幸せのパン*)
作者：三島有紀子(Yukiko Mishima)
譯者：王蘊潔
出版社：皇冠(2012年)

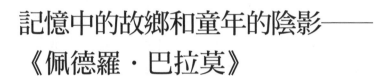

記憶中的故鄉和童年的陰影——
《佩德羅‧巴拉莫》

李素卿

■ 一、作者和作品簡介:

　　墨西哥著名作家魯佛(1918-1986)，個性內向，行事低調，出版作品不多，較著名的有短篇故事集《燃燒的平原》(1953)和中篇小說《佩德羅‧巴拉莫》(1955)，及另一部小說《金雞》(1980)。沒有諾貝爾文學獎光環的加持，也不像其他作家多產，卻贏得「拉丁美洲新小說的先驅」的美譽，奠定他在拉美文學的不朽地位。諾貝爾文學獎得主哥倫比亞作家馬奎斯曾表示對魯佛的推崇和對《佩德羅‧巴拉莫》高度肯定，迄今仍被認為是拉丁美洲文學的巔峰小說之一，深深影響近半世紀來的拉美小說發展，且被譯成多國文字，在世界各國廣為流傳。

　　《佩德羅‧巴拉莫》延續《燃燒的平原》的墨西哥農村主

題，敘述莊園制度下的生活，反映墨西哥農村階級壓迫，農民飽受流離和暴力之苦。樸實無華的文字描述，獨創的敘述觀點及人物角色分析，提供許多豐富研究題材。魯佛的魔幻寫實手法，融入墨西哥革命和生死觀等元素，小說雖以跳躍式方式呈現，由鬼魂的片段回憶組成，如馬賽克般鑲湊而成。故事開始和收尾仍互相呼應，從開始的希望到最後的失望，從尋父到弒父。璜·布雷希亞多到可馬拉的尋父旅程，如同找尋《聖經》中的樂土，充滿期待，到後來嚮往中的樂土竟成鬼影幢幢的廢墟，不僅無法見父親佩德羅一面，連連驚嚇後，自己也葬身可馬拉。故事最後以弒父場景為終結，表達作者對革命和改革失去信心，作品中處處充滿絕望痛苦，和悲觀宿命的氣氛。故事主軸為莊園主人佩德羅·巴拉莫的一生，他巧取豪奪不擇手段，處處表現強勢作風。幼年飽受貧窮之苦，誓言躋身富人之列；對於父親的被殺害，誓言嚴加報復；為償還債務，向最大債主朵洛雷斯·布雷希亞多求婚；痛失唯一承認的愛子時，用金錢強迫神父為罪刑重大的他舉行彌撒救贖；為得到摯愛女人蘇珊娜，不惜派人殺害她的父親。佩德羅一生呼風喚雨，卻始終無法得到他最渴望的愛情，因為蘇珊娜並不愛他。故事中出現三位佩德羅的兒子，卻無一善終：唯一承認的愛子米格爾死於非命；唯一的婚生兒子璜·布雷希亞多，不但冠母姓且無緣謀面；最後竟慘死在私生子趕驢人手中。

■ 二、記憶中的故鄉

　　《佩德羅·巴拉莫》同時也是可馬拉的興衰史，小說的命名勾勒出故事大概氛圍。故事主角佩德羅·巴拉莫（Pedro Páramo）為小說名，原意是指貧瘠的荒漠石頭，比喻人物性格如石頭般堅硬和冷酷無情。故事發生的地點可馬拉(Comala)，原意指煉

獄，是虛構的地名，意指貧瘠荒蕪之地。然在瑪‧布雷希亞多的母親記憶中，可馬拉曾經是個富裕且充滿生機的美麗樂園，在佩德羅‧巴拉莫的經營下，可馬拉也曾經有過豐收不匱乏的日子，隨著革命戰事的發生，加上摯愛女人蘇珊娜的逝世，使得佩德羅‧巴拉莫萬念俱灰無心管理，村民紛紛走避他鄉，莊園因此逐漸荒廢。故事中，農村景象的對比，從原先祥和富庶的榮景，到被欺壓的煉獄，以及最後成為荒廢死寂的鬼城，作者不僅表達對故鄉的懷念，同時也對墨西哥農村改革成效不彰提出批判。

▌▌ 三、童年的陰影

　　魯佛童年的的陰影，親人接連死於擁護耶穌戰爭中和艱辛成長過程，在作品中表露無遺，尤其是對宗教的觀念和父親的形象。宗教不再是希望或救贖的象徵，當素行不良的米格爾慘死時，佩德羅希望用金幣，強迫神父能為愛子禱告赦免罪行，神父最後充滿無奈必須妥協的一幕，令人印象深刻。父親的原型出現在《佩德羅‧巴拉莫》中主要有三例：首先佩德羅因父親被殺害而萌生強烈復仇的念頭；再者因莊園制度關係，佩德羅有許多私生子，佩德羅和兒子間的關係具體出現在三位兒子上，卻相當疏遠，或不相認，或甚至慘死在私生子手中，似乎是他作惡多端的報應；最後是蘇珊娜和父親的亂倫關係。蘇珊娜幼年喪母，從小和父親相依為命，曾被父親用繩索放進深井中找金幣受驚嚇，之後結婚喪偶受打擊，再度和父親同住，後來和父親一起被佩德羅接回可馬拉同住。蘇珊娜最後雖然擺脫父親糾纏，卻已分不清回憶、夢境和現實，父親被殺後不久，她也發瘋過世。蘇珊娜一生經歷過父親、丈夫和佩德羅三位男人，和父親的關係一直曖昧甚至到亂倫，父親對她而言，無異是加害者的代稱。✎

書名：《佩德羅·巴拉莫》（Pedro Páramo）

作者：魯佛（Juan Rulfo）

譯者：張淑英

出版社：麥田（2012年）

那是一幅人生中無可取代的景色
——〈黃金風景〉

葉承瑋

　　〈黃金風景〉為太宰治所寫的一篇短篇小說，而中譯文則收錄在《維榮之妻》此書當中；提到太宰治這位作家，大多數的人們應該都會想到《人間失格》這部作品，在《人間失格》之中太宰治以類似自述的方式表達了其對於人生與生死觀的看法，並將他曾說過的「活在世上是一連串的折磨」以及「死亡是最美的藝術」這兩項要素在文中發揮得淋漓盡致。

　　而在〈黃金風景〉之中，雖沒有明確地指出主角便等同於太宰治，但在了解作者生平之下便可以很輕易地將主角與太宰治連結在一起。主角在故事中可從其對話及行為之間可看出他對於自我懷有厭惡情緒，但這樣的情緒卻在文章的最後，因為一幅無可取代的景象而將那晦暗的情緒完全地溶解了，此時文章一轉之前負面的鋪陳，在最後的最後讓人感受到字句間洋溢著強烈的生命

207

力與充滿著象徵美好未來的光輝。

　　故事的開頭是主角小的時候時常地欺負一位名為阿慶（お慶）的女傭，阿慶是一名做事慢吞吞且時常發呆的女傭，而主角就正是看不慣這一點而時常找她的麻煩，而在有一次阿慶又搞砸了主角交代她的事情，這次主角忍無可忍地踢了阿慶一腳，而倒下的阿慶則哭著說會一輩子記得這件事。

　　之後時空便來到了主角長大之後，在此時的主角意外地見到了阿慶的丈夫，同時再次回想起了當年的所作所為便對此感到自慚形穢；而在三天之後，主角打開家門時正巧撞見了阿慶一家來訪，此時的阿慶已經不復以往駑鈍的模樣，出落成了一名優雅的夫人；只見主角找了個藉口後便頭也不回地逃了出去，並在街上毫無目的的閒晃，在這期間腦海中不停地回響著自己「輸了」的聲音，而在之後他返回家中的路上，遠遠看到了正在海邊談笑著的阿慶一家人，並聽到了阿慶對家人誇耀著他的事情，並以他為榮。對此主角流下了淚水，但這行淚水並不代表了輸了的悔恨，相反地主角終於能坦然地接受了這份失敗，並將它轉化為此後再次出發的動力。

　　〈黃金風景〉這篇文章以第一人稱的觀點出發，並以自述的方敘述從他小時候的所作所為到長大再次見到阿慶的故事。但我認為這篇〈黃金風景〉同時也描寫著作者的初戀，試想在孩提時代的男孩在喜歡上一個人時的反應會是如何？不是獻花也不是送上禮物，而是「欺負」。男孩們會試著透過欺負這個舉動來讓對方更加地注意到自己，這或許就是心智還不成熟時能想得到，最能讓對方注意到自己的一種方法吧。

　　而〈黃金風景〉的主角也是如此，年幼的他並不理解自己的感情只是一味地欺負著阿慶；而他在長大後的某天因為偶然的一件事情再次想起了阿慶這個人，但同時想起了過去種種的過分舉

動並感到無地自容；但其實在主角的心中一刻也沒有忘記阿慶的存在，阿慶身影就有如影子一般默默地潛藏在主角的心中。

　　而阿慶再次登場時，已經擺脫了以往溫吞的形象出落成了一位美人。或許主角到此時也沒有察覺那股愛慕之意吧，只是單純的感到以往被他責罵且駑鈍的阿慶，現今已經變成了一位十分有氣質的夫人，並成就了一個美好的家庭，而自己則成了一個被金錢趕著跑的窮困作家，如此的差異性讓主角忍不住飛奔而出，這個逃走的舉動除了現實上的屈辱感之外也隱含著不想讓心儀的對象看到自己落得這般田地的用意。

　　而在文章的最後，主角看到了阿慶一家人在海邊嬉鬧的溫馨景象，並聽到了阿慶其實並沒有記恨於他，反而還盡說著他的優點並以他為榮。對此主角如同大夢初醒了一般，放下了對於勝負的想法並坦然地接受了失敗的事實，這為主角心境轉變的一大轉振點，若故事還有後續，想必能看到主角奮發向上的景象吧；而這個轉振點同時也代表著他揮別了對於阿慶的感情，主角對於阿慶的愛慕與愧疚全都在這時隨同過去的種種被眼前閃耀著的景象給融化殆盡，而這幅阿慶一家人嬉戲的景象，正是深深刻畫在主角眼底的「黃金風景」。

　　太宰治眼中看著的世界或許是如同幽暗的湖底一般漆黑，但就是在這片伸手不見五指的黑暗之中，綻放出來的光輝才更加地耀眼動人，並且能深刻地殘留在人們的心中，而我認為〈黃金風景〉便是一篇能讓讀者感受到這般光芒的文章。

書　名：維榮之妻
作　者：太宰治
譯　者：鄭美滿
出版社：新雨

「琴瑟在御，莫不靜好」？──
《低音大提琴》

簡潔

　　《香水》（*Das Parfum*, 1985）是德國作家徐四金（Patrick
Süskind, 1949-）的代表作，但在這之前，《低音大提琴》（*Der
Kontrabaß*, 1981）已讓他一夕成名。《低音大提琴》為獨幕劇。
此劇曾被譯成二十多種語言，是舉世最常被搬上舞台的德語劇作
之一。劇中唯一的角色為三十五歲的低音提琴師。全劇僅為他面
對虛擬的觀眾所進行的獨白。在舞台上此部獨角戲約需耗時二小
時。此劇雖號稱喜劇（Komödie），卻悲喜交錯，荒謬雜陳，富含
現代的悲、喜劇性。

　　主人翁是位中年宅男，無名無姓，內向自閉，十足是蟄居大
都會的邊緣人。他日常主要的活動場域是舞台和套房。身為國家
樂團的低音提琴師，他擁有穩定的公務員身分，卻苦於資質平
庸，只能默默無名地在樂團裡配合演出。陪襯的角色在邂逅女高

音：歌手莎拉之後已無法滿足他征服女方的雄心壯志，而思忖著以聳動的手法反襯其他追求者之不若其專情。

　　獨白通貫全劇。主人翁初時以啤酒引入閒情的氛圍，以音樂製造談天的假象，隨著啤酒杯杯下肚，酒精逐次催化、作祟，音樂也從布拉姆斯（Brahms）、華格納（Wagner）、迪特斯寶夫（Dittersdorf）、莫札特（Mozart）到舒伯特（Schubert）一一播放，主人翁開始抱怨挫敗的音樂生涯，抱憾失志的寂寞人生，抱頭苦思宣洩情愁的對策。他時而喃喃自語，自我譏嘲；時而憤世嫉俗，怒不可遏。他的患得患失一來出於自我中心，我執過甚；二來出於凝望美人，情慾難抑。責怪低音提琴，怨嘆他人，嫉妒情敵，愛慕美人，都是心理投射。自卑、自閉、與人際脫節、無能溝通才是他的最大問題。也因為意識到此點，他才嘲笑自己是失敗的樂工。表面讚頌美人的繞梁美聲，實則喟歎自己的曖昧處境。

　　在他小小的世界裡，低音提琴儘管令他愛恨交加，卻是他唯一可以建立關係的對象，他唯一可以掌握的存在方式。自從目睹莎拉，低音提琴與美人即交融為一。主人翁以低音提琴之形似女體，遐想著莎拉的身體，以撫弄琴絃撩撥情弦。口飲啤酒，思慕美人，此情此景正與《詩經・鄭風》所言相仿：「宜言飲酒，與子偕老。琴瑟在御，莫不靜好。」琴瑟用在此劇既可是音樂的和諧音色，更意指主人翁所垂涎的女色。他自知拙劣的琴技無法與美人的精湛唱工匹配。既然難以附庸風雅，只好幻想著男女之間的琴瑟和鳴。

　　也只有在關起門來，蜷縮在隔音房裡，他才敢以縱情的獨白彌補無法以獨奏嶄露頭角而抱得美人歸的缺憾。他的心境正如《詩經・小雅》所言：「心之愛矣，遐不謂矣？中心藏之，何日忘之！」而最終他果真幻想著在眾人面前對美人示愛：「我今晚把演出搞砸，向莎拉大叫。這會是多麼虛榮的一幕啊！在總理面

前為她添光彩，而我則被解雇。(……)我的生命也會因此而改變，這將是我一生傳記中的重大事件。即使我因此得不到莎拉，至少她一輩子不會把我忘記。我將成為她生命中一段永遠的軼事。這麼一喊是值得的。」主人翁此時全然將滿腔的熱情挹注於幻想中的吶喊，幾至不計後果。

劇尾，主人翁走出家門前，刻意表示，「我現在要上歌劇院大叫，如果我敢的話。注意明天的報紙！再見！」他果真膽敢孤注一擲嗎？ 全劇至此戛然而止。徐四金蓄意讓結局開放，將結論交給讀者。

書名：《低音大提琴》(*Der Kontrabaß*)
作者：派屈克‧徐四金(Patrick Süskind)
譯者：彭意如
出版社：小知堂(2001年)

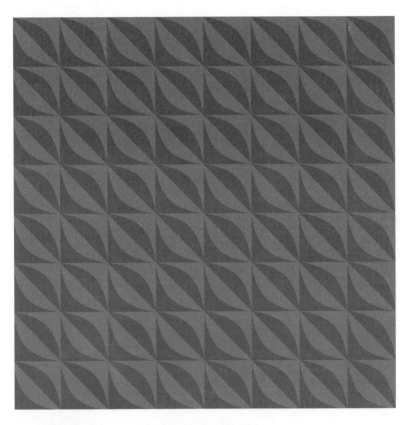

國際文壇動態

西班牙皇家學院(RAE)三百年

張淑英

　　1713年2月13日成立，1714年10月由國王菲利普五世(Felipe
V)批准昭示的西班牙皇家學院(RAE)，今年要慶祝三百週年生
日了。[1]這個不僅是西班牙，而且是所有西語國家所遵循的制訂
西班牙語的標準的最高學術機構，歷經三世紀淬鍊，越見光華與
燦爛，持續肩負西班牙語使用與世代傳承的「去蕪、界定、光
耀」(limpia, fija, da esplendor)的責任。三百週年慶的首要重責大
任、也是壓軸活動的焦點，便是在2014年10月推出第23版的新訂
《皇家學院辭典》（DRAE）。這部辭典，從1780年首印版迄今，
儼然是西語的聖經，距離第22版(2001)也有13年的時間。新訂版
結合《新文法》、《西語正字法》、《美洲用語辭典》三典籍，
彙整含西班牙、拉丁美洲、美國、菲律賓在內，全球共22個西語
語言學院達成共識的辭典學，去除不合時宜、帶有歧視意涵的釋

義，同時同步在網路(http://www.rae.es/rae.html)上更新，讓平均每日約140萬上網查詢的人口可以更精確快速掌握西語的脈動。無怪乎皇家學院秘書長畢亞努維瓦(Darío Villanueva)接受訪問時表示：「皇家學院辭典的未來是網路世代。」

面臨國家經濟危機的困境，皇家學院仍然要風骨傲然，挺起腰桿，舉辦一個莊重、完整不賒(亦不奢)、見證皇家學院三百年風華的慶典。除了辭典出版是閉幕的盛會之外，今年9月26日至明年1月底與文化協會(AC/E)合辦，在西班牙國家圖書館(BNE)展出為期四個月的「語言與文字：皇家學院三百年」(La lengua y la palabra. Trescientos años de la Real Academia Española)特展，當中除了學院的硬體興建史(草創時期、1894年啟用的現址、以及2007年設立的皇家學院研究中心)外，軟體的呈現益顯珍貴，尤其歷史的撰述，因此，除了重新出版已故院士薩莫拉‧比森特(Antonio Zamora Vicente)的《皇家學院史》(*Historia de la Real Academia Española*)外，也將由前任院長賈西亞‧龔恰(Víctor García de la Concha)另外執筆再書寫一本《新皇家學院史》，尤其側重他破例(也具魄力)擔任院長12年的點點滴滴。

展覽活動也包含多媒體，例如與國家電視台合作的皇家學院紀錄片，重要活動的剪影回顧；不可或缺的自然是三百年來的文獻、皇家學院學術期刊(Boletín)百年慶(1914年出刊迄今88期)、院士圖書館典藏、重要著作首印版、手稿、與文學語言相關的藝術作品250件、紀念郵票發行等等；同時亦展示與「新圖書出版社」(Biblioteca Nueva)合作出版的已逝院士的演講稿。據載，1847年開始才有院士入院演講的形式要求，翌年始以紙本限量出版演講稿。皇家學院三百年來膺選的院士人數總共467名[2]，而2010年詞彙學教授阿瓦雷茲‧米蘭達(Pedro Álvarez de Miranda)當選院士的演講稿為〈263次與今日相同的場合〉("En doscientas sesenta y tres ocasiones como esta"），由此可知院士公開發表演講是後來才有的規定。過去歷史中，也有膺選為院士，但終其一生未發表演講(流亡、病故、公忙……)，自此正式儀式缺席者也有27名。職是之故，此次演講稿再版兼具歷史與學術意義，初步鎖定十九世紀劇作家、也是《唐璜》的作者索利亞(José Zorrilla)、寫實主義翹楚貝雷茲‧加爾多士(Benito Pérez Galdós)，曾任院長的語言學大師拉薩羅‧卡雷特(Fernando Lázaro Carreter)、二十世紀戰後小說家戴利貝斯(Miguel Delibes)和流亡美國多年返國的院士阿亞拉(Francisco Ayala)等12人的演講稿。

此外，10月20-23日在巴拿馬舉行全球22個西語學院暨國外學術機構院士級的「第六屆西班牙語國際學術研討會」。這個研討會1997年在墨西哥薩卡特卡斯市(Zacatecas)首度舉辦，當時邀請西語三位諾貝爾文學獎得主——馬奎斯、塞拉和帕斯專題演講，以迄於後來約每三年舉辦一次，巡迴西班牙、阿根廷、哥倫比亞、智利等國，再加入後來另一位諾貝爾文學獎(2010)——尤薩的精闢言說，五屆16年來留下許多經典的演講稿以及豐厚的學術論述。第六屆會議的主題為：「西班牙文與書：從大西洋到南海」；這裡的「南海」(Mar del Sur)指的是布宜諾斯艾利斯臨海的市鎮，今年適逢該區亦舉辦發現五百週年紀念活動，因此，讓這個研討會更具深層義涵。研討會主軸以西班牙文為核心，審視它從歐陸到美洲大陸的生根與發展，從口說到書寫、印刷、網路的繁榮變革，從大西洋到太平洋的擴張消長，從《吉訶德》到《百年孤寂》的雙峰光芒，從傳統到新世代的閱讀習慣的翻轉、語言教育的方法與應用、辭典的未來走向……等等，皆由各領域專家提出研究、詰問與建言。屆時尤薩、拉米瑞茲(Sergio Ramírez)、斯卡米達(Antonio Skármeta)將為大會增輝。

其他促進群眾認識皇家學院的活動則持續且擴大進行，例如

世界書香日開放群眾參觀，由專業嚮導引介說明。舉辦奇幻文學、短篇小說創作獎；紀念甫逝世的院士導演波拉烏（José Luis Borau, 1929-2012）的電影編劇獎，同時挑選院士們的作品被改拍成電影的佳作舉辦影展活動，波拉烏和女院士卡門・里葉拉（Carmen Riera）都在其列。此外，比照2012年首度嘗試，將每週四下午的院士全會移地舉行，對當地民眾開放，全程觀賞參與全會會議的過程，這些都是三百年來的創舉與親民作風。

皇家學院在西班牙國勢衰弱的十八世紀初創立，在二十一世紀初經濟蕭條時期慶祝三百年，學術殿堂的價值與文學創作的軌跡向來相仿，就是在重重劣勢中奮起與發皇。✒

註釋

1. 參酌筆者拙文〈詩和雄辯的神殿：訪西班牙皇家學院〉，《印刻》，2011年5月號，頁168-179。內有皇家學院歷史介紹以及與院長布雷瓜（José Manuel Blecua）訪談錄。

2. 皇家學院院士總共46名，為終身職，以ABC（abc）……大小字母刻印院士的榮譽座椅，排列至46名。院士逝世後的遺缺，由現任其他院士提名候選人遞補。每位候選人需有三名院士連署推薦，於院士全會中投票表決。候選人有三次機會，第一次為全體院士的2/3（出席全會或通訊投票均可）；第二次為出席全會院士人數的2/3；第三次為出席全會院士過半數即可。未膺選上的院士候選人畢生得有三次機會接受提名，若三次均敗北，則不得再推選。

皇家學院院士圖書館

典禮廳

西班牙皇家300年紀念活動手
冊封面

今年的德國很文學：
追憶畢希納的挑戰[1]

簡潔

　　今年(2013)的德國很文學，尤其黑森邦(Hessen)更是熱鬧滾滾。黑森邦一則歡度格林童話問世二百週年；二則同慶畢希納(Georg Büchner, 19.02.1813-17.10.1837)二百週年冥誕暨一百七十五週年忌日。據聞，格林童話是德語文學中於古今中外最常被閱讀的作品。莫怪聯合國教科文組織(UNESCO)將之列入世界記憶遺產。相較於格林兄弟生前即頗負盛名，畢希納的文學地位卻於後世才被發掘。即便他如今仍然不夠家喻戶曉，在德國文學史上他卻扮演了走在時代尖端的關鍵性角色。君不見，德語文學的至高殊榮即以他命名？[2]而今年德國大張旗鼓追思畢希納不也印證了他的後作力與續航力著實不可小覷？此番場面之浩大，連格林兄弟都望塵莫及啊！

　　自去年起德國即開始追憶畢希納，今年尤盛。舉凡搬演畢希

納劇作、朗誦小說或劇作、改編小說為室內歌劇或舞台劇、上演以畢希納個人生平為題材的舞台劇、演唱以其劇作為腳本的歌劇、展演及朗誦不同劇作之串連、推出以展覽、視聽與飲食傳介畢希納的咖啡廳、演出以畢希納周邊紅粉知己為題的舞台劇、推展國際畢希納戲劇節以及舉辦各類以畢希納為核心主題的研討會、演講、課程、座談、電影、廣播、展覽、文學景點漫遊、文學之旅、校園畢希納日、畢希納科學文獻介紹、流動展覽等林林總總上百場藝文活動，著實令人目不暇給。而部分活動亦計畫於2013年年底推廣至美國。另外，已退休的德語文學教授庫慈克（Hermann Kurzke）今年也應景發行畢希納傳記，提供不少有別於既有文獻的論述。而今年也完成17冊作業多年的馬堡版畢希納文集（Marburger Büchner-Ausgabe）。此版本內容之豐堪稱空前，未來諒必為相關研究者之最愛。這番磅礴排場讓人不禁要問，畢希納究竟為何值得德國人如此稱道與推崇？其實真正造就畢希納成為神話英雄的正是他的書寫美學、前衛意識和英年早逝。

　　畢希納出身自正派的醫生家庭，畢生立志追隨父親腳步。20歲（1833）那年，他由史特拉斯堡（Straßburg）轉學至黑森邦的基森大學（Universität Gießen），同年在此邦的達姆城（Darmstadt）結識了反對派的首領之一外迪希（Friedrich Ludwig Weidig, 1791-1837）。自此二人即開始聯袂抵制黑森公國的反動舉措。與外迪希不同的是，畢希納至為鄙夷「摧眉折腰事權貴」，不願與富人結盟，而竭力呼籲百姓揭竿而起，以革命行動向貴族宣戰，反對權力壓榨。畢希納如此的風骨正是李白所說的：「松柏本孤直，難為桃李顏。」其個性之高潔著實令人肅然起敬。當然，正因為年輕，難免氣盛。只是，在濁世，愈是滿腔熱血，愈會鋌而走險。畢希納為鼓吹革命而起草的傳單《黑森邦地方快報》（*Der Hessische Landbote*）於印製階段即意外遭人密報揭發，旋

即遭受通緝(1835年3月)。所幸他得以逃過此劫,及時急奔史特拉斯堡。流亡期間,畢希納非但翻譯雨果的劇作,撰寫數部文學巨著,更順利於蘇黎世以河豚神經系統的論文取得博士學位(1836),即刻成為大學講師。其實醫學、自然科學及哲學才是畢希納的專長。彼時,他還來不及在學界嶄露頭角,竟突染傷寒,而以23之齡客死異鄉,畢生宛若彗星殞落,耀眼卻短暫。

文學創作原是畢希納於流亡期間用來抒壓與表志的管道,未料卻以此名留歷史,後世文壇更喻之為文學天才。根據庫慈克(Hermann Kurzke)的研究,現今可取得之作品約占畢希納原創作量的三分之一。根據他的臆測,畢希納大部分的遺作可能已為未婚妻所銷毀。而畢希納的家人中只有弟弟陸德維希(Ludwig Büchner)致力於整理畢希納的遺作,並於1850年將之付梓。如今仍可取得的文學著作僅有《董彤之死》(*Dantons Tod*)、《雷昂斯與雷娜》(*Leonce und Lena*)與《沃伊策克》(*Woyzeck*)三部劇作[3]、一部敘事小說《廉慈》(*Lenz*)及一份傳單《黑森邦地方快報》。其中僅有《董彤之死》於畢希納生前出版。據聞,此作於1902年才得以首演;《沃伊策克》也於1913年才有幸搬上舞台。依庫慈克之判斷,畢希納直至1968年才開始受到東、西德文壇所青睞。

一如名作家策蘭(Paul Celan)所見,畢希納之所以能永垂不朽在於他對萬物無私的熱愛,及對抗存在虛無的動力。莫怪畢希納筆端深情柔韌、情溢乎辭。庫慈克則認為,「與其說畢希納是社會革命者,不如說他是社會浪漫主義者。」其原因在於,畢希納的革命熱情在逃亡之初即已崩解。耳聞革命同志陸續被捕,自己也被迫亡命天涯,畢希納宛若接受一場刻骨銘心的震撼教育。此刻的他,「起先憤怒不屈,繼之失志抑鬱。」此時他應該更能領略「邦無道,危行言孫。」(《論語·子罕篇》)這類思歎吧!

所幸，畢希納並未一蹶不振，反而更加化悲憤為力量。

　　有人認為，畢希納的革命性不在政治，而在文學。的確，畢希納與他的創作早為文學典律，在中學更是經典教材。眾人早已公認他為現代文學的先鋒，而他的作品更是「寫實主義、自然主義、表現主義以及敘事劇(本文筆者註：或稱史詩劇)的先驅」。

　　在德語文學史上，畢希納儼然已是自由與革命的象徵。儘管年輕，並不執著於小我的安身立命。他的干雲豪氣無疑透過鏗鏘而深邃的文學創作表露無遺。畢希納超越時代，不見容於當代，且竟能化無常為不朽，真可謂「松柏後凋」。或許也因為他的開創性逾越了時代性而得以在後世屹立不搖吧！　✎

註釋

1.本文內容主要參考以下文獻：

Genialer Geist: „Vor 175 Jahren starb der junge Georg Büchner", Frankfurter Allgemeine, 17.02.2012.（Siehe http://www.faz.net/aktuell/rhein-main/literarische-groesse-genialer-geist-vor-175-jahren-starb-der-junge-georg-buechner-11653000.html）

Hessischer Literaturrat e.V.（Hrsg.）. BÜCHNER 12/13.（Siehe http://www.buechner1213.de/programm/spa ziergang/2013-10）

Hessisches Ministerium für Wissenschaft und Kunst. „Doppelte Jubiläumsjahr 2013 – Hessen feiert 2013 die Brüder Grimm und Georg Büchner", http://verwaltung.hessen.de/irj/HMWK_Inter net?cid=7dfd60eae00a664339b6cb9b654727f9

Pradella, Klaus. „Gießen feiert Büchner mit Jubiläums-Programm", http://www.kulturportal-hessen.de/de/sparten/literatur/aktuelle-nachrichten/2283-giessen-feiert-buechner-mit-jubilaeums-programm

Schöbi, Philipp. „Am Leben verglüht", http://feldkirch.at/stadt/archiv/april-2013/20.-feldkircher-literaturtage-georg-buechner-2013-blut-wut-mut

Zimmermann, Harro. „Hermann Kurze: Georg Büchner", http://www.

radiobremen.de/kultur/buch-tipps/buechner102.html

2.此指「畢希納獎」 ── Georg-Büchner-Preis。

3.《沃伊策克》（*Woyzeck*）雖未完成，卻被視為可與梭佛克里斯的《伊底帕斯王》、莎士比亞的《李爾王》和《哈姆雷特》並駕齊驅的傑作。

「第2屆村上春樹國際學術
研討會」籌備花絮

曾秋桂

　　2012年10月村上春樹被提名為年諾貝爾文學獎候選人，全世界的村上書迷群情激動。殷切期盼下雖仍不幸鎩羽而歸，未得評審團青睞，與諾貝爾文學獎殊榮失之交臂。但不可諱言，村上春樹仍是當前國際上最受歡迎的日本作家。

　　淡江大學日文系為了配合張校長家宜指示：規劃「形塑特色學系計畫」教學政策，在外國語文學院吳院長錫德、日文系馬主任耀輝的細心指導之下，於2011年8月1日（100學年度）由本人負責成立「村上春樹研究室」。企圖將村上春樹研究塑成淡江大學的教學特色之一。又承蒙吳錫德院長厚望，於近期主持之外國語文學院主管會議中（2013年4月25日）宣布，研擬將村上春樹研究打造成外國語文學院之重點發展特色之一。

　　目前「村上春樹研究室」主要推動工作有二：其一，在日文

系碩士班課程中設計專題研究，上下學期對開的「村上春樹專題研究」由本人擔任指導，期盼培育出村上春樹研究之後起之秀。其二，每年舉辦一次村上春樹國際學術研討會，希望透過與國內外學者交流，在加深村上春樹研究之深度及廣度同時，使村上春樹文學在台灣激盪出更多燦爛火花。

2012年6月23日第1屆村上春樹國際學術研討會如期於淡江大學淡水校園舉辦。大會落幕後佳評如潮，獲得日本國內亦少有之大規模學會之讚譽。國內外與會嘉賓皆十分興奮，紛紛相約明年再聚。成功邁出第一步的村上春樹研究室感恩來自四面八方所賜之熱情與關懷，全然不敢懈怠，積極募集口頭以及壁報發表論文。果不其然，第2屆報名發表者驟增，經籌備委員會嚴格把關，獲得推薦發表的口頭論文19篇、壁報論文8篇，共計27篇。在有限的經費及人力奧援的村上春樹研究室草創期中，能交出如此亮眼成績，總算欣慰。另一方面也顯示，此領域尚有許多待開拓、值得揮灑的空間。

第2屆村上春樹國際學術研討會在殷切盼望下，終於於5月5日隆重登場。依慣例會議內容分成：專題演講、論文發表（含口頭暨壁報發表）、圓桌論壇等三部分，其中更力邀東京大學小森陽一教授來台演講。承蒙小森老師念及與本人多年深厚交情，行程滿檔之餘亦允諾支持村上春樹研究室，並期許持續深耕的村上春樹研究室在提供村上春樹研究平台同時，亦使台灣成為全世界村上春樹研究的發訊基地台之一。

獲得學界多方支援之下，正值草創期的村上春樹研究室推展工作至今已有六大斬獲。如以下簡述：

▌ 一、訂定共同主題，聚焦議題確立討論方向

此提案來自中國文化大學日文系齋藤正志教授。在齋藤教授巧思之下，第2屆主題訂為村上春樹文學中的「通過儀式」。第3屆(2014年6月15日)齋藤教授建言，將主題訂為「村上春樹文學中的媒介」。取其廣義解釋，此處所指「媒介」(medium)包含媒體、人事物的連結與聯繫。期盼能廣納各領域觀點，共進學術饗宴。相關投稿資訊請參閱淡江日文系網頁。

▌ 二、延伸研究廣角，各方領域知名教授加入發表陣容

東吳大學外國語文學院賴院長錦雀教授於公務繁忙之餘，仍提筆大力支持，試從日語教育角度分析台灣已發行之村上春樹譯本功過。政治大學吉田妙子教授累積多年私下與學生們的研讀心得，透過論文發表分享鑽研成果。而專精於日文文章結構的淡江大學落合由治教授將從文章結構切入，欲逐步釐清村上文章表達之特色。另外，鑽研日本思想的廖欽彬中研院博士後研究員從哲學角度出發，欲探討文本中現實與非現實的呈現。諸如上述之新觀點研究，為研討會帶來畫龍點睛之效。

▌ 三、吸引年輕學子，研究生、學部生精銳傾巢盡出

因應村上春樹研究室成立要旨，於碩士班開設村上春樹專題研究成績斐然。藉由發表呈現出研究生在課堂上所受解析日文原著的扎實訓練，並客觀地彙整出研究心得，當中亦可見不少獨特的創見，不禁深感後生可畏。另外本校日文系大三、大四學生熱情支援，自願於研討會當天擔任工作人員，接待來自各國的與會

貴賓。

▌▌ 四、促成劃時代交會，兩岸村上春樹名譯者將同台

本次圓桌會議當中，林少華教授將與賴明珠老師同台暢談村
上春樹文學。相信台灣讀者對賴明珠老師並不陌生，擔任台灣村
上春樹專業翻譯多年，更是國內翻譯村上文學第一把交椅，譯著
逾38本，成績卓越。而林少華教授是中國大陸著名文學翻譯家及
學者，亦從事文學創作，被喻為中國大陸村上春樹翻譯代表。期
待代表兩岸的村上春樹文學翻譯大師於研討會中相遇時所激盪出
的美麗火花。

▌▌ 五、窺探村上新作，大師搶先分享精闢觀點

小森陽一教授對於村上春樹最新作《名字不帶色彩的多崎
*tsukuru*與他的巡禮之年》（2013年4月15日發行）的精闢見解將首
次在台曝光。小森教授雖長年奔波於日本國內外演講，卻不曾忘
記對村上春樹研討會寄予厚望，全力支援。本次研討會中臨時撤
銷已預定的講稿，將和與會者分享村上春樹最新作，敬請期待。

▌▌ 六、同步口譯發表，研究無國界發表零時差

由淡江大學日文系年輕教師及淡江、東吳碩士生暨淡江OB
組成同步口譯團隊，於研討會當天提供同步口譯。有感於與會來
賓來自各領域，為消弭因語言相異而無法參與討論之憾，本次大
會將延續第一屆精神，堅強實力的同步口譯團隊將盡力協助，扮
演中日文無縫接軌的溝通角色。

誠如各位所知，村上春樹文學研究在台默默耕耘，仍需各位的廣大支持。期盼村上春樹研究室善盡領頭羊角色，更期待各位不吝賜予掌聲鼓勵。

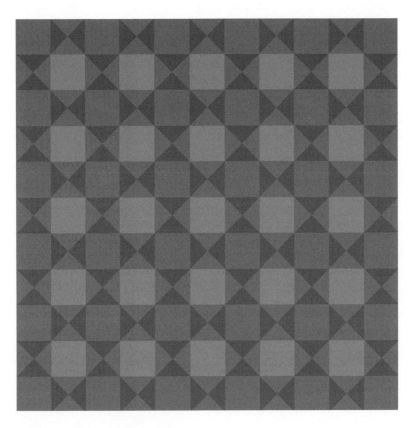

研究論文

渥坦貝克《解剖新義》
中的激情游牧者

楊麗敏*

摘要

　　渥坦貝克的《解剖新義》以艾柏哈特之生平為聚焦，橫跨不同的時間、空間，以及文類，體現渥坦貝克對於越界交會本質之關懷。本文旨在檢視《解剖新義》劇中西方女性在帝國主義與殖民主義的脈絡之中，或共謀或反抗之的身分認同策略，俾以反思游牧論述可能營構之文本的、文類的、性別的、意義的開放擺盪與翻轉置換。

　　關鍵詞：渥坦貝克、《解剖新義》、艾柏哈特、《激情游牧者》、游牧論述

* 楊麗敏／國立政治大學英國語文學系教授

* 本文受國科會專題研究計畫（NSC101-2410-H-004-196)補助。本文原為本
　人英文論文，感謝台灣大學哲學系碩士班學生林立之予以協助翻譯。

While based upon historical resources—to some extent Timberlake Wertenbaker's *New Anatomies* is faithful to Isabelle Eberhardt's life story—the play is more transgressive than documentary. *New Anatomies* is characterized by an intent on border-crossing and barrier-breaking-down: be it of time or space, race or nation, gender or class, religion or art, history or fiction, translation or adaptation. By centering on a women-centered approach, Wertenbaker renders possible not so much a feminist research which challenges the patriarchal ideologies and cultural values, as to create a space for the study of the nomadology of the nomadic, the Other, and the alien. This paper aims to propose a reading of the play via the concept of cultural movement, displacement, and encounter in which a myriad of female figures are juxtaposed in the contextual network of imperialism and colonialism to reexamine western women's complicity with or resistance to imperialism.

Keywords: Timberlake Wertenbaker; *New Anatomies*; Isabelle Eberhardt; *The Passionate Nomad*; nomadology

▌▌ 一、激情游牧者的解剖新義

艾柏哈特(Isabelle Eberhardt, 1877-1904)以文化流亡者之名聞於世，她擁抱作為放逐者的生活，不惜採取極端的手段以維護自我本色。1904年，艾柏哈特意外猝逝，年方27，身後其日誌、隨筆經世人整理，於1987年出版，書名為《激情游牧者》(*The Passionate Nomad: The Diary of Isabelle Eberhardt*)。綜觀艾柏哈特之生平，起初艾柏哈特或以女性主義者自我創設典範之姿

態現身，其生命軌跡亦宛若沿循同時代女性探險家模式一般，諸如：金士莉（Mary Kingsley, 1862-1900）、諾斯（Marianne North, 1830-1890）、貝爾（Gertrude Bell, 1868-1926）、柏德（Isabelle Bird, 1831-1904）、龔特（Mary Gaunt, 1872-1942)等人。這些仕女旅人大多出身上流家庭，一度受縛於日常生活之責任與犧牲奉獻自我的典型女性形像（例如為了照顧年邁臥病床之親長而耽誤終身大事），直到責任卸除（如親長亡故），她們選擇扭轉生命自閨閣出走，由典型老處女轉而為寰宇探險者（Callaway 405）。然而，細究艾柏哈特異邦尋秘之種種奔放不羈之行徑，吾人將不得不作如是想：其實艾柏哈特更傾向在男性系譜尋找自我認同，企圖立身於羅逖（Pierre Loti, 1850-1923）、紀德（André Gide, 1869-1951）、阿拉伯勞倫斯（T.E. Lawrence, 1888-1935)等人列伍之間。而艾柏哈特的殊異行徑，如易釵而弁行旅往來於歐洲與北非沙漠、從遊於阿爾及利亞穆斯林及法國殖民者等，更引發有關性別政治與身分認同之議題。

根據卡芭妮（Rana Kabbani）對於《激情游牧者》的註釋，艾柏哈特的母親奈妲麗（Nathalie Eberhardt）嫁給莫爾德爾將軍（General Paul de Moerder），他是一位俄國貴族，同時也是亞歷山大沙皇（Tsar Alexander）禁衛軍的指揮官，他們育有兩男一女。後來，莫爾德爾夫人（Madame de Moerder）與孩子們的家庭教師卓菲莫斯基（Alexander Trophimovsky）私奔，而後他們定居在日內瓦並育有一子一女，即奧古斯汀與伊莎貝拉。伊莎貝拉從母姓，從此以「艾柏哈特」之名行於世，奧古斯汀則為莫爾德爾將軍所承認，依從將軍的姓氏。根據卡芭妮的說法，奧古斯汀與伊莎貝拉不曾被告知卓菲莫斯基是他們的親生父親，兩人習以「大叔」（"Vava"或 "Great-Uncle"）稱呼之，兩人一向自認是已故俄國貴族的孩子，而伊莎貝拉可能遭受「大叔」之性侵（"Note,"

The Passionate Nomad 109)。為了尋求脫逃陰霾家庭生活的庇護所，1897年春天艾柏哈特與母親來到了位於阿爾及利亞境內的波尼(Bône)，那是十九世紀法國殖民統治之下一處徹底歐化的、但又動盪不安的殖民地。1897年未盡，莫爾德爾夫人便與世長辭，從此艾柏哈特便攫握那危盪的自由，藉以捏塑她在北非的浪跡之旅，成為一位漂泊的越界者，直到她於1904年命喪秋季沙漠暴洪。此七年期間，艾柏哈特化身為阿拉伯男性，慣以「西馬哈蒙」(Si Mahmoud)或「馬哈蒙沙迪」(Mahmoud Saadi)稱呼自己，身著阿拉伯男性裝束，優悠出入於男性世界(大眾咖啡館、蘇菲教派修道院)，從遊於各色人物(或顯赫或低微)。艾柏哈特全然無視法國殖民社會中，由性別、階級、種族與民族之分別界線交織構成的下部結構。其跨文化(cross-cultural)、跨性別階級(cross-gender-class)之輕率舉止，為她博得放蕩乖離與無政府主義者的聲名。當艾柏哈特於1904年、以27歲之齡逝世後，她的生平事蹟很快的便遭到世人與其親近男性友人之剽竊與挪用，以異國獵奇色彩加以誇飾渲染，藉以從中牟利；然而風潮過後，艾柏哈特旋即湮沒於男性宰制之下的帝國主義的漠視以及東方主義的後宮閨室之中[1]。

不過，自二十世紀末葉以降，晚近數十年期間，世人對於此位激情游牧者的興趣再度復甦，以艾柏哈特為主題人物的探討論述激增，然而其中不乏相互衝突的文化寓意。艾柏哈特或成為女性旅行文學的典範，但見白人英雌在殖民與帝國場域的個人冒險紀實，適切的嵌入於恢弘壯闊的帝國「歷史懷舊」(history-cum-nostalgia)脈絡之中。此即，艾柏哈特之生命歷程及其寫作，滿足了晚近二十世紀跨文化逃避主義者的浪漫感性情懷，他們緬懷昔日秩序與穩定等特質具足的美好帝國過往，當彼時的被殖民者(如非亞地區)仍「知其本分」，不知也不敢挑戰西方強權

（Clancy-Smith 62, 74）。或者，在以撻伐西方帝國主義、歐洲中心主義為職志的激進新殖民論述中，艾柏哈特被描繪成典型之女性主義者，甚至是民族主義之擁護者。身為一位來自上層階級、俄羅斯裔、身處法屬阿爾及利亞的白人女性，艾柏哈特在帝國殖民社會中處於曖昧的位階，而她對於伊斯蘭與北非阿拉伯的同情，更是與帝國主義者與種族主義者，舉凡意識型態或行事舉止，大相逕庭（Clancy-Smith 62, 73-74）[2]。

究竟艾柏拉特彰顯西方女性作為帝國主義之共犯，抑或對抗者之角色，迄今依然爭論不休。依克朗西—史密斯（Julia Clancy-Smith）之觀點，反骨的艾柏哈特終究淪為殖民共犯。她受雇於李奧提將軍（General Lyautey），在「和平滲透」任務中以密探的身分進入模糊不明又爭議紛紜的「阿爾及利亞—摩洛哥」邊境地區（70-71）。據卡芭妮的說法，艾柏哈特總是扮演「法國統治的辯護者」，她根本無法想像北非地區脫離歐洲宰制後的面貌（viii）。卡芭妮以為，艾柏哈特似乎生活在殖民者與被殖民者眉目不分的灰色地帶之中，而其日誌所表露者，只有作者自戀式的異域想像，並無出明顯的狂熱的政治立場（ix）。克朗西—史密斯與卡芭妮都傾向同意，「全然阿爾及利亞化」（"profoundly algerianized"）的艾柏哈特其實只是典型歐洲東方主義的體現，視北非為刺激歷險的聲色犬馬異域、與浪漫流亡的文化挪用場景。

渥坦貝克（Timberlake Wertenbaker）的《解剖新義》（*New Anatomies*）即是以艾柏哈特之生平為聚焦之劇作。根據渥坦貝克自己的說法，《解剖新義》的原始構想劇情為三名女性喬裝改扮行走江湖。除了艾柏哈特之外，尚有喬治桑（George Sand）與小野小町（Ono Kamachi）。不過最後以熱愛冒險的歷史人物艾柏哈特之生平為唯一情節主軸，「（她的）遊記被（渥坦貝克）意外發現」（*Wertenbaker: Plays* I , vii）[3]。面對如此個性鮮明又饒富爭

議性的女性角色，渥坦貝克以其另類的改編／翻譯（adaptation/translation）手法，跳脫傳統傳記紀實的模式。這齣劇作橫跨不同的時間（穿梭往返於伊莎貝拉二十七載生命年歲之現在過去未來）[4]，空間（縱橫於歐洲與北非），以及文類（舉凡遊記、文藝創作、政治新聞、軍事法庭紀錄）（Roth, "Engaging Cultural Translation" 157）。此劇雖以歷史素材為本，在某種程度密切貼合於伊莎貝拉的真實人生，但其越界之程度高於紀實。筆者以為，《解剖新義》屬於渥坦貝克較早期作品，然而其中早已流露渥坦貝克對於越界遭逢本質之關懷，以及其所引發有關歷史、翻譯、身體，以及身分認同等議題。本劇的特色在於以單一角色（伊莎貝拉）之身體活動與心理活動為中心，開闊吸納來自不同族裔、文化、階級、性別的多元與多語之敘述，其間交織混雜著多層次意義的呼應與衝突、解構與建構（de/construction）、轉換與轉造（trans/creation），進而消融鬆動諸如性別、階級、民族、歷史、空間與文本間那涇渭分明的分際與藩籬[5]。

　　1981年渥坦貝克替「女劇團」編寫在愛丁堡戲劇節演出的《解剖新義》劇本時，演員設定為五位女演員與一名樂師，除飾演伊莎貝拉的女演員之外，其他女演員均要分飾西方女子、阿拉伯男子以及西方男子等多種角色，共計十七名角色。然而這種龐大複雜、跨性別跨文化之演出方式，並非只是因應「女劇團」於1981年首演時的權宜之計。事實上，完全由女性飾演之劇場設計乃是明載於後來出版之劇本之中：女演員隨意遊走於各種角色變換，如女飾男角或劇中人女扮男裝等，而且此種改裝變角完全在舞台上進行，觀眾可一目了然（*Wertenbaker: Plays* I, 4）。在此似乎於藝術與生活、作品與世界、寫作文本與舞台演出、存有與表象之間，並未存在著恆定不變之分界。筆者以為，渥坦貝克如此規劃設計《解剖新義》完全由女性飾角演出，其重點並

非在於強調女人生成化育的母性能力，藉以標榜「女性政治」
（gynecocracy）、「女性帝國」、女性世系的復興，以資與男性
中心父系權力體制相抗衡[6]。渥坦貝克此舉其實是以「越界」、
「變成他者」（becoming other）的意義為主軸，藉由完全女性飾
演之劇場設計，本劇成就另類的女性中心（woman-centered）徑
路。就在眾多女性角色並陳交鋒之當下，渥坦貝克勾勒她們在帝
國主義與殖民主義的脈絡之中所呈現的錯綜複雜的身分認同策
略，藉以探究歐洲女性在殖民主義與帝國主義中所扮演的或共謀
或對抗之角色，進而扣問游牧者（the nomad）、他者（the Other）、
以及外來者（the alien）可能安身立命之空間，也因此與志在挑戰
父權意識型態與文化價值之女性主義研究有所出入[7]。

　　渥坦貝克以「伊莎貝拉／西馬哈蒙偽傳記」的自我文本解
構之後設形式（楊麗敏179-184），蛻化生成與流動變換的特質，
抗拒大寫官方歷史的理性邏輯規範與價值觀，其目的在於表達
對建制與疆界的懷疑，彰顯游牧論述（nomadology）之定義空間。
德勒茲（Gilles Deleuze）與瓜達希（Félix Guattari）在《千高台》（*A
Thousand Plateaus*）的第一章，即開宗明義如是說：所謂的歷史
乃是一部遺忘他者、游牧者的大寫歷史，它是以大一統國家機
器之名，由定居者（sedentary）的敘述觀點，以合乎義理中心論述
（logocentrism）的文字書寫而成；也因此，大寫歷史內蘊著政治
霸權、文化獨裁與義理中心等暴力，而游牧論述便是與之抗衡的
被排除者（如游牧者、他者、異鄉人與弱勢少數者）的稗官野史
（*A Thousand Plateaus* 23-25）。因此，游牧論述乃是一種非正軌
的敘述策略，藉此產出異質性的空間故事與實踐，以資對抗同一
性、均質性的國家官方歷史。亦即，《解剖新義》鼓吹越界游
離、頌揚「變成他者」，企圖自外於國家社會建制之監控與權力
之糾纏，舉凡文化與身分認同，軀體與文本（或語言），皆因因緣

際會的越界出軌，而偏離原有之位置蛻化而成他者，然後再次匯集異質能量，依隨取消路線／重定路線(unroute/reroute)特質，一而再、再而三的構建逃逸路線(lines of flight)。也因此，全劇的重點已由傳統「忠於原著」的考量，轉而為傳記故事的拼貼與轉造，就在一連串女性史的擦拭與改寫中，《解剖新義》旨在省思被國家社會排除者的游牧論述。本文企圖檢視伊莎貝拉如何由地理的、心裡的「離家」，進程到政治上、文化上的「流動越界／叛經離道／流離失所」，進而彰顯渥坦貝克之《解剖新義》如何透過女性中心之徑路，剖析西方女性在帝國主義／殖民主義之脈絡中，或共謀或反抗之的身分認同策略，俾以反思游牧論述可能營構之文本的、文類的、性別的、意義的開放擺盪與翻轉置換。

▋▋ 二、漂泊流動的人生與海外白人女性：反骨或共謀

於《解剖新義》中，伊莎貝拉被描繪成來自瑞士的白人女性，擁有信奉無政府主義、古怪而酗酒成性的俄國父親，以及軟弱並優柔寡斷的德國母親。伊斯蘭與沙漠奇幻故事是伊莎貝拉童年的庇護所，長大後她更是沉迷執著於開疆拓土、越界無垠的行旅氛圍與過程，難以自拔：「日內瓦到馬賽以火車，馬賽到阿爾及爾以船，在沙漠則以駱駝」(第一幕第三景, *Wertenbaker: Plays* I, 18)。此種對旅行的嚮往其實隱含對於逃逸的渴望——企圖逃離鬱閉窒息的「條紋空間」，掙脫加諸於個人生命的種種流俗枷鎖、刻板律令，嚮往橫渡疆限闖入另一種生命樣貌之「平滑空間」：「禁錮界限的日內瓦。我要離去，我必須朝沙丘奔馳而去」(第一幕第三景, *Wertenbaker: Plays* I, 17)[8]。本劇呈現出俄羅斯裔、瑞士籍、猶太背景的伊莎貝拉，如何不遵俗規而行，踰

越社會性別、生理性別、種族以及文化界線，企圖如阿拉伯男性般生活與思考、企圖像他者(an Other)般的渴望，全劇因此盈溢著越界游離的文化意符，舉凡時間、空間、語言、身體與身分認同等等。

對於殖民地阿爾及利亞的歷史地理誌(historiogaphy)，《解剖新義》著眼於殖民社會中的白人女性，藉此琢磨在殖民主義支配之下，種族、階級以及性別複雜交纏的社會狀態。時值十九、二十世紀之交，非洲成為歐洲殖民主義在亞洲之外的第二個主要競技場。歐洲列強紛紛於非洲各地建立白人僑居地，企圖透過貿易關係或正式的殖民統治，直接或間接的侵占非洲這塊「黑色大陸」(Chaudhuri and Strobel, "Introduction" 5)。殖民主義與帝國主義往往被視為男性之領域，而白人女性在此種敘事中，以「夫人」(memsahibs)角色姿態露臉，期許在蠻荒異域中創造孕育理想的歐洲基督教文明式的家庭生活[9]。渥坦貝克《解剖新義》透過以女性為中心之方式，檢視殖民主義之錯綜複雜，以及其中所蘊含的性別觀點。《解剖新義》將海外白人女性復歸於舞台聚光燈之下，使其享有敘事及行動之優先權，因此這齣劇作不僅僅顛覆傳統以男性為中心意義下「性別與帝國主義」(gender and imperialism)的定義，甚至亦觸及民族中心主義(ethnocentricism)思維下，往往被去性別(ungender)的被殖民者，以及那群沉默無聲的被殖民女性。

《解剖新義》劇中，雙親逝世後，伊莎貝拉在思慮保守而又萬分強勢的姊姊娜妲莉(Natalie)的陪同之下，來到阿爾及爾探訪摯愛的兄長安東尼(Antoine)。為了遠離原生家庭之諸多紛擾，安東尼由日內瓦遁逃到阿爾及利亞的外籍兵團，而後更苟且偷安於殖民官員模式的婚姻生活。《解剖新義》中，安東尼之妻珍妮(Jenny)於第一幕第四景中出場，代表著囂張跋扈的「夫人」

245

（memsahib）角色，她對丈夫懷抱著神經質的占有欲，且執意鞏固種族之優越性。她是海外歐洲版本的維多利亞式「家中天使」（angel in the house），放逐非洲後其言行舉止間俯拾可見種族性別階級歧視的殖民地戲擬仿作（colonial mimicry）。第四景以安東尼在阿爾及利亞的家庭日常生活開場，聚焦於珍妮與伊莎貝拉之間性別與文化的衝突；前者代表著拘泥成規、刻薄寡恩的夫人形象，後者則是服膺游牧文化的放逐者、他者之表徵。藉此《解剖新義》企圖點出，所謂的帝國無非是日常生活的瑣碎現實，而帝國主義則是宰制了殖民社會文化的核心意識型態。但見珍妮「年輕且身懷六甲」，總是「汲汲營營忙碌周旋」於家庭角色以及作為身為夫人的責任。此時，伊莎貝拉摯愛的安東尼則顯得「疲憊」而「陰鬱」，穿著起皺的制服，呆坐抽菸（*Wertenbaker: Plays* Ⅰ, 19）。安東尼乃是該場景唯一的男性角色，為強勢主導的女性人物所環伺，他只得淪為負面陪襯：對於一切事務他都茫然無緒，亟需無論式來自妻子／母親或姊妹的指令與指導，其性格軟弱欠缺篤實力行之意志力與行動力。伊莎貝拉被描繪為「凝視外面」（*Wertenbaker: Plays* Ⅰ, 19），在在表露她對蟄居生活與其瑣碎家務之不耐，以及她對域外旅人之游牧者生活之嚮往；同時也毫不掩飾她對珍妮所表徵的、海外西方女性「夫人」此一社會範疇之嫌惡。

此景一開始，珍妮即向安東尼抱怨伊莎貝拉：伊莎貝拉從未幫忙家務、不曾聆聽珍妮講話，事實上，伊莎貝拉還更常和僕傭交談（*Wertenbaker: Plays* Ⅰ, 19）。在此，珍妮作為一位「夫人」，體現所謂的殖民意識：白種種族優越性，乃根植於歐洲帝國主義，同時也是殖民文化的統合原則。儘管女性在西方性別意識階級中居末流序位，但諷刺的是撫育子女、貞潔等婦德，也同時加諸於女性身上。在法屬阿爾及利亞的殖民社會中，種族主義

建立於文化優越意識之上，白人女性被視為執行教化任務的先鋒，她們理應作為道德與貞潔的忠實擁護者。於是歐洲女性需要界定與土著之間的社會距離，並對土著保有政治控制力量。

　　有孕在身、剛愎自用而又歇斯底里的珍妮，是樣版印象下的「夫人」的諷刺描繪。她執著於自身的生育天職與家政任務，堅持殖民社會中種族、文化、性別隔離政策的道德職責。深信自己所具備的種族與文化優越性，珍妮表現出優越的白人意識，將非洲視為「黑色大陸」，並排拒一切被殖民者的當地文化。在家務場景中所出現的阿拉伯女性角色，不僅點出殖民者與被殖民者之間種族、階級的對立(夫人與僕傭)，也呈現白人女性之間的對立性(帝國主義之共謀或反骨)：

　　　珍妮：請記住胖瑪既是土著又是僕人。他們不會尊敬你，如果你對待他們…
　　　伊莎貝拉：她的名字不叫胖瑪。
　　　珍妮：她們的名字實在難以發音。我們統稱她們為胖瑪。
　　　伊莎貝拉：她有一個美麗的名字：雅斯米娜。可憐的女孩，他們想把她嫁給一位她很討厭的表哥。不從命的結果，不是死亡便是淪為僕傭的羞辱。我將會寫一些關於她的事。
　　　珍妮：我不相信她說的任何話。幫我擦亮這些杯子。我無法信任胖瑪做這件事。(*Wertenbaker: Plays* I, 19)

　　這是殖民社會日常生活活動中女性角色(白人與土著)的速寫。珍妮由於自身種族、階級，以及身為歐洲軍官之妻的身分，主張獨裁主義式權力。作為一位稱職的夫人，珍妮認定其社會職

247

責乃是強化種族隔離，並認定西方帝國的尊嚴與威信乃是其家務管理不可或缺的要素。遵循其家務政治觀，任何僭越統治者與被統治者之間種族、身分階級的關係，她都加以反對。就其帝國主義世界觀而言，土著阿拉伯婦女被簡化為一群不知名的「胖瑪」（「**我們**統稱**她們**為胖瑪」，粗體處為筆者所加）。「胖瑪」只是家庭生活中無名無姓、毫無性格、鄙賤的奴僕，她們的能力是如此缺乏，以至於夫人無法交代「擦亮杯子」之屬的細膩工作。珍妮在家庭生活、對於土著僕人所採取的立場，無疑是重塑歐洲統治主與北非被殖民奴的角色關係。因而，珍妮批評伊莎貝拉對待僕人時欠缺威嚴、踰越階級與種族的界線。

相反的，伊莎貝拉基於自己越界逃逸的渴望，以及服膺自由流浪生活的信念，因此能夠同情與洞察阿拉伯女性淪為部族風情民俗（婚姻無法自我作主）與帝國主義（輾轉被迫到殖民主處為奴）雙重受害者之處境。伊莎貝拉肯定雅斯米娜的個體性與主體性——而非面目不清、沉默無言的「胖瑪」——流離失所遷徙往返於部落與殖民社會之際，雅斯米娜也負擔著自己殊異的身分與生活經驗。伊莎貝拉為交織著生離死別與愛恨情仇的「她的故事」（her-story）所吸引，並表示她將為遭受錯待的阿拉伯女性編織游牧論述（「可憐的女孩，他們想把她嫁給一位她很討厭的表哥。不從命的結果，不是死亡便是淪為僕傭的羞辱。我將會寫一些關於她的事」）。不同於珍妮，伊莎貝拉選擇對抗而非與帝國殖民主義共謀，唾棄帝國主義父權架構下的身分地位。就伊莎貝拉看來，雅斯米娜乃是深受壓迫所苦的在地女性之寫照；而壓迫來自於外來的歐洲殖民體系，以及封閉落後的部族文化。因此，伊莎貝拉強調建構她的故事／歷史（history/her-story）的重要性，那是文本化缺席的東方女性他者（Oriental Female Other）的游牧論述。那是一種反殖民（anti-colonialist）、反父權（antipatriarchalist)、反東方主義(anti-orientalist)的寫作論調[10]，伊莎貝拉無意為東方女性增添任何異域風情，只是企圖透過游牧論述之撰造書寫，穿針織補文化斷簡與父權東方主義威逼下漂流湮滅之記憶碎片，藉以重建邊緣、少數，受迫者的文本。

反觀珍妮，她無法如伊莎貝拉般疏離客觀的看待歐洲帝國主義與北非殖民現狀，珍妮未能體認到其權力實是源於丈夫職位，並侷限在傳統界定之下女性與夫人之性別角色。為了保衛她自身及其家庭作為統治者的身分地位、為了維護歐洲文化優勢，珍妮採取種族排外策略，堅持與土著維持疏遠的距離。首先，她譴責伊莎貝拉與土著以「他們自己的語言」交談，並堅持「沒有不和他們講法文的理由」，因為如此輕率行徑會在殖民社群中「啟人疑竇」，以至於可能危及安東尼的升遷機會(*Wertenbaker: Plays* I, 21)。此外，珍妮更歇斯底里的試圖驅逐任何接近她家的阿拉伯人。她視他們為「野蠻人」與「乞丐」，總是乞討金錢、帶來疾病——「這樣對寶寶不好」(*Wertenbaker: Plays* I, 22)。根據珍妮的觀點，莽撞的伊莎貝拉與野蠻的阿拉伯人可能危害她的丈夫、寶寶與她的家庭，而珍妮作為一位夫人是絕對不會容許這類情事之發生。將這種勢利的態度加以擴展，珍妮拒絕任何阿拉伯衣飾或用品在家中出現，唯恐家庭(特別是她的寶貝孩子)的品味或觀瞻遭受損害——「我才不會讓我的寶寶穿上那些可怕的土著衣服」(Wertenbaker: *Plays* I, 20)。厭惡珍妮這般勢利的文化優越論調，伊莎貝拉反唇相譏：「為何不？也許寶寶最後會看起來得像阿拉伯人？然後他將逃離你遠走高飛到沙漠中」(*Wertenbaker: Plays* I, 24)。珍妮誠為種族中心主義論調中傲慢膚淺白人夫人角色之體現。

然而，諷刺的是，珍妮對於阿爾及利亞物品的鄙夷與抗拒態度，僅適用於她在殖民地的家庭生活。其實珍妮與其大姑娜妲莉

249

將在歐洲社交圈中，充當引介阿拉伯文物的中間人[11]。儘管珍妮貶抑阿爾及利亞穆斯林，對阿爾及利亞當地阿拉伯文化保持距離，她已察覺到東方僑居歲月，將成為其家庭重返歐洲建立社經地位的一大資源：「這裡生活比在瑞士便宜多了。當我們有足夠的錢購置一幢體面的房子時，我們就會回去」(*Wertenbaker: Plays* I , 21)。娜妲莉代表另一類型的殖民地掮客——來自西方的跑單幫旅人(shopper-traveler)，她往返於歐洲與北非地區，志在搜刮東方的稀罕精美文物，以為牟利。就在珍妮與伊莎貝拉針鋒相對時，但見娜妲莉——「滿載貨品衣物而歸」——闖入珍妮與伊莎貝拉對決之場景中：

> 娜妲莉：這實在太美妙了！這些人多笨哪！他們毫無所求的給我一堆東西。
>
> 伊莎貝拉：這應以慷慨、殷勤餽贈為名。
>
> 娜妲莉：看看這個，這很值錢的——這些繡功與細節。對於野蠻人而言這些實在精巧得嚇人。看看這個給女人穿的斗篷。
>
> 伊莎貝拉：這不是給女人穿的。
>
> 娜妲莉：我們將會是第一個在瑞士販售東方物品的店家。這些東西在巴黎全都正值流行。伊莎貝拉，你甚至可以展示一些東西。這裡有女性跳舞的服裝。
>
> (*Wertenbaker: Plays* I , 23)

　　根據娜妲莉的說法，東方主義的時尚熱潮已然席捲巴黎以及其他歐洲城市，處處可見東方衣著服飾之流行。顯然，所謂的帝國情懷已不再只侷限於海外菁英殖民者。事實上，殖民遭逢(colonial encounter)、文化挪用(cultural appropriation)、商品物

神化(commodity fetishism)等現象已然影響歐洲之普羅大眾。在跨文化的接觸中,服飾以及其他珍奇物件,已成為物神化之圖騰,以其表徵可供消費的東方異世界。在日常生活中,布爾喬亞之普羅大眾因此有機會領略帝國經驗,享受征服非歐洲文化的滋味[12]。就娜姐莉的觀點而言,將從屬文化(甚至次等文化)傳播散布到主流文化之中,其經濟效益甚於殖民帝國的政治作為。為了協助她們的男人在殖民地貫徹種族優越之主張,珍妮與娜姐莉——夫人與其姊妹們——不遺餘力的打造出以種族中心論調為基礎的家庭社群環境,視在地文化如敝屣。例如娜姐莉,完全麻木無感於阿拉伯人的殷勤好客的文化美德,只知竭盡巧取搜刮之能事從中牟利,更褻瀆如此文化美德為智識之低劣愚昧,視當地人不過是擅長織工刺繡的野蠻人。然而,夫人與其姊妹很清楚,一旦她們返回歐洲,為謀得經濟利益及迎合世俗大眾對於異域之想像,她們將傳遞仲介自己顯然排拒蔑視的東方文化。

由於珍妮有孕在身——白人夫人撫育下一代白人子孫——白人殖民社會的未來才得以確保。因此,珍妮表徵了種族保護(racial preservation)、種族純淨(racial purity)、種族母性(racial motherhood)的意義[13]。在其殖民地家中珍妮這位身懷六甲的白皇后(White Queen),絕不會寬宥任何可見的騷動。如同娜姐莉所言:「當你懷孕時就會有這些任性」,以及「不要忤逆懷孕的女人」(Wertenbaker: Plays I, 24, 26)。當伊莎貝拉企圖說服安東尼與自己一起前往造訪「那些阿拉伯區漆黑的洞穴」、「回味舊夢」、「至少一個晚上」(Wertenbaker: Plays I, 25),珍妮運用了懷孕的優勢,假裝陣痛以留下安東尼——「喔!喔!我的肚子!我覺得自己快要昏倒了。安東尼!不要離開我!」(Wertenbaker: Plays I, 25)。這果然奏效,安東尼最終屈從於珍妮的意志,選擇留在家中。伊莎貝拉倍感氣餒沮喪的是,安東

尼選擇了依從「瑞士鐘錶師傅的字典」(the Swiss clockmaker's dictionary)的家庭生活，而非「詩人字典」(the poet's dictionary)中所勾勒的海闊天空、浪跡天涯的越界流離人生(*Wertenbaker: Plays* I , 22)。

　　終於，伊莎貝拉遁入荒漠之中，因為她對安東尼蹉跎於乏味可怕的家庭生活大失所望，並認為安東尼背叛自己、背棄兒時游牧冒險的夢想；此外伊莎貝拉亦深惡痛絕於阿爾及爾殖民社群那顢頇勢利的性別、階級與種族隔離政策。當伊莎貝拉改裝成為阿拉伯男性，她採取了全新的身分認同「吾即在此：西馬哈蒙」(第一幕第五景, *Wertenbaker: Plays* I , 26)。在曠闊無垠沙漠的此處此刻，她／他表明抹滅自身歐洲女性的身分、解除「外國人」、「歐洲人」、「女性」、「伊莎貝拉」等曾強加其身之稱謂的渴求與慾望(第一幕第五景, Wertenbaker: Plays I , 26)。沙漠——傳統游牧民族活動之疆域或「家」——象徵浩瀚無垠，既無路徑可循，也無境內域外之分(*A Thousand Plateaus* 478-480)的移置、邊緣化平滑空間，成為伊莎貝拉／西馬哈蒙對抗監管封閉條紋空間的主要意象與場域，在此、自此，伊莎貝拉以西馬哈蒙為名，成就了越界離散的去畛域化／再畛域化(deterritorialization/reterritorialization)的游牧書寫過程。

▌▌ 三、結語

　　《解剖新義》本於一位知名白人女性在北非殖民地文化交會之經驗，本劇並列不同意識層次之女性，藉此剖析性別、種族、以及階級意識型態在帝國主義／殖民主義脈絡中的交互作用。劇中通曉多語的伊莎貝拉在其跨文化的流轉移位之中，凸顯自我身分認同之路線／起源(routes/roots)之夾纏[14]、文化政治之混雜，

以及差異新秩序的迫切性。本劇如同其主人翁一般，並未停留在單一定點，而是以另類之游牧主體的越界移位游離生成方式，跨越時空、文化、文類、文本、軀體等一切的疆域與界線。誠如渥坦貝克在其〈與歷史共舞〉（"Dancing with History"）文中指出，她所專心致力者，不是那些位處歷史中心的英雄人物們之華麗喧囂的豐功偉業，而是那些生活在邊緣位置的沉默卑微的平民百姓，如何在歷史的霸權統一論述控管下，承擔開展自己的生活經驗。此乃渥坦貝克游牧論述、根莖思維之緣起，也是渥坦貝克在《解剖新義》中所布展的、以女性中心為徑路之首要目標。筆者以為，渥坦貝克將女性帶回歷史與文學文論的舞台上，重新檢視她們於西方帝國主義與殖民主義脈絡中所扮演或同謀抑或抵禦者之角色。其意圖不在於以單一且女性中心論述，來挑戰、或取代男性父權中心主義。反之，任何形式之獨我主義論述、或集權主義式的知識論述，都會為渥坦貝克《解剖新義》摒棄、顛覆與解構。渥坦貝克筆下的伊莎貝拉／西馬哈蒙所展示的並非性別、種族與文化之間的對立本質，而是游牧主體、變成他者之哲學所具有的難以定義、遷流不居的自我流轉生成變化之本色。

引用書目

Behdad, Ali. *Belated Travelers: Orientalism in the Age of Colonial Dissolution*. Durham and London: Duke UP, 1994.

Benjamin, Walter. *Charles Baudelaire: A Lyric Poet in the Era of High Capitalism*. Trans. Harry Zohn. London & New York: Verso, 1983.

Callaway, Helen. "Book Review on *A Voyage Out: The Life of Mary Kingsley* by Katherine Frank and *Spinsters Abroad: Victorian Lady Explorers* by Dea Birkett." *Women's Studies International Forum* 13.4（1990）: 405.

Chaudhuri, Nupur. "Shawls, Jewelry, Curry, and Rice in Victorian Britain."

In *Western Women and Imperialism: Complicity and Resistance.* Nupur Chaudhuri and Margaret Strobel, eds. Bloomington: Indiana UP, 1992. 231-246.

Chaudhuri, Nupur and Margaret Strobel. "Introduction." In *Western Women and Imperialism: Complicity and Resistance.* Nupur Chaudhuri and Margaret Strobel, eds. Bloomington: Indiana UP, 1992. 1-15.

Clancy-Smith, Julia. "The 'Passionate Nomad' Reconsidered: A European Woman in *L'Algérie Française* (Isabelle Eberhardt, 1877-1904)." In *Western Women and Imperialism: Complicity and Resistance.* Nupur Chaudhuri and Margaret Strobel, eds. Bloomington: Indiana UP, 1992. 61-78.

Clifford, James. *Routes: Travel and Translation in the Late Twentieth Century.* Cambridge, Mass.: Harvard UP, 1997.

Deleuze, Gilles and Félix Guattari. *A Thousand Plateaus: Capitalism and Schizophrenia.* Trans. Brian Massumi. Minneapolis and London: University of Minnesota Press, 1987.

___. *Nomadology: The War Machine.* Trans. Brian Massumi. New York: Semiotext(e), 1986.

Eberhardt, Isabelle. *The Passionate Nomad: The Diary of Isabelle Eberhardt.* Nina de Voogd, trans. Introduction and Notes by Rana Kabbani. Boston: Beacon Press, 1987.

Freeman, Sara. "Afterword: The Translatorial Consciousness." *International Dramaturgy: Translation and Transformations in the Theatre of Timberlake Wertenbaker.* Eds. Maya E. Roth and Sara Freeman. New York: Peter Lang, 2008. 273-281.

Kabbani, Rana. "Introduction" and "Notes" to *The Passionate Nomad: The Diary of Isabelle Eberhardt.* Boston: Beacon Press, 1987. v-xii. 109-113.

Lal, P. "Preface to Shakuntala." In *Great Sanskrit Plays, in New English Transcreations.* P. Lal, trans. New York: New Directions, 1964. 3-10.

Lawrence, Karen R. *Penelope Voyages: Women and Travel in the British Literary Tradition.* Ithaca and London: Cornell UP, 1994.

Mitchell, Timothy. "The World as Exhibition." *Comparative Studies in Society and History* 31.2 (1989): 217-236.

Roth, Maya. "Engaging Cultural Translations: Timberlake Wertenbaker's History Plays from *New Anatomies* to *After Darwin.*" *International Dramaturgy:*

Translation and Transformations in the Theatre of Timberlake Wertenbaker.
Roth, Maya E. and Sara Freeman, eds. New York: Peter Lang, 2008. 155-176.

Roth, Maya E. and Sara Freeman, eds. *International Dramaturgy: Translation and Transformations in the Theatre of Timberlake Wertenbaker.* New York: Peter Lang, 2008.

Smith, Sidonie. *Moving Lives: Twentieth-Century Women's Travel Writing.* Minneapolis and London: University of Minnesota Press, 2001.

Valverde, Mariana. "A Passion for Purity." Book Review of *The Sexuality Debates*, Sheila Jeffreys, ed. *The Women's Review of Books* 5.4（Jan. 1988）: 6-7.

Wertenbaker, Timberlake. *Timberlake Wertenbaker: Plays I.* London: Faber and Faber, 1996.

___. "Dancing with History." *Crucible of Cultures: Anglophone Drama at the Dawn of the New Millennium.* Maufort, Marc and Franca Bellarsi, eds. New York: Peter Lang, 2002. 17-23.

楊麗敏。〈《解剖新義》之逃逸路線：性別／文本權術策略〉。《英美文學評論》17（2010）: 157-189。

註釋

1. 李奧提將軍(*General Lyautey*)被視為艾柏哈特親近的男性友人之一，一般認為他賦予艾柏哈特名為「和平滲透」(peaceful penetration)的外交任務，深入受爭議的阿爾及利亞與摩洛哥邊界地區。當艾柏哈特在此行途中命喪秋季沙漠暴洪，李奧提將軍傷心之餘，決定以伊斯蘭儀式下葬艾柏哈特，然而卻在其墓碑上刻上女性名氏「拉拉馬哈蒙」(Lalla Mahmoud)，強調其女性身份，而非艾柏哈特偏好的男性名字「西馬哈蒙」(*Si Mahmoud*)或「馬哈蒙沙迪」(Mahmoud Saadi)。艾柏哈特的另外一位男性友人巴路康德(Victor Barrucand)，曾提供艾柏拉特《新聞報》(El Akhbar)特派員之位置，在艾柏哈特去世後，出版其作品選集，並加上自己的感性陳述，將艾柏哈特的生平故事渲染上更多異域風情。巴路康德更將自己列為這些出版品之共同執筆者，因而在該出版品成為暢銷書的期間獲得不少利潤。相關細節，參見Julia Clancy-Smith, "The

'Passionate Nomad' Reconsidered," 71-72.

2.例如，在《阿爾及利亞的女性》(*Femmes d'Algérie*) 一書中，作者德路克 (*Jean Déjeux*) 為艾柏哈特獨闢一章，那也是全書中唯一章關於在阿爾及利亞的歐洲女性。此外，德路克亦提供了至少60筆有關艾柏哈特的書目研究。參見*Déjeux, 207-256, 337-341; qtd. in Clancy-Smith 73-74.* 其他有關艾柏哈特之研究，請參見Ali Behdad, *Belated Travelers;* Sidonie Smith, *Moving Lives;* Karen R. Lawrence, *Penelope Voyages.*

3.渥坦貝克另行創作了《反轉》(*Inside out*)(1982)與《變形》(*Variations*) (1981)，藉以與《解剖新義》完成此另類的分裂三元體聯繫。在《反轉》中渥坦貝克改編日本女詩人小野小町的傳奇故事。小野的追求者深草少將為證明其愛情之堅貞，承諾將連續百夜向其示愛。九十九晚他都信守諾言，卻在最後一天因劇烈風雪而功敗垂成。《變形》則是探究喬治桑改裝匿名、幻化身份認同的寫作生命(Freeman, *"Afterword"* 277)。

4.當我論及渥坦貝克《解剖新義》中的艾柏哈特角色時，我將以「伊莎貝拉」稱呼，而非以其姓氏稱呼，以免混淆渥坦貝克所構造的角色與真實歷史人物。

5.「轉造」(*transcreation*)一詞典出P. Lal, *"Preface to Shakuntala,"* 3-10。在翻譯古代梵文劇作為英文時，拉爾使用轉造一詞，以重新定位書寫文本與表演文類之間、文化與歷史間翻譯轉置之軌跡(5)。

6.「女性政治」(gynecocracy)概念，即是曾經一度孕育「女性帝國」(empire of women)，但現已淪為男性宰制縮限的女性世系、母系家長體制，詳細請參見Karen R. Lawrence, *Penelope Voyages* 12-14。篇中凱倫勞倫斯除論及過往母系社會之政治權力運作，並探討民族誌發展過程中人類學家(或民族誌工作者)之形象如何由男性／參與者與女性／旁觀者之二分法則，演變而成性別模糊之男女／參與者／書寫者／織造者之意含。

7.相關觀念，如游牧論述(nomadology)，請參見Gilles Deleuze and Félix Guattari, *Nomadology ; A Thousand Plateaus 23-25, 315-423.*此外，德勒茲與瓜達希常常被論及之「變成女人」(becoming woman)或「變成動物」(becoming animal)觀念，其實只是「變成他者」(becoming other, or haecceity)論述之一部份，請參見 *A Thousand Plateaus 260-265, 232-309*。筆者以為，渥坦貝克的《解剖新義》聚焦於歐洲女性在殖民主義與帝國主義中所扮演的多樣角色，旨在挑戰任何絕對霸權範式(舉凡性別、種族、政治、文化、或知識論)，破除任何形式之身分標籤(女

性/男性，殖民者／被殖民者)，並以此謳歌異質性(heterogeneity)、混雜性(hybridity)、歧路性(transversality)、變異性(variations)、以及虛擬性(virtuality)，亦是有別於主流女性主義論述。本文議論以游牧論述為主，其他相關議題，請見本人之〈《解剖新義》之逃逸路線：性別/文本權術策略〉。

8. 參見 *A Thousand Plateaus* 第14章, *474-500*，德勒茲與瓜達希在此對於「條紋空間」(the striated)與「平滑空間」(the smooth)有詳細之說明，並將其與定棲空間(sedentary space)和游牧空間(nomad space)相連結。大體而言，「條紋空間」之特色在於管制、監控、調節任何流動之能量或行為(如土地、資金、人力等)；至於無以標誌或測量者，如大海、沙漠、天空、冰原等，即是「平滑空間」。然而，「條紋空間」與「平滑空間」並非絕對恆定不變的，兩者常常是混雜並存甚至相互逆轉，例如本屬「平滑空間」的海洋，因為航海科技之突飛猛進，而淪為可部署、可控管的「條紋空間」(*A Thousand Plateaus 474-475*)。

9. 根據Nupur Chaudhuri的說法，「夫人」(memsahib)此一稱呼，源自於在孟加拉用於表達對於歐洲已婚女性的尊敬之意的稱謂，其第一部份源於 *"ma'am"*。多年後這種用法在英屬殖民地之外其他歐洲殖民地區，諸如東南亞與非洲，也廣為流行("Shawls, Jewelry, Curry and Rice in Victorian Britain" *242-243*)。

10. 有關《解剖新義》中之東方主義／反東方主義議題，筆者有另文論述。

11. 請見Chaudhuri, "Shawls, Jewelry, Curry, and Rice in Victorian Britain"文中關於夫人所扮演的仲介角色之精彩討論。夫人與她祖國的姊妹們聯手，不僅只是轉渡仲介一些工藝文物和飲食文化，同時也是散播、分享她們在帝國殖民社會之生活經驗。

12. 歐洲世界博覽會以及殖民地展覽，亦是典型的殖民遭逢與文化挪用。殖民帝國主義者以其征服者的觀點和高度，展示馴化的被殖民文化與被殖民者，在在顯示殖民主對於殖民奴的剝削與掠奪。根據Juila Clancy-Smith的說法，十九世紀巴黎曾舉辦過數屆「寰宇博覽會」(Expositions Universelles)，如1867年與1889年都曾舉辦過(74)。所謂世界博覽會，其實宛如普羅大眾的日用物戀的朝聖之行，請參見Walter Benjamin, "Grandville or the Exhibitions," *Charles Baudelaire 164-166*; 關於世界博覽會作為殖民遭逢與文化挪用的部分，請見Timothy Mitchell, "The World as Exhibition" *217-236*.

13. 「種族保護」「種族純淨」與「種族母性」等詞彙，出自Marianna

Valverda。請見Valverde, "A Passion for Purity," Book Review *of The Sexuality Debates.*

14.路線／起源（routes/roots）此一同音異字詞彙，典出James Clifford之 *Routes: Travel and Translation in the Late Twentieth Century*，筆者希望藉 以強調關於性別與文化移位之論證觀點，以及《解剖新義》中成為他者 之「之間性」（between-ness）概念。

現代版《馬克白》中的
生態與動物研究

羅艾琳*

摘要

英國廣播公司所製作一系列《莎士比亞名劇 現代版》
(*ShakespeaRe-Told*)，取材自四部莎士比亞經典作品，改編成現
代版戲劇。其中，現代版《馬克白》(*Macbeth*)凸顯出1660年
代莎翁劇作中，後人類學者所關注的自然恐懼症（ecophobia）
和物種歧視(speciesism)，以及人文主義學者所關注的階級歧
視（classism）、同性戀恐懼症(homophobia)和異邦人恐懼症
(xenophobia)。本文試圖以生態批評的角度回應現代版《馬克
白》並評論其中與自然恐懼症和物種歧視相關內容，例如開場不
久出現被支解的豬頭影像、三位垃圾清運員說出的豬預言，和最
後一幕，要來逮捕喬的直升機如同「飛天豬」般降落屋頂。因

259

* 羅艾琳／淡江大學英國語文學系助理教授

此，本文提出此劇能以現今生態批評和動物研究的角度來閱讀。

關鍵詞：生態批評、自然恐懼症、馬克白、物種歧視、動物
研究、素食倫理

Abstract

Macbeth, one of four films adapted from Shakespeare in the British Broadcasting Corporation（BBC）series titled *ShakespeaRe-Told*, highlights the posthumanism and ecocriticism issues of speciesism and ecophobia respectively as well as the humanist concerns of homophobia, xenophobia, and classism. All of these concerns are found in both the 1606 play and the recent BBC film production. In the latter, the Scottish kingdom is a three star rated restaurant catering to an urban *carnophile* clientele in secluded rooms a handful of flights above a grimy and gritty downtown area in the United Kingdom. King Duncan（Duncan Docherty）is its famed owner and celebrity chef. Macbeth（Joe）is the head cook. Banquo（Billy）and Malcolm, Duncan's son, an ex-vegetarian, are also among Duncan's hand-picked staff. The two servants framed for Duncan's murder are illegally hired migrant workers from former Yugoslavia. The three hags are three queered, working class garbage men, the battleground is a basement kitchen, and the heath is a landfill. In responding to the film by commenting mainly on the film's ecophobia and speciesism content including the prominent images of a severed pig's head in the opening scenes, the scene of the porcine prophesy uttered by the three bin men, and the final scene where Bigs alight in a helicopter on a rooftop to arrest Macbeth, I argue that the film foregrounds three relatively new areas in literary theory and criticism: ecocriticism, animal studies, and posthumanism.

Key terms: animal studies, ecocriticism, ecophobia, posthumanism, Shakespeare, speciesism

英國廣播公司所製作一系列《莎士比亞名劇現代版》（*ShakespeaRe-Told*），取材自四部莎士比亞的經典作品，改編成現代版戲劇。其中，現代版《馬克白》凸顯出1660年代莎翁劇作中，後人類學者所關注的自然恐懼症（ecophobia）和物種歧視（speciesism），以及人文主義學者所關注的階級歧視（classism）、同性戀恐懼症（homophobia）和異邦人恐懼症（xenophobia）。現代版《馬克白》中，鄧肯國王的蘇格蘭王國，變成英國某城中一家位於數層樓高，遠離斑駁凌亂鬧區並以包廂款待喜嗜肉食（carnophile）都會顧客的高檔餐廳。愛爾蘭裔的道克堤（Duncan Docherty, "Duncan"），為餐廳的名人廚師兼電視烹飪節目的明星廚師。蘇格蘭裔的馬克白（Joe Macbeth, "Macbeth"）為餐廳的主廚。馬克白的好友比利（Billy, "Banquo"）亦為餐廳廚師之一。唯一能繼承道克堤事業的為其獨子馬爾康（Malcolm, "Malcolm"），而馬爾康之前為素食者。莎翁劇中設局殺害國王的兩位僕人，變成來自前南斯拉夫非法打工的移民；原劇中和道南班（"Donalbain"）一起幫助馬爾康，打敗馬克白的蘇格蘭領主馬克道夫（"Macduff"），則由同名的餐廳英國領班馬克道夫（Macduff, "Macduff"）所替代。最後，《馬克白》原劇中的三位詭奇女巫由三位垃圾清運員所代表。原劇中的戰場變成位於餐廳地下室的廚房，而荒原則由後巷的垃圾桶和市郊的垃圾場所取代。以上所提改編皆與生態批評和動物研究（animal studies）所關懷議題有所連

結，包括從後人類研究範疇來看待貶低豬類（porcine species）。

生態批評（ecocriticism）一詞，首見於魯克特（William Rueckert）1978年所發表〈文學與生態：生態批評的實驗〉（"Literature and Ecology: An Experiment in Ecocriticism"）文章中。不久，生態批評以學科（discipline）之姿崛起。起初，主要著眼於分析文學範疇中人類與環境的關係。自此，此學科內涵日漸多樣化，其範疇亦漸擴展。研究非人/動物（other-than-human animal）議題的生態批評學者們與從事動物研究的學者們攜手合作。動物研究是門跨領域的探究（inquiry），廣度勝於初起的生態批評。《後殖民生態批評：文學、動物與環境》（*Postcolonial Ecocriticism: Literature, Animals, Environment*）一書作者賀根（Graham Huggan）和蒂芬（Helen Tiffin）認為動物研究發展於哲學、宗教與動物學（zoology）之內，而於文學學門之外（2010:17）。身為動物研究的重要先驅，克拉爾可（Mathew Calarco）則認為動物研究折中糅合數個學科領域，包含人文科學、社會科學、生物科學與認知科學。克拉爾可提到雖然動物研究並沒有「標準和廣泛被接受的定義」，但，其有持續關注兩個議題：「動物的存在感與動物性」和「人類與動物的區別」（2008:2）。另一位動物研究的先驅沃夫（Cary Wolfe）則認為此探究的特色在於1990年代早期，其「散見於各領域中，共同研究動物與人類關係與此關係的再現」，隨後拓展成「充滿活力初現的跨領域探究」（*What is Posthumanism?*: 99）。

「物種歧視」一詞對於生態批評學者與動物研究學者而言是相當重要的概念。此詞彙首次由保護動物人士（animal activist）萊德（Richard D. Ryder）所提出，泛指對非人類（nonhuman）物種的歧視與偏見。《莎士比亞名劇 現代版》系列《馬克白》中，物種歧視被置於素食倫理（vegetarian ethics）和宰殺動物的框架下檢

視。現代版《馬克白》上演於一個現代化的廚房，專門料理非人類的動物肉品，馬克白是該「廚房的戰士」〔1:34〕。現代版《馬克白》將物種間的暴力與人類間的暴力相互比擬。莎翁《馬克白》第一幕第二景，來自鄧肯國王軍隊中的一位隊長，報告著該國的蘇格蘭軍與來自挪威的敵軍交戰的慘烈場景。他還提及勇猛無懼的馬克白血腥處決叛徒麥唐納（MacDonald）的場景：

> 勇將馬克白不愧是名門出身，
> 衝著運氣發威，手中揮舞的
> 鋼刀冒血腥熱氣騰騰，
> 像個勇氣兒，劈出一條生路，
> 直奔逆賊前，
> 來不握手，臨去也不道別，
> 一刀劃開從肚臍到下巴，
> 把他的首級掛在城牆上。[1]
>
> 《馬克白》，第 16-23 行

　　電影中，馬克白最早現身的場景〔4:40〕為他正向其他的廚子們展示如何支解一顆剛宰殺的豬頭，包括豬耳朵。在場觀看的廚子們，包括了比利和馬爾康。由於馬爾康之前是吃素的，見到馬克白展示支解豬頭之時，他表現出不自在的樣子〔5:45〕。當馬克白「捲起」袖子，上臂有個豬頭刺青〔20:34〕。新版劇中馬克白手臂上的豬頭刺青和他支解的豬頭，兩者的頭和耳朵皆被誇大描繪如同翅膀一般。此圖像的意義直到電影結尾才完全呈現。在此之前，其意義僅隱諱附於馬克白幻想與那三位奇怪的垃圾清運員見面的場景。垃圾清運員們跟馬克白保證，他殺害道克堤一事和僱用曾涉入謀殺案而服刑的人去殺害比利和馬克道夫的

太太和小孩們，這些事跡不會敗露。他們並預言，直到「豬……會飛」〔58:16-59:39〕馬克白的犯行才會被揭露。現代版最後一幕恰與莎翁劇相對應。直至馬克道夫的妻兒被殺害之後，馬克道夫才察覺到馬克白的罪行並通知警方前來餐廳。其後他在餐廳的廚房遇到馬克白，兩人打鬥之際，馬克白身受重傷倒在地上之時，聽到直升機盤旋於餐廳上方的聲音，立即理解這就是垃圾清運員所透露的預言〔1:23:14-1:23:49〕。

　　垃圾清運員們的預言「豬會飛上天」中的「豬」一詞常被物種歧視者（speciesist)用於貶抑警方及執法人員，抑或用於稱呼厭惡、懼怕的對象或群體。例如，一個不甚注重餐桌禮儀的人可能被稱作是「豬」（一個不甚整潔的房間可能被稱為「豬舍」）。把「豬」一詞及其同義字「豚」（swine)和「豲」（hog）用來比喻人類的自私與貪婪等弱點，暴露了物種歧視者對於豬類的態度。用豬來比擬厭惡、懼怕的個人或群體的行為，連帶貶低了豬類。「豬會飛上天」這句話不僅帶出有翅膀的豬的意象，同時也點出相關的基因工程、基因改造，亦即改造和增強豬類（Twine 53）。近來，與豬類相關的研究蔚為風潮，豬隻的心理、行為、主體性(subjectivities)乃至豬肉，皆為了迎合人類的需求而大大改變。舉例來說，關於豬隻的研究和實驗，包含剔除可能使豬隻出現攻擊性和反社會行為的基因、增加母豬乳頭數目和增大乳房以便於母豬們成為「超級媽媽」、增加公豬的「屠宰體重」(slaughter weight)以提高豬肉的產量；另一類豬類實驗，包括把豬器官移植至人類體內的「異種器官移植」（xenotransplantation)，還有把具爭議性的藥品像是能使豬肉精瘦的萊克多巴胺(ractopamine)，強行注入或餵食豬隻。如果讓豬隻「增強」長出對人類有益的翅膀，則此行為是否符合倫理的問題將會擱置一旁，而會飛的豬則變成物種歧視者對豬隻所認知的事

實同時也是貶抑豬隻的玩笑話。

著名的生態批評學者愛斯達克(Simon C. Estok)探討莎士比亞作品中物種歧視議題，提出人類對於自然世界「非理性和無由來的恐懼與厭惡」，又稱「恐懼自然症」(2011:4)，時常體現於人類日常生活中每個面向，也呈現於我們所崇敬的文學作品中。《生態批評與莎士比亞：探究恐懼自然症》(*Ecocriticism and Shakespeare. Reading Ecophobia*) 一書中，愛斯達克指出莎士比亞的戲劇呈現出人類對自然的矛盾和厭惡。愛斯達克認為《考利歐雷諾斯》(*Coriolanus*)將同性戀恐懼症跟恐懼自然連結；《沉珠記》(*Pericles*)和《奧賽羅》(*Othello*)則是將恐懼異邦人症與「具有敵意的地理景觀」(hostile geographies)連結起來；《冬天的故事》(*The Winter's Tale*) 將對女人的恐懼和妄想控制女人，連結恐懼自然和妄想控制自然；《李爾王》(*King Lear*)劇中所發生事情皆與恐懼異邦人症相 (2011: 32)。上述書中題名為〈素食倫理〉("Vegetarian Ethics") 一文中，愛斯達克談到莎翁《亨利六世》第二卷(2 *Henry VI*)，指出於莎士比亞時代「關於食用動物肉的倫理議題」已經引起激烈的討論和辯論，特別是關於人類身體和連結肉品與疾病等面向 (2011:53-55)。《莎士比亞名劇現代版》系列《馬克白》並無明確提到素食倫理議題，但劇中提及許多跟食用肉品有關議題，特別是宰殺豬隻和其他動物的影像和場景，皆隱隱約約涉入素食倫理的議題。其中，現代版《馬克白》有一段源自於莎翁劇第六幕第一景，馬克白與馬克白夫人設宴款待鄧肯國王。席間鄧肯國王宣布因著馬克白近來的戰功，拔擢他至考特領主(Thane of Cawdor)。現代劇中，餐廳擺設宴席向老闆道克堤致意，慶祝餐廳獲得米其林三星的肯定。席間，道克堤以莊嚴但帶點自命不凡的語氣，提到兩段他一直記得的兒時回憶。他面露情感邊回憶邊說：

我母親曾經兩度半夜叫我起床，一次是為了觀看阿姆斯壯（Neil Armstrong）登陸月球，另一次為了看我父親夜半溜進豬舍，用刀子宰殺尚在睡夢中的坦沃斯豬（Tamworth）。〔14:08-14:23〕

　　道克堤的事業靠著殺豬而起，因此，對他而言，將上述兩段回憶相提並論，一點也不滑稽，也不會不協調。對於道克堤而言，身為一位料理肉品的廚師，觀看父親宰殺珍貴品種豬隻的意義，重要性等同於平民百姓觀看阿姆斯壯登陸月球那歷史性時刻一般。道克堤將觀看父親殺豬事件 視為成長禮（rite of passage）〔14:37〕。他告訴員工們，看過父親宰殺豬隻之後問父親：「我可以開始穿長褲了嗎？」〔14:48〕。接著，為了博得員工的笑聲與喝采，道克堤繼續道：「從此之後，我便不再穿短褲了」〔14:53〕。道克堤提到的軼事，把穿長褲者歸類為成人而穿短褲則為小孩子，隱晦地對比觀看動物宰殺過程的前後和小孩轉為成人的過程。我稍後將再闡釋這部分，現在，我先評論把登陸月球與宰殺豬隻這兩段回憶相提並論的重要性。

　　對於生態批評學者與動物研究學者而言，道克堤將父親宰殺豬隻與登陸月球兩段回憶相提並論一事並不荒謬。雖然，此對比表面上點出道克堤是從低下工人階級亦稱農村階級往上爬的過程，但，道克堤所獲得物質上的豐足和經歷社會流動的過程並無全然改變他對人生的看法。更深層來說，此對比實則對宰殺動物的行為提出嚴厲的批評，重視的程度如同人類登月歷史性的一刻一樣重要。道克堤提到登月的回憶為人類歷史中新里程碑，而他父親殺豬的回憶已不是日常生活中的一部分。過去兩個世紀以來，宰殺動物行為日益增加且變得越來越無法忽視與合理化，包括「多把動物們視為附屬品」和「大規模、企業化、集中的對

動物們施以暴力」（Calarco: 113）。最令人不安的是，一些仰賴以強迫且集中方式餵食動物系統(CAFO's)的農場（Adams, "Why feminist-vegan now"：305），農場動物被宰殺之時，往往不是在睡夢中。常常，動物們是在完全清醒或半醒的狀況下被宰殺。農場動物們短暫生命中，牠們大多數的時間都感覺到強烈的痛苦。

　　許多提倡動物權的組織，例如根基於英國的「關懷世界農業組織」（Compassion in World Farming)和「國際善待動物組織」(People for the Ethical Treatment of Animals, PETA)，皆致力於推廣教育大眾了解企業化畜養動物的真相。國際善待動物組織最近在官網上，公布了一份關於美國農場圈養豬隻真實生活面貌的報告：〈運載與宰殺豬隻報告〉（"Pig Transport and Slaughter"）。豬隻的自然壽命平均可活十到十五年，但是，畜養的豬隻僅活六個月就要被宰殺。最後，前往屠宰場的路上，豬隻被「推擠」進十八輪的大貨車上，相互推擠掙扎著呼吸。為了使嚇壞的豬隻順利裝載上前往屠宰場的貨車，工人們用棍子敲打豬隻敏感的鼻子及背部或拿電棒戳豬隻的腸子("Pig Transport and Slaughter")。豬隻們因為害怕及空間狹小之故，相互推擠到連腸子都(從腸道)擠了出來("Pig Transport and Slaughter")。到達屠宰場後卸載豬隻的情況跟「裝載豬隻時一樣地慘烈」：

　　　　這些豬隻活到現在，皆被禁錮無法移動的狀態，牠們的
　　　　腿和肺變得虛弱無法支持牠們走路。牠們看見前方有空
　　　　間，有些紛紛向前奔去，開始有生以來首次的奔跑。豬
　　　　隻們跳躍著，如同朝氣蓬勃、活力十足的雌馬一般，歡
　　　　樂地感受首次的自由氣息。然後，忽然間牠們就這麼倒
　　　　下，再也無法站立起來。牠們只能躺在那，呼吸著；牠
　　　　們的身體受著痛苦煎熬，這苦痛源自於牠們在工廠式農

267

場受到的虐待與忽視。接下來卸載時，司機們為了拉動豬隻，把牠們的腳掛在絞輪上，豬隻的腳常常因著這樣被拉斷。一座典型的屠宰場每個小時處理高達一千一百頭豬隻。處理數量如此多的豬隻，致使牠們無法接受到人道無痛的死亡方式。由於電擊方式不當，有些豬隻到熱水褪毛槽時仍舊是有意識的。此槽的功能是以滾燙的熱水軟化豬隻的皮膚以利刮除毛髮……某位屠宰場的員工說到：「上輸送帶只有數分鐘的時間，豬隻根本無法放血完畢。時常，牠們被送到熱水褪毛槽之時，意識清楚且尖聲啼叫……」冬天的時候，有些豬就凍死在運送貨車上的兩側；夏天的時候，有些豬則因熱衰竭而死；還有些豬，因著其他動物推擠堆疊到牠們上方，而摔倒窒息死亡……。另一位屠宰場的工作人員提到：「冬天的時候，常有豬隻卡在貨車的兩側或地板上，工人們必須用鐵線或刀子把豬從卡住的地方鬆開，豬隻的皮膚因而被削掉。當我們工人們進行此動作時，牠們都還是活生生的」〈運載與宰殺豬隻報告〉。

除了「國際善待動物組織」和「關懷世界農業組織」所發表質疑工廠式畜養動物有關倫理議題的報告之外，主流媒體上亦常報導工廠式畜養動物的可怕虐待情況。《莎士比亞名劇 現代版》系列《馬克白》的靈感取材自以下富戲劇張力、令人戰慄的、重節奏的對話——

第一位女巫：「姊妹，妳去哪了？」
第二位女巫：「殺豬去了。」《馬克白：1.3》

強調了二十一世紀殺豬的道德的、社會的和政治議題的重要性，縱使早期及莎翁時代此議題尚未被提出。

垃圾清運員的豬預言更進一步連結相關動物研究中，人類奪取非人類動物和其動作媒（agency）或稱為動作力量的議題，還有另一方面，人類投注動作媒於非人類動物的本質。阿姆斯壯（Philip Armstrong）所著《虛構的現代性下動物是什麼？》（*What Animals Mean in the Fiction of Modernity*）為早期於文學範疇內研究動物動作媒的重要作品之一（Huggan and Tiffin:18）。麥克修（Susan McHugh）的《動物的故事：越過物種界限的敘述》（*Animal Stories: Narrating Across Species Lines*）也為此領域重要的作品。麥克修的文章〈超越時間：當代絕種動物小說中的動物神〉（"Being Out of Time: Animal Gods in Contemporary Extinctions Fictions"）替非人類動物辯護，她認為藝術與文學中的動物「付予非人類動物更多可參與的選項」，而非被當作空洞的容器，供人為注入「人類意涵」（3）。費羅（Chris Philo）與威爾伯特（Chris Wilbert）合著的《動物空間與野獸地方：人類與動物關係的新地理觀》（*Animal Spaces, Beastly Places: New Geographies of Human-Animal Relations*）亦論及文學中的動物「攪亂、踰越甚至反抗人類秩序」（5）。克拉爾可也發表類似的觀點，不論人類是如何規範動物，他認為動物為規範及構成人類身分認同和文化的角色，同時也為在世上相伴人類之側的角色。克拉爾可寫到動物有「干擾人類存在與起始倫理和政治相交會」的能力（106）。包括許多動物科學家、認知科學家和動物行為專家等其他動物思想家，抱持以舊式科學與哲學的理解和定義，例如動作媒、意力、主體性、意識、意志和認知，來清楚區分人類與非人/動物的信念備受質疑。哈里森（Robert Pogue Harrison）所著《森林：文明的陰影》（*Forests: The Shadow of Civilization*）一書中提及莎

士比亞時代(以及更早期)英國森林中生態滅絕的情況都跟上述議題相關。本文前面所提,哈里森分析了《馬克白》第四幕第一景,馬克白第二次遇到三位女巫的場景。該幕中馬克白與女巫三姐妹之一,或稱幻影(apparition)有段對話:

第三個幻影
……
……
馬克白絕不吃敗仗,除非
大柏南納樹林到鄧西內恩山丘
一同對抗他
(4.1. 107-8)

馬克白:絕不可能
誰能徵召樹林,命令樹
拔起深根?好兆頭,妙——
叛黨死了,重啟除非
柏南樹林起身作對,我們的馬克白擁尊位,
順天順勢,享天年
直至凡人大限
(4.1. 109-15)

此幕的對話,將馬克白被打敗的可能性,相比於柏南樹林與鄧西內恩山丘一同對抗馬克白,如同電影中垃圾清運員拿飛天豬比喻馬克白罪行被發現的可能性,以此告訴他不需擔心罪行會被發現。此幕對於視自然為無動力的想法提出質疑。莎翁劇中所謂來自柏南樹林的反抗,意指馬爾康和道南班重新繼承了父親鄧肯

270

的王國，躲藏在源自於柏南樹林，已砍伐下的樹木枝葉間。馬爾康、道南班和其軍隊行進於此綠色屏幕之後，準備擊敗駐於鄧西內恩山丘的馬克白。哈里森論此幕證明了有兩套相互交錯皆為良善、道德與正義的律法。一套是自然的，一套是人類的。自然律法的範疇內(具有動力的森林)，非自然與無人性的馬克白被打敗了，而自然與人類律法重新恢復。哈里森論此幕「不是兩套正統的律法相互競爭」，像希臘詩人埃斯庫羅斯(Aeschylus)所著的悲劇《奧瑞斯泰雅》(*Oresteia*)三部曲，其中人類律法和自然律法相抗衡，直至兩者成功的相互調和(216)。不同於前述希臘悲劇，哈里斯認為此幕的自然律法恆與(公正的)人類律法共存，為人類律法的「影子」、底層或支柱。馬克白第四幕第一景將「移動的森林」視為「具力量的影像」，人類律法「顯露出其自然根基」(215)。一旦嚴重違背自然律法，隨之而來是人類律法的「崩壞」(Harrison 213)。《馬克白》是關於「自然律法的力量執行其正義，以反抗馬克白本性裡淪喪的道德荒原」(Harrison 215)。

　　延著哈里森分析《馬克白》的論點引出，藉強力徵召柏南納樹林以重建鄧肯王國，使人不禁質疑起此王國的正當性。馬爾康和道南班(和馬克道夫的幫忙)是否擁有權力，以強迫非人類世界服侍人類的方式來統治蘇格蘭，如同他們的父親一般?莎翁劇提及將柏南納樹林分區畫界的舉動來暗指此疑問，而電影則是以鄧肯的繼承人馬爾康重回食肉的舉動暗指。莎翁劇中，馬克白以不可一世的氣勢回應女巫的預言：「誰能夠徵召森林服役?」(4.1. line95)。哈里森與《牛津莎士比亞系列》(*The Oxford Shakespeare*)的編輯群皆指出 "impress" 一字於莎士比亞時代意指徵召入軍隊服役(Harrison 215, Brooke 175)。對哈里森而言，擊敗非自然和與無人性的馬克白一事能成真，因為自然律法與人類

律法為相互呼應一致的。馬克白一動身，則被動員的樹林扮演起推翻馬克白的重要一角。然而，他的論點也隱射人類強加動力媒於自然並且也從自然收回動力媒皆為了達成自身的目的。

哈里森認為《馬克白》點出了莎士比亞時代的環境想像。不同於哈里森，愛斯達克羅搜證據指出莎士比亞作品具有強烈的恐懼自然想像。愛斯達克於書中第四章，副題名為〈素食倫理〉("Vegetarian Ethics")(53-55)段落中評論到莎翁劇《亨利六世》第二卷與十七世紀作家特萊恩(Thomas Tryon)著作(精簡版)《活得健康長壽又快樂：論述性情與人類生存所有必需品》(*The Way to Health, Long Life and Happiness: Or, A Discourse of Temperance, and the Particular Nature of all Things Requisite for the Life of Man*)中的恐懼自然想像。另一位學者威爾(Andrew Wear)認為特萊恩的短論文，點出了當時十七世紀甚至更早時期關於素食倫理的辯論，特別是食肉與身體疾病的辯論。愛斯達克不同意威爾視特萊恩為「狂熱擁護素食主義者」(Wear Cited in Estok 54)。儘管如此，他仍引用特萊恩「冗長且瑣碎，甚至贅言羅列了二十三個人們不該吃肉的理由的論點」以支持威爾所論「食用動物肉品的倫理立場」在莎士比亞時代已引起激烈辯論(53-55)。愛斯達克論及《亨利六世》第二卷同時「參與」和「推翻」「受歡迎且激進的素食主義環境保護者的倫理」(Estok 53)。故《亨利六世》第二卷一劇實則同謀於當時盛行的觀點，將素食主義實為「輸家的飲食」，可從劇中將亨利身為孱弱的君王和對動物的同情視為他個性及思想中「不可分」的一部分可看出(Estok 54)。從另一個角度來看，這齣劇也對以上觀點提出質疑，從亨利六世與「屠夫迪克」間主要對話中「消弭」「屠殺動物」和「屠殺人們」之間的界線可以看出(Estok 53)。

現代版《馬克白》殺豬議題實則相呼應德希達(Jacques

Derrida)所著〈故我在追隨的動物〉("The Animal That Therefore I am")文中關懷的議題。克拉爾可概述德希達文章的論點，提到要成為主體，抑或是一個有言論權、有普選權的主體，前提必要成為食肉者和必定是成年男性人類。新詞彙「變身主體─陽性─邏各中心主義」(carnophallogocentrism)涵括概述了成為歷史所認可主體的三種要素(2008:131)。「變身主體」(Carno-)意指成為主體的過程中犧牲祭品的儀式；「陽性」(phallo-)性別必要為男性；「邏各」(logo-)為語言能力，一般視為人類所專有(現在有許多科學家與學者嚴重質疑語言為人類獨有特點一事)。三個要素剔除了「女人、孩童、各類的少數團體和許多其他的大他者(other Others)」成為「全然主體」的可能性，因為這些人和團體少了一個或數個使之具有主體性的基本要件。剔除的對像，當然，這包括非人類的動物(2008:131)。德希達認為世上有許多主體同樣不被認可為主體，而且受到如同虐待動物般的暴力相向("Forces of Law" 951)。許多非人類動物「持續被剔除於基本法律保護的範圍」(2008: 131)。

克拉爾可繼續談到：

> ……現今社會中，做為食肉者是成為一個全然主體的核心要素。直接或間接參與宰殺和食用動物肉的過程或儀式活動，則被視為成為主體不可或缺的先決條件……以德希達的話來說即「把食用肉當作獻祭為架構主體性的基本要件」……("Force of Law" 953)。特別是男性主體必須接受獻祭並食用肉(Derrida "Eating Well"114)。(132-3)

克拉爾指出德希達所舉的「一國之領導者」(*chef d'Etat*)的

「雛形主體」(prototypical subject)為例。德希達問到:「可能成為一國之領導者的人,誰會公開地以自身為例,表達自身為素食者?領導者(chef)必須是位食肉者」(Derrida, "Eating Well" 114, qtd. in Calarco 132-3)。

　　《莎士比亞名劇 現代版》系列《馬克白》對於素食倫理所提出的論點,常見於生態批評以外的文章抑或現於生態寫作文章中,因著對於生態寫作來說,文學和美學的關注僅為次要輔助的主題或內容。早於2009年食用動物肉品與全球暖化議題掛勾之前(Twine162),《莎士比亞名劇 現代版》系列的製作人和現代版《馬克白》的編劇莫菲特(Peter Moffat)已注意到素食倫理的議題。亞當斯(Carol J. Adams)富爭議性的作品《男人愛吃肉‧女人想吃素》(*The Sexual Politics of Meat: A Feminist-Vegetarian Critical Theory*)亦倡導素食(和維根)倫理。其他生態女性主義者,如多娜文(Josephine Donovan)、葛薾德(Greta Gaard)、奇薾(Marti Kheel)、普蘭伍德(Val Plumwood)和沃倫(Karen J. Warren),皆致力於建立文化、政治面剝削動物與剝削女性之間的哲學、物質與歷史之理論連結,但其範疇比較屬於非美學與非文學領域。提倡動物權的哲學家們雷根(Tom Regan)和辛格(Peter Singer)為《解放動物》(*Animal Liberation*)一書的作者們,也是活躍於文學和美學研究場域以外的天地。雷根和辛格提出動物權概念之際,亦早於1980年代才成為學科的生態批評。1990年代前活躍於文學領域的生態批評學者,大多發表關於環境議題的研究,較少關心動物權的議題。此時的學者們對於環境問題和環境倫理與食肉之間的連結較不感興趣,抑或是忽略之間的連結。文學院至今仍是無法全然歡迎生態批評此學科。最新(第二)版《諾頓文學理論與批評選集》(*Norton Anthology of Theory and Criticism*)編輯們並未將生態批評當作一門學科或是一系列批

評論述的事件，說明生態批評被忽略的事實。儘管如此，生態批評和素食論理以及相關議題已漸漸得到文學領域學者們的關注與支持。學者們，如哈里森（Robert Pogue Harrison）、依根（Gabriel Egan）、愛斯達克（Simon Estok）、貝爾（Bruce Boehrer）、布魯克納（Lynn Bruckner）、布瑞登（Dan Brayton）和克里奇（Richard Kerridge）等人，以環境倫理或素食倫理的角度研究莎士比亞的作品。儘管他們的研究有不周全或些許謬誤之處，皆已將莎士比亞研究推展至三十年前無法想像的方向，並持續的拓展。以上所提學者們的眼中，《莎士比亞名劇 現代版》系列《馬克白》並沒有將莎士比亞研究推向更「綠」的方向。但，此劇的內容包含後人類研究對於物種歧視、動物權、恐懼自然、素食論理等議題的關懷。再者，現代版《馬克白》藉由突顯宰殺動物議題帶出現今最值得人類所關注的問題——「動物議題」（Wolfe, *Philosophy and Animal Life* 3）。

引用書目

Adams, Carol J. *The Sexual Politics of Meat: A Feminist-Vegetarian Critical Theory.* New York: Continuum, 1991. Print.

---. "Why feminist-vegan now? *Feminism & Psychology.* 20（August 2010）: 302-17. Print.

Boehrer, Bruce. *Shakespeare Among the Animals: Nature and Society in the Drama of Early Modern England.* New York: Palgrave Macmillan, 2002. Print.

Brooke, Nicholas, ed. *Macbeth. The Oxford Shakespeare. Oxford World's Classics.* Oxford, New York: Oxford UP, 1990. Print.

Brayton, Dan. *Shakespeare's Ocean: An Ecocritical Exploration（Under the Sign of Nature）. Charlottesville:* U of Virginia P, 2012. Print.

Bruckner, Lynne, and Dan Brayton, eds. *Ecocritical Shakespeare.* Burlington,

Vermont and Surrey, England: Ashgate, 2011. Print.

Calarco, Matthew. *Zoographies: The Question of the Animal from Heidegger to Derrida*. New York: Columbia UP, 2008. Print.

Derrida, Jacques. "The Animal That Therefore I Am (More to Follow)." Trans. David Wills. *Critical Inquiry* 28 (Winter 2002): 369-418. Print.

---."'Eating Well,' Or the Calculation of the Subject." *Who Comes After the Subject?* Ed. Eduardo Cadava, Peter Conor, and Jean-Luc Nancy. New York: Routledge, 1991. Print.

---. "Force of Law. The 'Mystical foundation of Authority,'" *Cardozo Law Review* 11.5-6(1990): 952-53. Print.

Donovan, Josephine and Carol J. Adams, eds. *The Feminist Care Tradition in Animal Ethics*. New York: Columbia UP, 2006. Print.

Egan, Gabriel. *Green Shakespeare: From Ecopolitics to Ecocriticism*. London and New York: Routledge, 2006. Print.

Estok, Simon C. *Ecocriticism and Shakespeare. Reading Ecophobia*. New York: Palgrave Macmillan, 2011. Print.

Fox, Michael Allen. *Deep Vegetarianism*. Philadelphia: Temple UP, 1999. Print.

Gaard, Greta, ed. *Ecofeminism. Women, Animals, Nature*. Philadelphia, Pennsylvania: Temple UP, 1993. Print.

Harrison, Robert Pogue. "Macbeth's Conclusion." *The Green Studies Reader*. Ed. Laurence Coupe. London: U of Chicago P, 1992. 212-218. Print.

Huggan, Graham and Helen Tiffin. *Postcolonial Ecocriticism: Literature, Animals, Environment*. London and New York: Routledge, 2010. Print.

Kerridge, Richard. "An Ecocritics' *Macbeth*." Bruckner and Brayton, 193-210. Print.

Kheel, Marti. *Nature Ethics. An Ecofeminist Perspective*. Plymouth, UK: Rowman & Littlefield, 2008. Print.

Macbeth. By William Shakespeare. Adapted for film series *ShakespeaRe-Told*. 2005. By Peter Moffat. Dir. Mark Brozel. Prod. by Pier Wilkie. BBC Northern Ireland and BBC Drama Department. Broadcast inUK November 2005. Broadcast in USA August 2006. Released on DVD by Acorn Media UK (for Region 2) in Dec 2005 and by BBC Warner (for Region 1) in July 2007.

"Pig Transport and Slaughter." *People for the Ethical Treatment of Animals (PETA)*, Virginia, USA.

<http://www.peta.org/issues/animals-used-for-food/pig-transport-slaughter.aspx>

Plumwood, Val. *Environmental Culture: the Ecological Crisis of Reason.* London and New York: Routledge, 2002. Print.

---. *Feminism and the Mastery of Nature.* London: Routledge, 1993. Print.

Rueckert, William. "Literature and Ecology: An Experiment in Ecocriticism." *Iowa Review* 9.1（1978）: 71-86. Print.

Twine, Richard. *Animals as Biotechnology. Ethics, Sustainability and Critical Animal Studies.* London, Washington D.C.: Earthscan, 2010. Print.

Warren, Karen J. *Ecofeminist Philosophy. A Western Perspective on What It Is and Why It Matters.* Oxford, England: Rowman & Littlefield, 2000. Print.

Wolfe, Cary, et al. *Philosophy and Animal Life.* New York: Columbia UP, 2008. Print.

Wolfe, Cary. *What is Posthumanism?* Minnesota, Minneapolis: U of Minnesota P, 2010. Print.

研究
論文

註釋

1.此段落翻譯引用呂健中教授所著《馬克白：逐行注釋新譯本》（民，88）第八十一頁，第十六行到第二十一行。

封面畫家介紹

　　蔡裕榮先生生，從小喜歡作畫，不惜違背父親旨意，執意進入國立台灣藝專就讀。畢業之後，旋即成為1980年代台灣紅極一時的電視節目製作人。日正當中之際，被重金禮聘至從小父親口中常述說的美麗國度日本工作。但在日本的工作經驗，是一段不堪回首的痛苦記憶。日本人一絲不苟的工作態度，以及近乎苛求完美的無理，衝擊到頑抗不屈的個性。雖此，日本的經驗倒也奠定了柔婉中帶著剛毅畫風的基礎。從日本回來看到的電視圈環境改變的台灣，也只能為溫飽三餐而向人低聲下氣。當面臨人生低潮之際，又第二次違背父意信仰了督基，成為虔誠的基督教徒，從中獲得無比的堅定力量。且透過漂泊夢寐的國度，欣賞了歐洲、中國、日本自然風景，體悟出「自然」、「人」的心靈對話，並將沉潛於心中的意念圖像，昇華、呈現於畫作之上。其中《圖畫義大利》，即是一部深化心境的素描專輯作品。期盼於傳統與現代、往來與循環的重疊裡，創作出新視覺語彙和情感，尋找出台灣繪畫的新可能性。觀賞著秉持「人與天地自然」的存在，是一切創作的「原點」的理念而創作出的蔡老師畫作，生命與心靈不自覺地靈活地對話起來。自許成為「心靈畫家」的願望，在筆尖上、在彩繪中，令人深刻地感受一位畫家的生命光彩。✎

創 刊 人／張家宜

出 版 者／淡江大學、聯經出版公司

總 編 輯／吳錫德

輪值主編／曾秋桂

編輯顧問／宋美璍、宋雲森、吳　寬、李歐梵、阮若缺、林長寬、
　　　　　林國卿、林載爵、邱漢平、陳明姿、陳雨航、陳雅鴻、
　　　　　傅錫壬、單德興、馮品佳、楊　牧、楊　澤、趙順文、
　　　　　鄭芳雄、鄭樹森、賴錦雀

編輯委員／吳錫德、邱振瑞、倪安宇、張淑英、曾秋桂、黃逸民、
　　　　　蔡秀枝、蔡淑玲、簡　潔、蘇淑燕

編輯助理／陳珈羽

徵稿 《世界文學》

發行單位：淡江大學外語學院、聯經出版公司

A.徵稿辦法

本刊園地公開，歡迎各界投稿。第八期起改為純學術期刊。每年四月及十月各出版一期。投寄本刊之稿件不得在其他刊物出版。來稿如經接受，本刊有權勘誤，最後校對工作由作者自行負責。來稿經本刊發表後，版權歸本刊所有。

B.徵稿內容

本刊專收推廣世界文學之專論，分「學術論文」（設有外審制度）及「一般研究論文」（設有內審制度）兩類：

1. 〔學術論文〕有關文學理論、比較文學、作品評介、賞析及文學翻譯相關學術論文（10,000-15,000字）由本刊辦理外審。
2. 〔研究特區〕即「一般研究論文」涵蓋文學領域相關研究（5,000-7,000字）。
3. 〔學海省思〕專題報導國內外文學大家之作品訪談或研究專文（7,000-10,000字）。

〔所有文章均不另支付稿費〕

C.出刊

第八期：2014年10月號（截稿時間：2014年5月31日）

本期專題：「城市文學」

第九期：2015年4月號（截稿時間：2014年12月31日）

本期專題：「後現代文學」

第十期：2015年10月號（截稿時間：2015年5月31日）

本期專題：「偵探文學」

D.發行

本季刊之製作與發行由聯經出版社辦理。

E.洽詢方式

淡江大學外語學院網站　http://www.tf.tku.edu.tw/intro2/super_pages.php?ID=intro2

編輯助理：陳珈羽　　Tel：（02）26215656 #2551

收稿信箱：worldl@mail2.tku.edu.tw

（來稿請用電子檔傳送，並註明投稿項目）

聯經經典・名著譯叢書目

● 《浪漫與沉思：俄國詩歌欣賞》
普希金(Pushkin)等著，歐茵西譯注

● 《海鷗／萬尼亞舅舅：契訶夫戲劇選》
契訶夫(Anton Chekhov)著，陳兆麟譯注

● 《浮士德博士》
馬羅(Christopher Marlowe)著，張靜二譯注

● 《哈姆雷》
莎士比亞(William Shakespeare)著，彭鏡禧譯注

● 《柏拉圖：克拉梯樓斯篇》
柏拉圖(Plato)著，彭文林譯注

● 《馬里伏劇作精選》
馬里伏(Pierre Carlet de Marivaux)著，林志芸譯注

● 《修女》
狄德羅(Denis Diderot)著，金恆杰譯注

● 《康德歷史哲學論文集》
康德(Immanuel Kant)著，李明輝譯注

● 《劇場及其複象：阿鐸戲劇文學》
阿鐸(Antonin Artaud)著，劉俐譯注

● 《烏托邦》
湯馬斯・摩爾(Thomas More)著，宋美璍譯注

● 《戴神的女信徒》
尤瑞皮底斯(Euripides)著，胡耀恆、胡宗文譯注

● 《亞理斯多德》
亞里斯多德(Aristotle)著，王士儀譯注

● 《格理弗遊記》
綏夫特(Jonathan Swift)著，單德興譯注

● 《國際經濟學》
孟岱爾（Robert A. Mundell）著，曹添旺、黃登興譯注

● 《論友誼》
西塞羅（Marcus Tullius Cicero）著，徐學庸譯注

● 《等待果陀‧終局》
山繆‧貝克特（Samuel Beckett）著，廖玉如譯注

● 《一個稱為學校的地方：未來的展望》
約翰‧I‧古德拉（John I. Goodlad）著，梁雲霞譯注

● 《佛教與儒教》
荒木見悟著，廖肇亨譯注

● 《合夥人》
赫納羅‧普列托（Jenaro Prieto Letelier）著，曾茂川譯注

● 《論老年》
西塞羅（Marcus Tullius Cicero）著，徐學庸譯注

● 《一切能作為學問而出現的未來形上學之序論》
康德（Immanuel Kant）著，李明輝譯注

● 《國家學體系：社會理論》
史坦恩（Lorenz von Stein）著，張道義譯注

● 《德意志的復興時代》
弗列德利希‧邁涅克（von Friedrich Meinecke）著，黃福得譯注

● 《都柏林人》
喬伊斯（James Joyce）著，莊坤良譯注

● 《竹取物語》
佚名，賴振南譯注

● 《粹的構造》
九鬼周造著，黃錦容等譯注

● 《社會之經濟》
尼可拉斯‧魯曼（Niklas Luhmann）著，湯志傑、魯貴顯譯注

● 《金融體系之比較分析》
法蘭克林・艾倫(Franklin Allen)、道格拉斯・蓋爾(Douglas Gale)著，溫秀英譯注

● 《環境也是災害：你準備好面對了嗎？》
伊恩・波頓(Ian Burton)、羅伯・凱特(Robert W. Kates)、吉爾伯・懷特(Gilbert F. White)著，黃朝恩等譯注

● 《伊瑟小姐》
席尼茲勒(Arthur Schnitzler)著，陳淑純譯注

● 《德國聯邦憲法法院五十周年紀念論文集》
Peter Badura、Horst Dreier主編，蘇永欽等譯注

● 《奧之細道：芭蕉之奧羽北陸行腳》
松尾芭蕉著，鄭清茂譯注

● 《哀歌集》
鄧約翰(John Donne)著，曾建綱譯注

● 《宗教是什麼》
西谷啟治著，陳一標、劉翠華譯注

● 《康德美學》
文哲(Christian Helmut Wenzel)著，李淳玲譯

● 《芮曲詩選》
芮曲(Adrienne Rich)著，宋美瑾譯注

● 《情色論》
喬治・巴代伊著，賴守正譯注

● 《東方造園論》
威廉・錢伯斯著，邱博舜譯注

● 《聖誕歌聲》
狄更斯著，鄭永孝著

● 《赫克歷險記》
馬克吐溫著，王安琪譯注

● 《量・度》
威廉・莎士比亞著，彭鏡禧譯注

● 《人生如夢》
貝德羅・卡爾德隆・德・拉・巴爾加著，曾茂川譯注

● 《格理弗遊記(普及版)》
綏夫特著，單德興譯注

● 康德歷史哲學論文集（增訂版）
康德(Immanuel Kant)著，李明輝譯注

● 宗教之詮釋：人對超越的回應
約翰・哈伍德・希克(John Harwood Hick)著，蔡怡佳譯注

● 明清社會史論
何炳棣著，徐泓譯注

● 政治聯盟理論
威廉・瑞克(William H. Riker)著，吳秀光、陳敦源譯注

● 佛洛伊德—克萊恩論戰，**1941-1945**
珀爾・金(Pearl King)、呂卡爾邱・史岱納(Riccardo Steiner)
編，林玉華、蔡榮裕譯注